당신의 손은 무엇을 꿈꾸는가 1

100人의 손에 새겨진 인생의 무늬

당신의 손은 무엇을 꿈꾸는가 1

김용훈

21세기북스

손…….

손은 한 사람의 역사요, 세상과 소통하는 아날로그적 열쇠다. 엄마의 손과 맞닿으며 처음 세상을 접하고, 마지막에는 자식의 손을 어루만지며 생을 마감한다.

손은 입처럼 요란스럽지도 않다. 항상 묵묵히, 조용히, 그리고 진솔하게 그 사람의 삶을 담을 뿐이다. 우리는 손을 통해 수많은 사람들과 교감하고, 수많은 공간에서 사물을 느끼며, 서로 소통한다. 이렇듯 손은 한 인물의 생을 담고 흐르는 강물과 같다. 저 높은 산에서 시작된 손의 여행은 거친 계곡의 급물살을 이겨내며 상류에 이르고, 파노라마처럼 펼쳐진 풍경을 타고 꼬불꼬불 흘러가며, 살을 에는 얼음 속을 뚫고 흐르다가 마침내 하류에 다다른다. 그사이 굴곡이 생기고 주름이 생기고 굳은 상처가 생겨서, 그야말로 우리를 대변하는 존재가 되는 것이다.

머리도 모르는 길을 손은 본능적으로 찾아간다. 바로 오랜 세월 동안 해온 소중한 일이 그 손에 담겨 있기 때문이다. 지금 당신의 손은 무엇을 쥐고 있는가? 또 어떤 이들의 손과 감응하고 있는가? 먼 훗날 당신의 인생 점수를 논하려면, 지금 당신의 손이 얼마나 중요한 과정을 겪고 있는지 깨달아야 한다. 당신의 손은 더 아름다운 세상을 만들 손이다.

나는 우리 시대의 평범한 소시민부터 세계적으로 촉망받는 인물들에 이르기까지 참으로 드라마틱하고 다양한 삶을 만났다. 이 세상 어디에든 더 고매하고 뛰어난 손이 있을 수도 있겠지만, 내가 만난 이 시대 최고의 손들이며, 어느 하나 빼놓을 수 없을 만큼 소중하고 감동적이고 행복한 손이다.

여기 100인의 손을 소개한다. 이 아름다운 100명의 손을 보고 나면 당신도 더욱 따뜻하고 귀중한 삶을 살게 될 것이다.

장장 2년에 걸쳐 이 대단한 분들을 만나는 일이란, 행복하기도 했지만 참으로 쉽지 않은 과정이었다. 순간순간 포기할까 하는 생각이 똬리를 틀었지만, 불혹을 넘긴 나이에도 유일하게 남아 있는 앳된 호기심과 사람에 대한 무한한 관심으로 위기를 넘길 수 있었다.

수개월 동안 다양한 경로를 거쳐 어렵사리 연락처를 알아낸 분부터, 차가 다니지 않는 산골을 걷고 헤매면서 만난 분들, 무식하면 용감하다는 말처럼 끝까지 떼쓰고 매달려 결국 뵙게 된 분들, 본의 아니게 일정이 차일피일 미루어져 속을 끓이고 나서야 뵌 분들까지, 실로 많은 분들을 어렵게 만나뵈었다. 지금 생각하면 감사하게도 누구나 할 수 없는 호사로운 인생의 참공부였다.

아직도 이분들의 소신 있는 손끝의 움직임과 한 곳을 향해 질주하는, 누구도 말릴 수 없는 미친 듯한 열정이 생생하다. 참여해주신 100분께 진심으로 감사의 말씀을 올린다.

1

2

에필로그

나무에 혼을 불어넣는 손
마리오네트 인형극 제작자, 옥종근

어둠 속에서 상하좌우로 빠르게 움직이는 그의 손. 그 기운이 각각의 줄로 팽팽하게 전달되더니, 마침내 인형이 서서히 일어선다. 인형은 그제 야 생명을 얻은 듯 무대를 활보하며 관객들을 감동시킨다. 사람들이 열 광한다. 기립박수가 이어진다. 그가 바로 20여 년 동안 마리오네트 인형 을 손수 제작하고, 인형극을 연출해온 옥종근이다.

그의 손은 외딴 섬을 품고 있는 바다와 같다. 때론 잔잔하게, 때론 억 세게 그 섬을 포용하면서 끝까지 그 자리를 뜨지 않기 때문이다.

바삐 움직이는 그의 손이 나무를 깎고, 뚫고, 다듬어 마리오네트 인형 을 만든다. 그의 왼손에 깊게 팬 상처도 며칠 전 나무를 자르다 얻은 것 이다. 손바닥도 숱하게 까졌다. 허나 그는 대수롭지 않게 생각한다. 이보 다 더 위험한 순간도 많았기 때문이다. 그가 인형을 제작하는 과정을 보 고 있노라니 《피노키오》의 착한 목수 제페토 할아버지가 떠올랐다. 그 가 완성한 인형은 무대에 올라서야 비로소 생명을 얻는다.

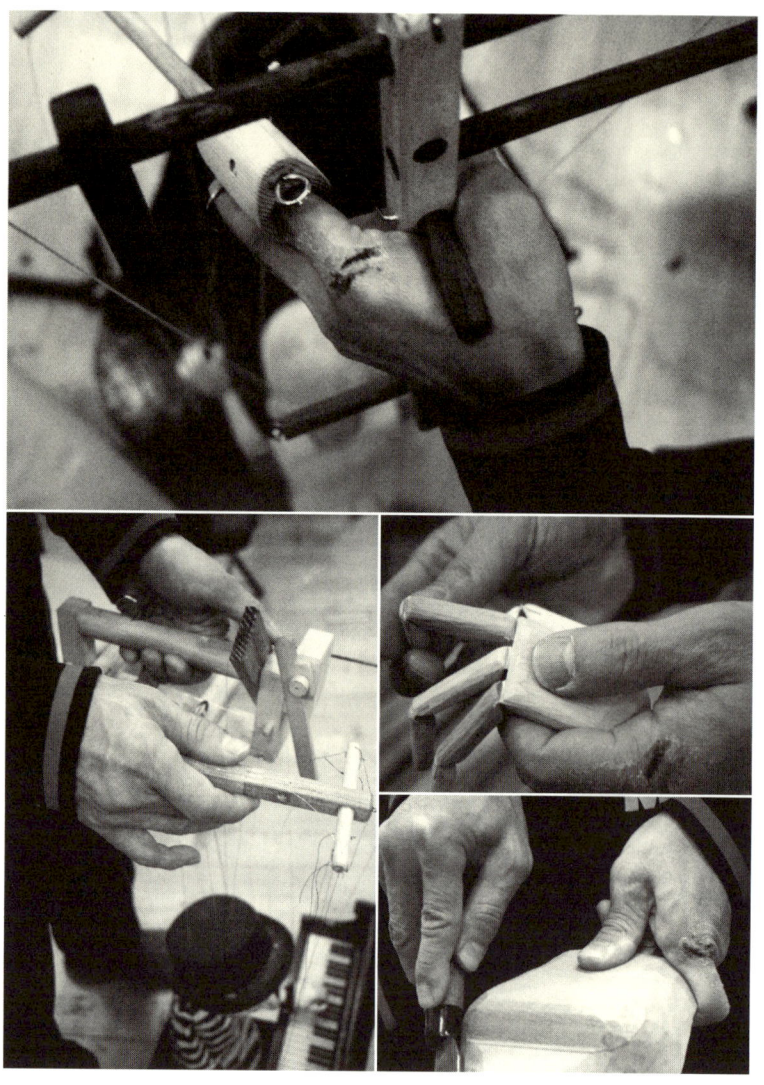

  초등학생 때부터 미술에 관심이 많았다. 특히 나무 조각을 했던 삼촌의 영향을 받아 그림도 배우고, 갖가지 공예 제작법을 터득했다. 감상적이고 차분한 성향대로 무언가에 조용히 집중하는 걸 좋아했다. 여느 아이들과 다르게 홀로 돌을 갈아 비석 만드는 것을 즐겼다고 하니, 어느 정도 짐작이 갈 것이다.

하지만 그의 인생은 순탄치 않았다. 직업 군인으로 전역한 후에 이렇다 할 직장을 구하지 못해서 여관 벨보이, 유선 방송 기사 등 여러 직업을 거치며 힘든 생활을 했다. 그러던 어느 날 공원 벤치에 앉아 있는데, 바람에 날아온 신문이 우연히 손에 잡혔다. 인형극단원 모집 광고가 눈에 확 들어왔다. 곧바로 극단을 찾아간 그는 그날부터 극단에서 먹고 자기로 하고 제2의 인생을 시작했다. 무언가 보람 있는 자신만의 일을 찾고 싶었다. 당시로선 국내에 인형극단이 거의 없을 때여서, 새롭게 무언가 할 수 있을 것 같다는 자신감에 도전했다. 극단 내에서도 그의 손재주는 단연 돋보였다. 사소한 물건이라도 그가 만들면 다르다는 말이 나올 정도였다.

하지만 점점 자신이 원하는 작품을 하고 싶다는 생각이 들었고, 결국 직접 극단을 차리게 된다. 주로 나무를 이용한 인형극이나 나무 조각 공연을 하면서 초기엔 수입도 없고 힘든 나날이었지만, 특유의 인내심으로 꿈을 향해 달리기 시작했다. 쉬지 않고 집중하다 보니 가능성을 확인하게 되었고, 비로소 이 일에 전념할 수 있게 되었다.

사실 그가 지난 20여 년을 돌이켜볼 때, 가장 힘들었던 시기는 현실적인 욕심이 생겼을 때다. 생계를 유지하기 위한 욕심이 생겼고, 번민이 쌓이면서 스스로를 괴롭혔던 것이다. 지금은 많은 분들의 사랑 덕분에 훨씬 나은 생활을 하고 있지만, 이렇게 되기까지 소신을 잃지 않고 자신의 일을 즐기고 지키려 했던 노력이 큰 역할을 했다. 여유를 갖고 깨달음을 얻은 순간, 공연도 점점 많아지고 마리오네트 인형극을 더 많은 이들에게 보여줄 수 있게 되었다.

국내에서는 마리오네트 인형극이 드물었기 때문에 초기에는 힘도 많

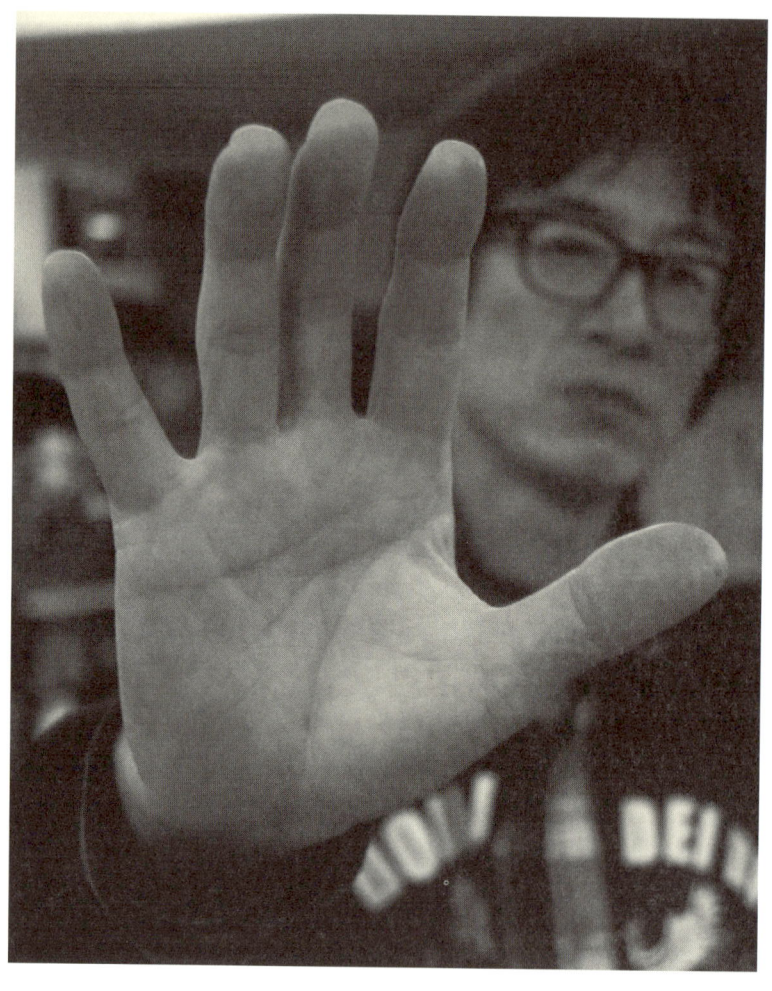

이 들었다. 배울 곳도 없고 지금처럼 인터넷이 발달한 환경도 아니라서, 수시로 발품을 팔면서 책을 구하고 참고할 만한 외국 단체의 공연들은 수소문 끝에 전부 찾아다녔다. 스스로 상상하고 고안해서 시행착오를 겪은 끝에 지금의 그가 만들어졌다.

그의 손은 뭐든 받아들인다. 무엇을 만들더라도, 어떤 소재를 사용하든 구애받지 않으며, 주변의 모든 것을 활용할 줄 안다. 그리고 가장 중요한 것은 어떠한 것이든 자신이 만족할 때까지 만든다. 그래서 몇 시간 만에 뚝딱 만들기도 하지만, 어떤 것은 수개월이 걸리기도 한다.

참 다양한 인형들이 그 손을 거쳐 갔다. 기타를 치는 인형, 자전거를 타는 인형, 발레하는 인형 등 수많은 인형들을 구석구석 잇고 붙이고 만들면서 그들과 정도 많이 들었다. 마치 열 달 동안 배 불러 아이를 낳듯, 따뜻한 손길로 어루만지며 생명을 불어넣어 사람처럼 살아가기를 기원한다.

그는 젊은이들이 이런 재미있고 흥미로운 일에 관심을 갖지 않는 현실이 아쉽다. 애초에 자신이 가졌던 인생의 꿈은 버리고 단순히 돈만 좇아 살아가는 사람들을 보면 더욱 안타깝다. 그래도 가끔 배우려고 찾아오는 이들이 있어 행복하다. 그런 친구들은 뭐든 도와주고 싶다. 지금은 거창한 일을 하기보다 본인이 평생토록 즐기면서 대중을 위해 봉사할 수 있다면 그것이 최고의 행복이라는 생각이다. 인생의 '도'를 깨달은 그가 주는 메시지였다. 피부가 벗겨지고 상처투성이인 그의 손. 돈을 쥔 대신 꿈을 잃은 사람들의 손보다 훨씬 아름다워 보인다.

가짜를 밝혀내는 육감의 손

위조지폐 감식 전문가, 서태석

그의 손은 뜨거운 태양을 등진 서부 총잡이의 모습을 닮았다. 한 번의 총성과 함께 피어오르는 연기 뒤로 번지는 미소처럼, 타깃을 잡으면 확실한 타이밍에 끝내버리기 때문이다.

때는 1981년의 어느 날, 세관의 입회하에 미국에서 도착한 비행기의 문이 열리자 서류와 자루가 실려 나온다. 자루엔 미화 200만 달러의 거액이 들어 있다. 하지만 돈 자루를 들어본 그의 표정이 일그러진다. 기장은 물건을 제대로 인수했다고 이미 기자 회견을 마친 상태. 그가 경찰에게 무게가 안 맞는 것 같다고 알리자, 경찰은 반신반의하며 무게를 재본다. 족히 4킬로그램은 되어야 할 게 3.5킬로그램도 안 되었다. 서류상으론 맞지만, 무언가 찜찜했다. 동석한 FBI는 그럴 리 없다며 그의 말을 무시했다. 결국 모두의 합의하에 물건이 제대로 들어 있는지 공개적으로 개봉하기로 했다.

자루가 열리고 약속된 물건이 실리지 않았음을 확인했다. 예상치 못한 사건에 모두가 경악했다. 예리한 직감의 승리, 영웅이 탄생하는 순간이었다. 이게 바로 1981년 11월 한국을 떠들썩하게 했던 미화 200만 달러 증발 사건. 그가 바로 한국 최초의 위조지폐 감식 전문가인 서태석이다.

일찍 현역으로 입대한 그는 카투사에 배치된다. 그게 바로 위조지폐 전문가가 되라는 운명의 손짓이었을까. 중대본부의 경리부에서 군 생활을 했다. 어느 날, 사병이 바꾸러 온 20달러짜리 지폐가 왠지 수상했다. 지폐에 그려진 잭슨의 초상화가 달랐던 것. 당시 파란 눈의 경리 장교는 위조지폐를 감식할 줄 아는 인물이었다. 경리 장교에게 알렸더니 바로 수사대가 출동했다. 덕분에 모범 병사로 상을 받았다. 이를 계기로 경리 장교는 그에게 노하우를 전수해주기 시작했다. 유독 책임감 있는 그에게 자신의 스킬을 전부 공개한 것이다.

운명적으로 스승을 만나 스킬을 익힌 그였지만, 제대 후 취직하기는 쉽지 않았다. 과일도 팔아보고 자동차 배터리 가게에서도 일했는데 자신의 성격과는 맞지 않았다. 그 시점에 외환은행이 창설되어 입사하고 싶은 맘이 굴뚝같았다. 군 시절에 익힌 언어, 자금 관리, 위조지폐 분석 등의 노하우를 살려 일해보겠노라고 당장 전화를 걸었다. 하지만 은행에선 중학교 중퇴를 이유로 퇴짜를 놓았다. 은행으로 곧장 달려갔다. 어떤 일이라도 좋으니 꼭 입사하게 해달라고 사정하자, 주급제로 일할 수 있도록 겨우 허락받았다. 그 후로 영어도 곧잘 하고 돈 다루는 일이라면 확실한 그를 회사에서도 인정했지만, 출신에 대한 선입견은 남아 있었다. 혹독한 몇 년이 지나자 정식 직원으로 승격되었다. 그러나 산 넘어 산, 정식 직원들도 급이 나뉘었다. 당시 명문 상고·대 출신과 중학교 중퇴의 차이는 건널 수 없는 강이었다.

그러한 환경적인 불리함은 그를 더 강한 인물로 만들었다. 홀로 이를

갈며 묵묵히 나아갔다. 그러던 시점에 미화 200만 달러 증발 사건이 발생했던 것이다. 그런데 그의 승진을 추진했던 행장이 갑자기 발령받아 딴 곳으로 가는 바람에 도루묵이 되었다. 그래서 대우에 있어서는 변함이 없었다. 투명인간 같은 생활이었지만 맡은 일에 집중하며 최선을 다했다. 해가 바뀔수록 진가가 드러났다. 위조지폐를 찾아내는 일은 오직

그만이 할 수 있었다. 감정 의뢰가 쉴 새 없이 들어오고, 형사들도 각종 사고 관련 감정서를 얻기 위해 하루가 멀다 하고 그를 찾았다. 청백봉사상까지 받으며 종횡무진 활약했다. 심지어는 여러 은행에서 억대 연봉을 제시하며 러브콜을 보냈다.

　좋은 모습일 때 떠나자는 생각에 박차고 나왔다. 지금은 강의도 하고 책도 쓰면서 여유를 즐기고 있다. 어찌 보면 짝퉁이 판치는 세상, 좀처럼 양심을 찾아보기 힘든 시대에 진실을 전하고자 밖으로 나온 셈이다. 그는 미국 비밀 수사국인 USSS United States Secret Service에서 인정하는 전 세계 일곱 번째이자 아시아 유일의 위조지폐 전문가다. 여러 명의 후계자를 둔 적도 있지만, 대부분 욕심 때문에 그에게 배신감만 남겼다. 5000달러짜리 사고가 나는 바람에 집도 날리고 희망이 사라진 적도 있었다. 그만둘까 하다가도 그럴 때일수록 겉모습에만 신경 쓰는 사람들의 코를 납작하게 해야 한다는 생각에 마음을 다잡았다.

외국에선 청소를 하더라도 자기 분야의 1인자는 높이 대우받지만, 한국은 그렇지 못하다는 점을 아쉬워한다. 은행의 본점은 물론 지방에도 각각 한 명씩은 위조지폐 감식 전문가가 필요할 텐데, 아직 관련 학과도 없는 실정이다.

늘 양심을 갖고 살아온 그의 손에 퇴출된 위조지폐만 해도 셀 수 없다. 그의 손은 단순히 위조지폐만 가려낸 손이 아니라 우리 시대의 양심을 건진 손이다. 어려운 현실 속에서 많은 일들을 해오며 묻혀 있었던 그의 손이 다시금 조명받기를 기대한다.

친구에게 내미는 교감의 손

애견 훈련사, 이웅종

10년 가까이 정이 많이 들었다. 시장에도 함께 가고 혼자 옥수수도 따 오던 이쏘. 늘 함께 붙어 다녔다. 그날 아침부터 왠지 평소와 다르더니, 짙게 깔린 노을을 배경으로 자신이 파놓은 땅속에 누워 눈을 감았다. 독일산 셰퍼드로 경찰견 대회에서 네 번 연속 챔피언 자리를 지켰던 이쏘는 그렇게 생을 마감했다. 그의 결혼식 때 화환까지 나를 정도로 자신을 많이 따랐던 개였기에 눈물이 앞을 가렸다.

어려서부터 동물만 보면 그저 좋았다. 자주 개집에 들어가 자곤 했다. 토끼도 소도 그를 반기는 것이 천생 타고난 팔자였던가. 20년 넘게 개와 함께 인생을 살아온 그가 바로 애견 훈련의 고수 이웅종이다.

그의 손은 한여름 더위를 누르듯 여유를 담고 늘어선 돌담길을 닮았다. 누구에게도 맘을 열고 차분하게 교감하는 특유의 따뜻함이 묻어나기 때문이다.

고등학생 때 동네의 아키다 순종을 보고 한 달간 막노동을 해서 개를

산 적도 있다. 떼거지로 개를 잡고 있는 사람들에게 돌을 던지기도 했다. 대학교에서 축산업을 전공하면서 나중에 큰 목장을 운영하고 싶었지만, 어릴 때부터 가정 형편이 어려웠다. 그가 애견계에 발을 들여놓은 것은 해병대에 입대하고 나서다. 그곳에서 군견을 다루는 걸 보고는 입이 떡 벌어졌다. 바로 자신의 일이라고 직감하고 평생 애견 훈련을 하면서 살기로 마음먹었다.

전역하고 곧바로 팔도 애견 훈련소를 모두 물색했다. 결국 애견 훈련소에 입문하면서 개들과의 동거가 시작되었고, 지금까지 한 길을 걷고 있다. 사나운 개를 순하게 다룬다
는 짜릿함이 있지만, 그 전에 해야
할 일은 개들과의 소통이다. 고집
부리던 수많은 개들이 결국 그에
게 꼬리를 흔드는 이유는 바로 마
음을 열고 교감하기 때문이다.

그의 손길만 닿으면 개들 대부
분이 대회에서 순위에 올랐다. 국
내 대회를 석권하고 나니 배가 더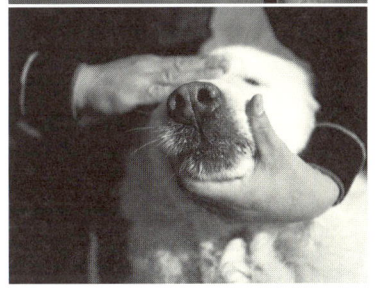
고팠다. 일본 견학을 가보니 그동
안 우물 안 개구리였던 자신이 초
라해졌다. 그가 자리를 비우면 훈
련소가 문 닫을 수도 있는 상황이
었지만, 누군가는 해야 한다는 책
임감으로 유학길에 올랐다.

개 훈련 기술에 있어서 세계적
인 수준인 미국에서 잘나가는 유명 애견 훈련사에게 껌처럼 착 달라
붙어서 떨어지지 않았다. 그만큼 절실했다. 미국 한 달 교육비만 해도
1000만 원대였기 때문이었다. 그는 코리아타운의 훈련장에서 재워만 달
라며 눌어붙었다. 끼니는 라면이 전부였다. 개 서른 마리가 싸우지도 않
고 조화롭게 훈련하는 과정을 보며 탄성을 질렀다. 그 광경은 지금 생각
해도 잊을 수 없는 밑거름이 되었다. 거기에서 멈추지 않고 일본의 최고
권위자 혼다 선생을 찾아가서 배우고, 또 아다치 선생으로부터 경비견
훈련법까지 배웠다. 가진 것 없는 사람이 유학 생활을 하는 게 쉬운 일

이 아니었다. 그래서 틈틈이 아르바이트로 돈을 벌고, 단 1분도 낭비하지 않고 배웠다.

국내에서도 2002년에 애견 붐이 일면서 그가 애견 훈련을 대중화시키기에 최적의 환경이 되었다. 고심 끝에 견주와 함께하는 프로그램을 만들었다. 대성공이었다. 단순히 전시성 훈련이 아닌 제대로 길들일 수 있는 과정이라고 소문이 돌아 견주들이 꼬리를 물고 찾았다.

개 훈련소를 한다고 하니 어머니는 혀를 찼다. 중매가 오갈 때 개 키우는 사람이라서 싫다는 이야기를 듣고는 너무나 억울했다. 나중에 두고 보라며 소신을 굽히지 않았다. 훗날 어머니는 그를 꼭 안아주며 애견한 아들을 비로소 인정했다. 그리고 도그쇼장에서 만난 예쁜 아가씨네 개의 병을 성심성의껏 치료해주면서 그녀를 아내로 맞이했다. 돈은 없고 개만 많았던 탓에 신혼살림도 비닐하우스에서 시작했다. 고생한 것을 말하자면 한도 끝도 없다. 한번은 훈련소에 파보 장염이 돌아 개들이 떼죽음을 당하면서 위기를 맞았다. 이후 질병을 철저하게 관리하게 만든

따끔한 경험이다.

그는 개들이 스스로 다가올 수 있도록 길을 열어주는 접근 방식을 사용한다. 마음의 문을 열고 개를 믿으면, 어느 순간 꼬리 치며 몸을 비벼 온다. 가끔 사람을 증오하는 개들이 마음을 열지 못하고 물거나 할퀴다 보니, 손엔 수시로 상처가 생긴다.

우리나라 애견 문화의 현실은 바닥 수준이다. 좋아하고 예뻐하다가도 병에 걸리거나 사고를 겪으면 순식간에 마음을 돌린다. 아직도 개를 친구로 보지 않고 소모품으로 보는 경우가 많아 아쉽다. 그는 유기견들이 신나게 뛰어놀고 사람들과 교감할 수 있는 애견 공원을 꿈꾼다. 한국이 동물 복지 관련 분야에서 선두가 될 수 있도록 최선을 다할 생각이며, 애견 문화의 대통령과 같은 삶을 꾸준히 이어가며 후배들에게 노하우를 전수하고 싶다.

날카로운 개의 이빨에 찍혀도 보고 발톱에 상처가 패기도 한 그의 손이 담담하게 보이는 이유는 한평생 후회 없이 달려왔고, 앞으로 더 달릴 것이기 때문이다. 여기에 우리나라 국민들만 동참한다면, 그의 손은 더 자신 있게 리드줄을 움켜쥘 수 있을 것이다.

천상의 소리를 모으는 손

지휘자, 윤학원

그의 손은 벌겋게 물든 노을을 배경으로 수십만 마리의 철새들이 만드는 군무와 같다. 물길을 걷어차고 시원스레 날아올라 함께 호흡하며 비상하듯 마음을 이끄는 손이다.

흔히들 음악에 치유의 힘이 있다고 말하는데, 합창이야말로 그 절정인 듯하다. 감동으로 심신을 정화하고, 영혼에 아드레날린을 뿌려 듣는 이를 행복하게 만든다. 그뿐인가. 세상사 근심거리, 욕심도 모두 잊고, 오직 열정과 충만을 담게 만드는 힘이 있다. 그의 존재 자체가 한국 합창의 다른 이름이라고 말한다. 지휘자 윤학원, 우리나라 합창단을 세계적인 수준으로 올려놓은 한국 합창 음악의 선구자다.

칠순을 훌쩍 넘긴 나이에도 너무나 건강한 미소! '이게 바로 합창의 힘이구나!' 하는 생각이 들었다. 부드러운 인상까지 더해져 상대방도 행복해져야 할 것만 같은 묘한 기운이 돌았다.

초등학교 1학년 때였다. 당시 학교엔 손풍금으로 음악 수업을 하던 시절이었다. 또래에 비해 감성이 풍부하고 풍금을 좋아하던 어린 시절, 그에게 음악 선생님의 칭찬은 큰 힘이 되었다. "노래 참 잘한다. 나중에 꼭 음악가가 될 거야!"라며 용기를 불어넣어준 스승의 말씀이 어린 그에겐 예언과도 같았다. 사실 부모님이 목청이 좋고 노래를 잘해서 유전적인 영향의 덕을 보았다.

하지만 중2 때 찾아온 변성기. 무대 위에서 소리 한 번 내지 못하고 내려왔다. 성악가의 꿈을 포기하는 순간이었다. 화학자가 되라는 부모님의 바람대로 고등학교 응용화학과에 입학했다. 하지만 음악에 대한 열정은 식지 않아 학교 밴드부에서 꿈을 키웠다. 결국 음대 작곡과에 입학했다.

합창 지휘가 그에게 운명으로 다가온 것은 스물한 살, 대학교 3학년 때다. 대학교 연합 합창단을 지휘하던 시절, 바흐 〈칸타타 106번〉을 초연할 때 수십 개의 다른 소리를 하나로 모을 수 있다는 기쁨에 전율하며 지휘자가 되기로 결심한다. 대학교 4학년 땐 보이스콰이어를 만들고 싶어 동네 아이들에게 아이스크림을 사주며 열댓 명을 모아놓고 노래를 가르치기도 했다. 매스컴을 통해서도 알려지기 시작했다. 그때 비로소 느꼈다. 흐트러진 사람들의 마음을 세상에서 가장 빨리 모을 수 있는 것이 바로 '합창'이라고.

그렇게 지휘자의 길을 걷기 시작한 그는 월드비전 어린이 합창단(당시 '선명회 어린이 합창단')을 세계적인 수준으로 이끌었고, 대우 합창단의 상임 지휘를 맡으며 한국 합창의 대중화를 이끌었다.

그는 선명회 어린이 합창단과의 추억을 최고의 감동으로 꼽는다. 4개월 동안 96개 도시를 순회하고, 100회 이상의 공연을 하면서 많은 걸 배우고 느꼈다. 1972년 그들을 이끌고 호주 캔버라에서 공연을 했는데, 호

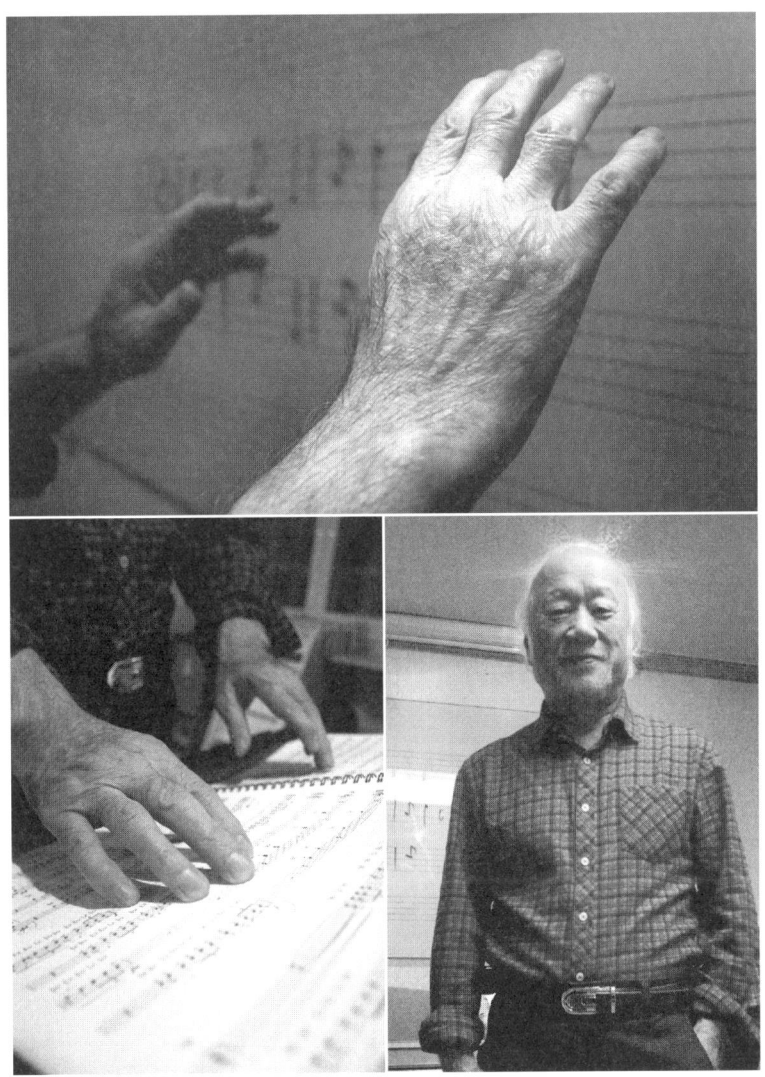

주 총리와 국회의원 등 수많은 사람들이 모인 자리였다. 눈빛으로 지휘해도 소리를 낼 정도로 합창 단원과 호흡이 너무 잘 맞았는데, 공연 후 아이들이 울면서 "음악이 너무 좋아요!"라고 말해 북받치는 감동에 함께 엉엉 울기도 했다.

　정치인들도 합창을 배우면 큰 도움이 될 것이다. 합창의 매력은 다른 이를 인정하고 배려하는 것이기 때문이다. 때론 독창자가 돋보이도록 화음을 만들어주고, 때론 틈새의 침묵도 즐기면서 자신이 들어갈 때를 기다린다. 또, 독창을 맡으면 최선을 다해 제대로 소리를 내줘야 한다. 옆사람의 소리를 존경하고 귀 기울여야 자신의 소리도 근사하게 나오는 법. 인생의 원리다. 그는 민주주의를 배울 수 있는 예술이 합창이라고 말한다. 그렇듯 위대한 합창을 손끝으로 정성스레 버무리고 있다. 봄나물을 무치는 어머니의 손길처럼.

이제는 약간 굽어서 스스로는 보잘 것 없는 손이라고 말하지만, 지금까지 숨죽이며 그 손에 집중해온 사람들의 수는 헤아릴 수 없다. 아마추어들에게도 마음을 열고 함께 고생한 손, 그래서 더 자랑스러운 손이다. 그는 지휘를 꿈꾸는 이들, 더 나아가 세상의 젊은이들에게 말한다. 늘 한 길을 가라. 그리고 새로운 것에 도전하라. 아름다운 것의 근본을 생각하라.

실제로 우리나라에 프로 합창단은 꽤 있지만, 아마추어 합창단은 상당히 열악하다. 일본만 해도 2만 개 정도의 합창단이 활동하고 있지만, 우리나라는 아직 500개도 안 된다. 특히 현재의 입시 위주의 교육 때문에 초·중·고등학교에서 합창단이 거의 사라진 현실에 안타까움을 느낀다. 합창단이 생긴다면 학교 발전은 물론 사회적으로도 긍정적인 효과가 있을 텐데.

지금도 하루를 눈코 뜰 새 없이 보내고 있는 그의 꿈은 로버트 쇼처럼 86세에 사람의 심금을 울리는 지휘를 하고, 에릭 에릭슨처럼 93세가 되어서도 지휘를 하는 것이다. 아들은 물론 고등학생 손자까지 지휘자를 꿈꾸고 있어서 이제 3대째를 바라보고 있는 그, 그의 손은 단순히 천상의 소리만 빚어내는 손이 아니다. 소리 이전에 인간 심성을 빚어내는, 그것도 각기 다른 개성이 서로 조화될 수 있도록 끌어내는 거대한 감성 카운슬러의 손이다. 지금보다 앞으로 더 빛날 그 손에서 열기가 느껴진다.

신神이 부르는 손

무속인, 이천희

종갓집 외동딸이었다.

아버지는 행여 다칠세라 자전거에 푹신한 담요를 대고 손수 그녀를 등 교시킬 만큼 애지중지했다. 춤 실력도 뛰어나서 나중에 유명한 전통 무 용가가 될 거라고 다들 기대했다. 하지만 신도 그녀를 원했다. 10여 년간 끈질기게 버티던 그녀도 결국 어찌할 수 없는 운명과 손을 잡았다. 그녀 가 바로 자운 이천희다.

그녀의 손은 우주의 에너지를 한껏 담은 별과 같다. 거대한 힘을 받아 빛을 뿜듯 강한 기운을 발산하기 때문이다.

어린 시절부터 굿하는 것만 보면 그저 신이 났다. 종갓집이라서 수시로 굿판이 벌어졌고, 몇 시간이고 앉아서 구경해도 질리지 않았다.

"넌 자라면 신의 딸이 될 거야!"

굿하러 온 선생들이 자주 그렇게 예언했지만, 그땐 별로 귀에 들어오 지 않았다.

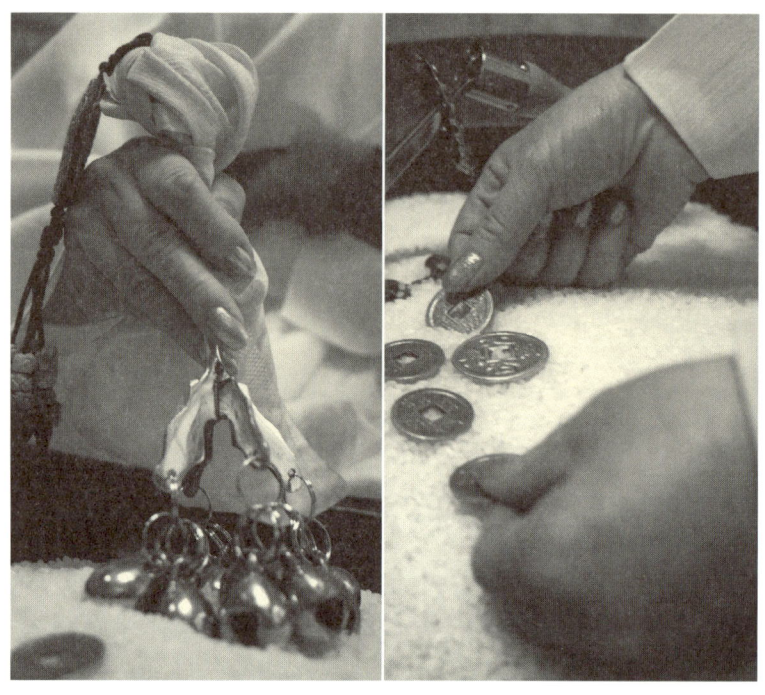

　신이 첫 번째로 다가온 것은 열아홉 살 때. 원인 모르게 아프고 고열로 병원에 실려 가기 일쑤였다. 병명도 몰랐고, 주삿바늘을 찔러도 들어갈 생각을 안 했다. 굿을 하고 나니 씻은 듯 나았다. 허나 이것은 신의 부름을 알리는 서곡에 불과했다.

　결혼하고 나니 본격적으로 신의 판란이 시작되었다. 꿈속에 자꾸 젊은 여자가 나타나 머리를 쥐어뜯고 남편의 속옷을 훔쳐 갔다. 어느 날, 장롱 위에서 이상한 소리가 나서 휘저으니 누런 봉투 하나가 떨어졌다. 열어보니 남편과 나란히 찍은 젊은 여인의 사진이 보였다. 알고 보니 사진 속 여인은 남편의 전 부인이었다. 면사무소에 혼인신고를 하러 가서 남편의 결혼 사실을 알고 철퍼덕 주저앉아버렸다. 뱃속에 첫째 딸을 품고 있었지만, 수면제 70알을 삼켰다. 죽기도 쉽지 않았다. 사진 속 여인

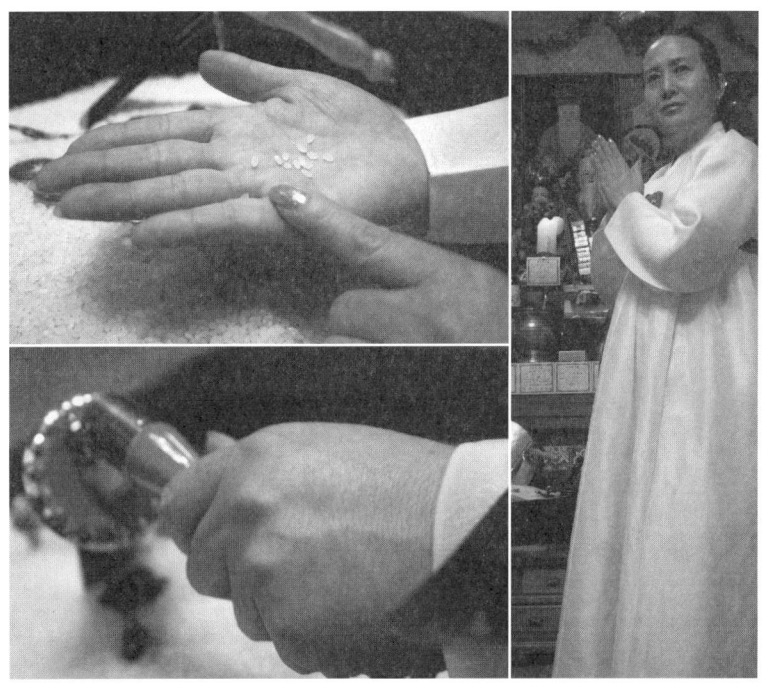

은 병에 걸린 와중에 임신해서 아기를 낳다 세상을 떠났고, 아기도 인큐베이터에 잠시 머물다가 결국 엄마 뒤를 따랐다고 한다. 그 한이 그녀에게 들이닥친 것이었다. 그때부터 그녀는 시름시름 앓았다. 의지로 이겨보려 독하게 마음먹고 신내림을 완강히 거부했다.

신병은 계속되었다. 도무지 아무것도 할 수 없었다. 의욕이 떨어지고, 몸에 힘이 없었다. 주위의 모든 물건이 신의 것으로 보이고, 어느 순간 말문이 트였다. 사람을 보면 저절로 점괘가 보였다. 이를 악물고 거부하는 그녀에게 풍파가 몰려왔다. 둘째 딸이 교통사고로 중상을 입었고, 그녀도 두 차례나 큰 수술을 해야 했다. 두 친정 오빠도 하늘로 보낸 지 오래다. 한탄강에 빠져 죽을 뻔했지만, 뗏목을 잡고 극적으로 살아났다. 10여 년을 악착같이 버티고 나니, 꿈에 돌아가신 아버지가 나왔다. 이젠

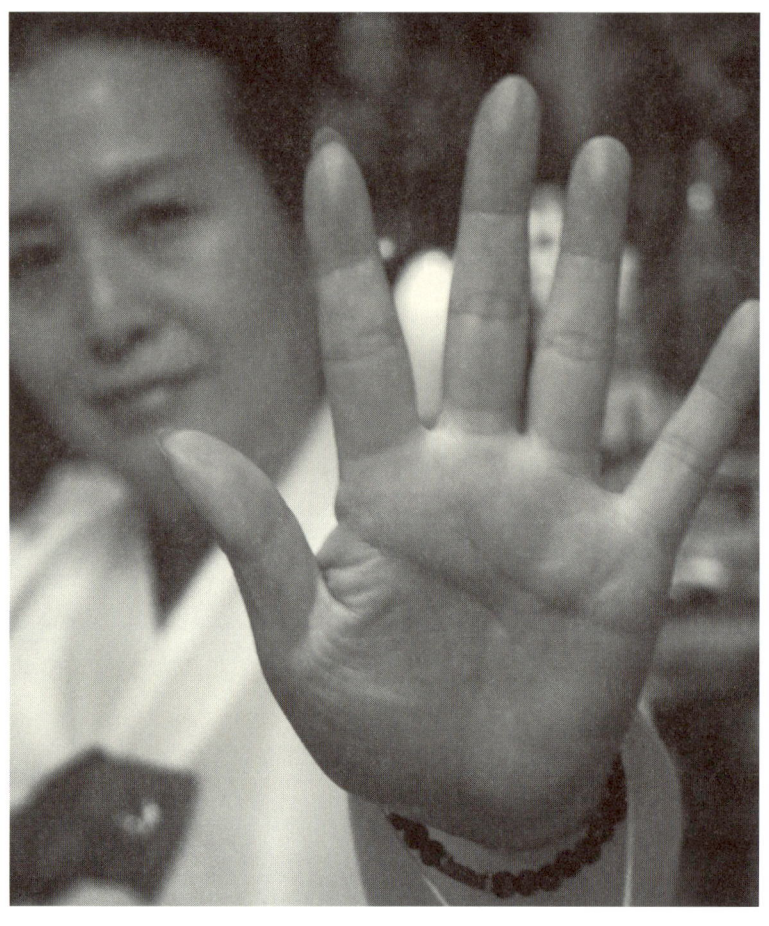

그만 항복하라는 최종 통보였다. 그 추운 겨울날 찬물을 끼얹는 그녀의 몸엔 이미 조상신이 들어와 있었다.

"내 자손 불쌍해서 내가 왔다. 이대로 죽일 작정이냐!"

친정 엄마와 남편도 놀라서 몸이 굳어졌다. 신내림을 받는 날 아침에도 함께 죽자며 벼랑 끝으로 그녀를 끌고 간 남편 앞에서 그녀는 아이들도 있는데 죽기보다 신의 부름을 받겠노라고 눈물로 호소했다. 아산 이씨 종갓집 딸이 신내림을 받는다고 하니 구경꾼이 구름 떼처럼 몰려들었다. 가히 눈물의 신내림이었다. 문중에서도 난리가 났다.

버텨보려 했지만, 거스를 수 없는 길이었다. 오랜 세월 눈물이 강을 이루었고, 한은 산처럼 깊었다. 애절함이 컸기 때문에 지금 그녀의 기운이 더 강해질 수 있었다. 온실 속 화초처럼 애지중지 자랐던 그녀의 손은 넘치는 눈물을 말없이 닦으면서 강해졌다. 때론 방울을 흔들고, 합장하고, 산천을 울며불며 다니면서 신울림을 받은 손이다. 이제는 그 기운으로 사람들에게 위안을 주고, 희망을 주고 있는 손이다. 돈만 탐하면 기운이 약해진다 하여 보이지 않게 어려운 이들에게 많은 걸 나누고 있는 손이다. 그녀의 가냘프고 흰 손이 지금은 그렇게 강해 보일 수 없다.

20년 넘게 포천에서 신의 딸로 살고 있는 그녀는 현재 제석帝釋굿 보존회 회장이기도 하다. 한 대학교의 종교학과 민속 무속 강사로도 출강했다. 무속을 떠나 우리나라의 전통을 지닌 매개체로서 미풍양속을 살린다는 점에서 관심이 더 필요하다고 그녀는 말한다. 지금은 제석굿을 발전시켜 문화재로 만들기 위해 노력 중이다. 사람마다 모두 신기가 있고, 신명이 있다. 그녀의 손은 자신보다 부족하고 가여운 사람들의 손을 잡아주는 손이요, 한 맺힌 자를 풀어주는 중개자의 손이다. 오늘도 그녀의 손은 거대한 우주의 힘을 받아 세상을 밝히고 있다.

손 이야기
006

향과 맛을 블렌딩하는 손

믹솔로지스트, 장동은

칵테일 한 잔에 탁 트인 바다를 담고, 해가 뜨는 감동적인 장면을 연출하기도 한다. 노란 레몬으로 꾸며진 나비가 잔 위에 앉았다. 핑크색 칵테일은 벌써부터 봄 향기를 퍼뜨리는 것만 같다. 달콤한 복숭아와 상큼한 레몬이 어우러져 마음속에 봄을 심는다. 이쯤 되면 칵테일은 술이 아닌 예술품이다. 오랫동안 칵테일을 만들어온 사람의 가슴은 그 향에 물들어 더없이 뜨겁다. 우리나라 칵테일 문화를 만들고 있는 그, 바로 믹솔로지스트(Mixologist, 창의적으로 새로운 칵테일을 만드는 술 전문가 혹은 칵테일 예술가) 장동은이다.

그의 손은 맑은 태평양 속에서 볼 수 있는 수천 가지 색의 물고기를 닮았다. 저마다의 화려함과 다이내믹한 모습을 자아내듯, 무한한 색깔의 칵테일을 만들어내기 때문이다.

어린 시절에는 화가가 되고 싶었다. 흙에 그림 그리는 게 취미였다. 뛰어난 감수성이 담긴 그림은 그가 정말 대단한 화가가 될 것이라고 예고

하는 것 같았다. 그러나 꿈은 하루아침에 물거품이 되고 말았다. 후천성 적록 색약. 미대를 포기해야 했다. 호텔에 입사한 그는 바에서 근무를 시작했고, 생각도 안 하던 바텐더의 매력에 빠지게 된다. 그의 감수성은 칵테일이라는 새로운 분야로 향한다.

늘 새벽 4시까지 근무하면서도 미소를 잃지 않은 건 열정과 신념 때문이었다. 바텐더를 단순히 병 돌리는 사람쯤으로 생각하는 사회의 시각도 바꿔보고 싶었다. 외국에선 바텐더를 '바 셰프'라 하여 최고의 장인으로 존경한다. 이를 부러워하며 한국 칵테일 문화에 대한 그의 생각이 점차 커졌다. 훌륭한 요리사는 좋은 음식으로 몸을 치유하지만, 훌륭한 바텐더는 한 잔의 칵테일로 영혼을 치유한다고 믿었기 때문이다.

칵테일을 잘 만드는 것만이 능사는 아니다. 고객들의 취향을 기억하고 교감하는 것도 중요하다. 그런 소중한 교감이 없다면 바에서 더 비싼 돈을 내고 술 마실 이유가 없다. 고객들의 개성을 파악하고 잊지 않기

위해 속으로 몇 번이고 되새겼다. 칵테일의 맛을 내는 핵심이 얼음이라는 것, 그리고 더 중요한 건 정성과 오픈 마인드라는 것을 알게 되었다. 통하게 되면 그때부턴 서로가 진솔한 술자리의 벗이 되는 것이다.

초반 4년 동안이 특히 고생스러웠다. 주위에서는 늘 어두운 시선으로 바라봤고, 연말이 되면 가족들과 오붓하게 보낼 시간조차 없었다. 낮에 일하는 일반 직장인 친구들이 부러웠다. 외국 고객들이 많다 보니 영어 학원을 다니면서 독하게 공부한 것도 지금은 큰 도움이 된다. 요즘에는 인식도 달라지고 있어서, 새 문화를 만드느라 행복하다. 그동안 바텐더 스쿨의 무료 교육을 통해 바텐더를 3만여 명이나 배출하면서 국내 칵테일 문화를 발전시키고 있다.

그의 손을 거쳐 간 바텐더들이 일을 내기도 한다. 세계 최고의 바텐더를 뽑는 월드클래스 대회에서 그가 가르친 엄도환 등 많은 바텐더들이 상위에 입상하면서 한국의 위상을 빛내고 있다. 이제는 뒤에서 노하우

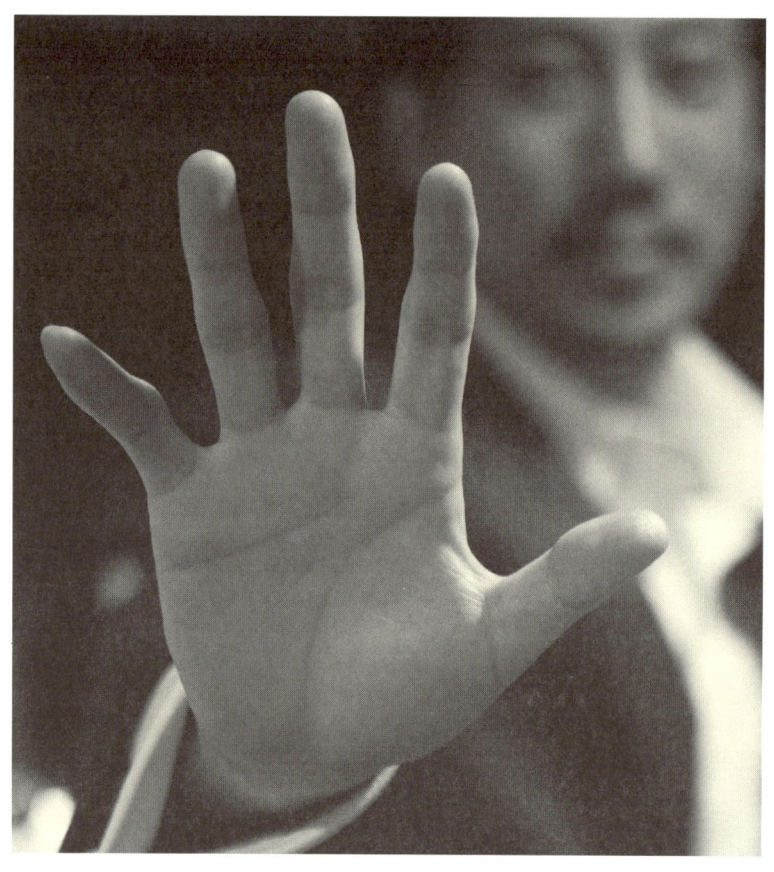

를 전수하는 것이 보람되고 좋다. 후배들의 성적이 좋으면 덩달아 행복
해진다.

　모히토Mojito와 애플 마티니Apple Martini는 그가 국내에 들여와서 유명
해진 케이스다. 런던만 해도 칵테일 종류가 넘쳐나는데, 한국은 거의 비
슷한 칵테일만 취급하는 것이 아쉬워서 스스로 개척했다. 다양한 책을
써서 칵테일 문화를 소개하기도 한다. 그가 생각하는 칵테일은 '작은 세
계'다. 작지만 다이내믹하고, 표현할 수 있는 게 많으니 누구든 그 문화
에 빠지면 행복해진다. "부어라! 마셔라!" 하는 우리의 잘못된 술 문화와

는 다른 세상이다. 외국엔 300년이나 된 바가 있을 정도로 바 문화의 전통이 살아 있다. 그곳에서 사람들은 술을 음미하며 인생을 논하고 사랑을 속삭인다. 너무도 부럽다.

주변에서 병 돌리기만 하다 서른 살이 되면 힘들다고 포기하는 것을 자주 봤다. '1만 시간의 법칙'이라는 말처럼 하루 세 시간씩 10년을 하면 가치를 키울 수 있으련만, 잠시 머물다 떠나는 젊은이들을 볼 때면 마음이 아프다. 해외엔 바텐더 마에스트로가 많은 반면에, 한국엔 거의 없는 것도 그런 이유다. 정말 이 분야에 관심이 있다면 술에 대한 기본 지식과 외국어를 섭렵할 필요가 있다고 강조한다. 더불어 상대방과의 교감 능력까지 갖춘다면 우리나라에서도 걸출한 바텐더 장인이 나올 듯.

그의 손은 마치 여성의 손처럼 가늘고 예쁘다. 가끔은 다치고 상처가 생기지만, 수많은 고객들의 입맛과 취향을 맞춰온 손이기에 강하다. 지금까지 다양한 고객들을 만난 것이 사고를 넓히고 많이 배울 수 있는 기회였다. 앞으로 국내에 소개되지 못한 좋은 술을 선보이고, 유명한 바도 만들고 싶다. 3대가 함께 와서 추억을 만들 수 있는 편안한 공간이면 좋을 것이다. 더불어 후진 양성도 게을리 하지 않을 것이다.

열정을 가슴에 품고 늘 도전해왔기 때문에 그는 세계적으로 유명한 믹솔로지스트가 되었다. 스스로 바 문화를 이끌어가는 미친 남자라고 말하듯, 그가 있었기에 우리나라 칵테일 문화가 발전할 수 있었다. 오늘도 섬세하게 술을 블렌딩하는 그의 손끝에서 칵테일 향과 인간적인 향이 동시에 넘쳐흐른다.

기적의 선율을 만드는 손

네 손가락 피아니스트, 이희아

그녀의 손은 한겨울 높은 산 정상에서 한 입 깨무는 초콜릿의 깊은 풍미를 닮았다. 시련을 딛고 올라 마침내 넓게 펼쳐진 풍경을 내려다보며 삼키는 그 맛은 녹는 듯 부드러우면서도 강한 향을 품고 있기 때문이다.

아름다운 선율을 전해주면서, 최악의 상황을 최고로 만든 인생 이야기까지 들려주는 이가 있다면 그 감동은 배가 될 것이다. 천상의 피아노 선율로 행복한 상상을 실현하고 있는 네 손가락 피아니스트가 바로 그녀다. 그녀의 이름은 이희아. 어린 소녀로만 생각했던 그녀는 벌써 나랏일까지 걱정하는 성숙한 여인이 되어 있었다.

태어날 때부터 두 다리가 없었다. 손가락도 통틀어 네 개뿐. 다섯 살이 되었어도 손가락에 힘이 없어 연필을 잡는 족족 떨어뜨리는 그녀에게 엄마는 '품위'를 선물하고 싶었다. 엄마의 직감은 '피아노'였다. 정서 발달에도 좋겠다 싶었지만, 피아노를 가르쳐줄 선생님을 찾는 것조차 쉽지 않았다. 지방까지 돌며 백방으로 알아봤지만, 모두가 손사래를 쳤다.

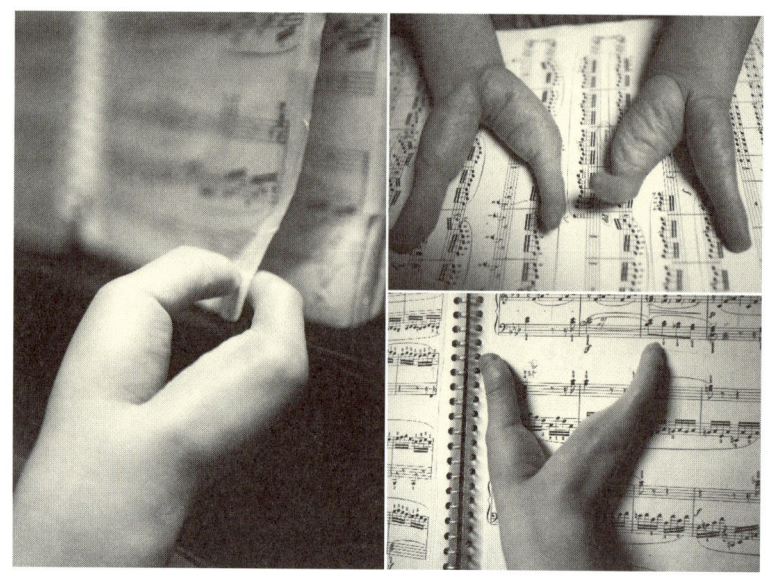

　간절한 엄마의 기도에 하늘이 답을 준 것은 그녀가 여섯 살 때. 피아노 학원을 운영하던 조미경 원장이었다. 조 원장은 간호사였던 엄마의 병원에 입원했다가 우연히 사연을 들었고, 빠르게 일이 성사되었다. 하루도 거르지 않고 열 시간씩 지옥 훈련이 시작되었다. 하지만 손가락 자체에 힘이 없어서 그녀가 짚는 건반에서는 소리가 나지 않았다. 다른 아이들이 피아노를 배우고 간 뒤에도 그녀와 조씨의 1 대 1 교습은 계속되었다. 네 손가락 끝엔 물집이 잡혔고, 결국 그녀는 몸살로 앓아누웠다. 그렇게 3개월여가 지난 어느 날, 드디어 피아노가 말문을 열었다.

　"나비야, 나비야."

　모두가 감동의 눈물을 흘렸다. 그러나 기쁨도 잠시, 힘들어하는 그녀를 위해 엄마는 중단할 수밖에 없었다. 클래식의 어려운 화음을 이해하고 매끄럽게 연주하기가 네 손가락으로는 불가능하다는 판단이었다.

　피아노를 모르던 엄마도 집에서 화음을 연구하면서 1년간 〈소녀의 기

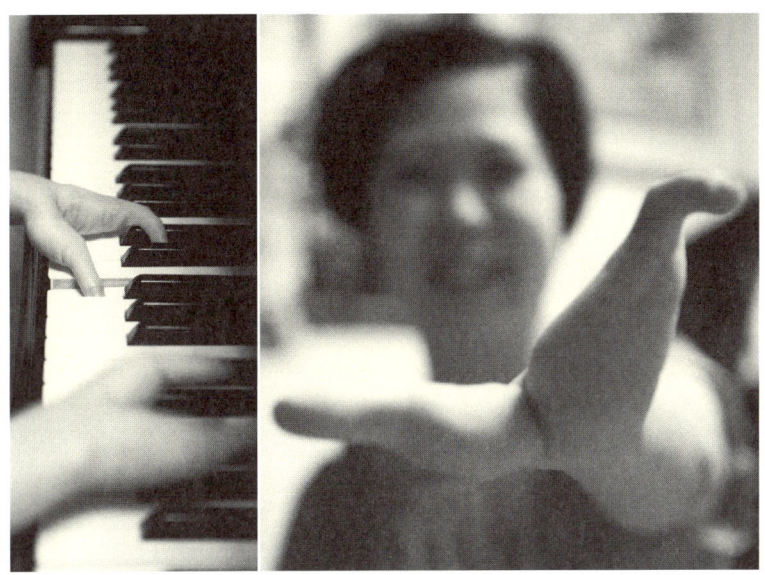

도〉를 가르쳤다. 여유를 갖고 꾸준히 연습하니 길이 보였다. 인내심이 뛰어난 그녀는 매일 반나절 동안 연습에 매달렸고, 결국 열 손가락을 가진 사람도 6개월이면 포기한다는 쇼팽의 〈즉흥환상곡〉을 5년 6개월 만에 연마했다. 여덟 살 땐 전국학생음악연주평가회에 참가해서 유치부 최우수상을 수상했다. 이어 각종 대회에서 상을 휩쓸었고, 많은 이들에게 '희망'이란 메시지를 전파했다.

1년에 한 번씩 대회에 나갔는데, 무대에 서는 것을 너무 좋아했고 할 때마다 실력도 늘었다. 열두 살 때부터 독주회를 연 그녀는 이제 해외에서도 초청 공연을 펼칠 만큼 전 세계에 팬이 있다. 개인적으로 중국 피아니스트인 랑랑의 연주를 보고 감동받았다고 한다. TV를 통해 처음 접한 랑랑은 스스로 즐기면서 감동을 주는 열정을 보여줬다. 그녀도 그 정신을 이어받아 늘 열정을 뿜어내고 있다.

사실 손엔 힘이 거의 없다. 관절이 없어 어깨로 내려치듯이 연주를 해

야 하기 때문에 어깨가 많이 아프다. 5년쯤 지나니 정형외과에서 연주를 중단하라고 권했다. 그녀의 몸 상태로는 장기간 연주하는 것이 쉬운 일이 아니다. 갈수록 힘이 빠지지만 열정만은 날로 커져가는 것이 엄마의 가장 큰 걱정거리다. 그럴 때면 그녀는 "엄마! 내일 일은 걱정하지 말고 오늘 최선을 다할래요" 하고 말한다. 그 한마디에 엄마의 근심도 말끔히 사라진다.

행복 전도사가 따로 없다. 장애아를 둔 많은 엄마들의 불안을 떨쳐주는 것도 그녀이고, 온전한 사람들의 부족한 영혼까지 채워주는 것도 그녀다. 세 살 때 다리 수술차 병원에 입원했을 당시엔 병원의 스타였다. 일찍부터 남을 위로하는 것에 익숙했고, 정신적으로도 성숙한 아이였다. 그녀는 스스로 '기쁨조'라고 말한다. 정신적으로 힘들어하는 이들에게 희망을 주고 위로할 수 있으니 행복하다. 앞으로 전 국민이 행복해질 수만 있다면 더 많은 무대에서 열정을 쏟겠다고 말하며 미소 짓는 그녀. 전 세계로 연주를 다니면서 한국인이 이렇게 행복하게 살고 있다는 것을 보여주고 싶단다. 좀 더 많은 해외 복지국가를 돌면서 행복 바이러스를 퍼뜨리고 싶다고.

온전한 겉모습을 하고도 장애를 지니고 있는 사람이 너무 많아진 요즘엔 그녀에게 배울 것이 더 많다. 설령 그녀가 피아노를 연주하지 않더라도 세상을 밝게 살아가려는 의지만큼은 높이 사야 한다. 그러한 의지조차 없는 이들은 반성해야 할 것이다.

참으로 아름다운 손을 만났다. 아기처럼 보드랍고 하얀 손. 오늘도 한없이 유연한 모습과 부드러운 피아노 선율로 많은 이들의 넋을 빼놓고 있는 그녀의 손이야말로 불꽃처럼 강인한 그녀의 심장을 잘 대변하고 있는 것 같다.

강철도 뚫을 눈빛을 담는 손

응사, 박용순

절벽 위 달빛 아래 그가 홀로 서 있다. 무언가를 찾다 지쳐 결국 고개를 숙이고 만다. 휭 바람이 일더니 멀리서 방울 소리가 은은히 들려온다. 그의 눈동자가 점점 커진다. 이윽고 달빛 사이로 화려한 날개를 펴고 치솟는 매 한 마리. 그가 팔을 뻗으니 날아와 앉는다. 강렬한 그의 눈동자 속에 매서운 매의 눈빛이 보인다. 둘은 그렇게 달빛 속에서 재회의 감동을 나누었다.

그의 손은 실바람에 은은히 흔들리는 산사 처마의 풍경風磬과 같다. 물 흐르듯, 햇볕이 쏟아지듯, 자연의 흐름 속에서 나지막이 주고받을 줄 아는 여유와 풍류를 지녔기 때문이다.

그는 매를 길들여 토끼나 꿩 등을 사냥하는 응사鷹師다. 한 마리의 생매를 길들이기까지는 오랜 시간이 필요하다. 인내 그 자체가 응사의 기본자세다. 매는 길들이기 전까지는 날카로운 발톱에 가죽 장갑이 뻥뻥 뚫릴 정도지만, 일단 서로 통하면 발톱에 힘이 풀리고 마음을 트게 된다. 그때부터 본격적인 훈련이 시작된다.

　매는 심장도 뚫어버릴 카리스마 넘치는 눈빛과 단숨에 숨통을 제압하는 강력한 발톱을 지녔다. 또한 매는 기다릴 줄 안다. 먹잇감이 사정권에 있어도 결코 서두르지 않는다. 상대방이 빈틈을 보이는 순간 쾌속으로 돌진한다. 이런 매력이 30년 넘게 응사의 삶을 살게 했다. 오히려 매에게서 인생을 배웠다.

　그는 어린 시절부터 날개 달린 종류라면 모두 좋았고, 그중에서도 '매'를 최고로 꼽았다. 또래의 아이들과 노는 건 신선하지 않았다. 자연을 배경으로 동물들과 교감하는 게 좋았다. 초등학생 때 우연히 산에 떨어진 매 새끼를 주워 키우게 되면서 그의 '매 앓이'는 싹이 텄다. 특히 군대 시절, 남들은 모두 "전진, 앞으로!" 하는 상황에 혼자 나무 위에 앉은 매 두 마리에 "돌격, 앞으로!" 하는 바람에 중대 마스코트로 매를 키우게 되었다. 전역 후, 전통 매사냥 기능보유자인 강종석 선생으로부터 사사받고 본격적으로 응사로서의 길을 걸었다.

　지금까지 총 70여 마리의 매가 그의 손을 거쳐 갔는데, '10응 10색'이라고 매마다 성질이 달랐다. 그러나 공통적으로 필요한 것이 아끼고 사랑하는 마음이다. 그런 기본 바탕을 지니고 있어야 훈련이 가능하다. 한마디로 도를 닦는 자세가 필요한 것이다. 화려하고 멋있어 보이지만, 현실적으론 어려웠다. 한때 잘나가던 엔지니어로 고액 연봉자였던 그가 직장을 그만두고 이 일에 전념했을 때, 주변 사람들은 모두가 고개를 갸우뚱했다. 여러 마리의 매를 먹여 살려야 했기 때문에 비용도 많이 들었다. 때론 난방 연료가 바닥나 냉방에서 자기도 했고, 주유소 아르바이트, 고속도로 검표까지 하는 등 고생스러운 날의 연속이었다. 매사냥이 얼마 전 유네스코 세계무형유산으로 등재되었지만, 현실은 달라진 게 없다.

어려운 환경에서 전통 문화의 맥을 이어오느라 맘고생이 많아 이제는 달관한 모습이었다.

　매사냥은 원래 우리나라가 최고였다. 역사적으로 보면 한때 《응골방》이라는 책도 널리 퍼졌고, 일본에 전파된 매사냥도 우리의 것이었다. 하지만 지금은 관심도 줄고 하는 이도 적어서 자존심 상하는 처지가 되어버렸고, 우리네 전통의 맥마저 위태로운 상황이다.

　매의 마음을 읽을 수 있어야 '응사'다. 매와 교감하기 위해서는 정신적인 소통이 중요하고, 무엇보다 '사랑'이 있어야 한다. 무형문화재인 그의 손은 오랜 기간 사연 많은 매들과 정을 나누느라 상처 입고 투박

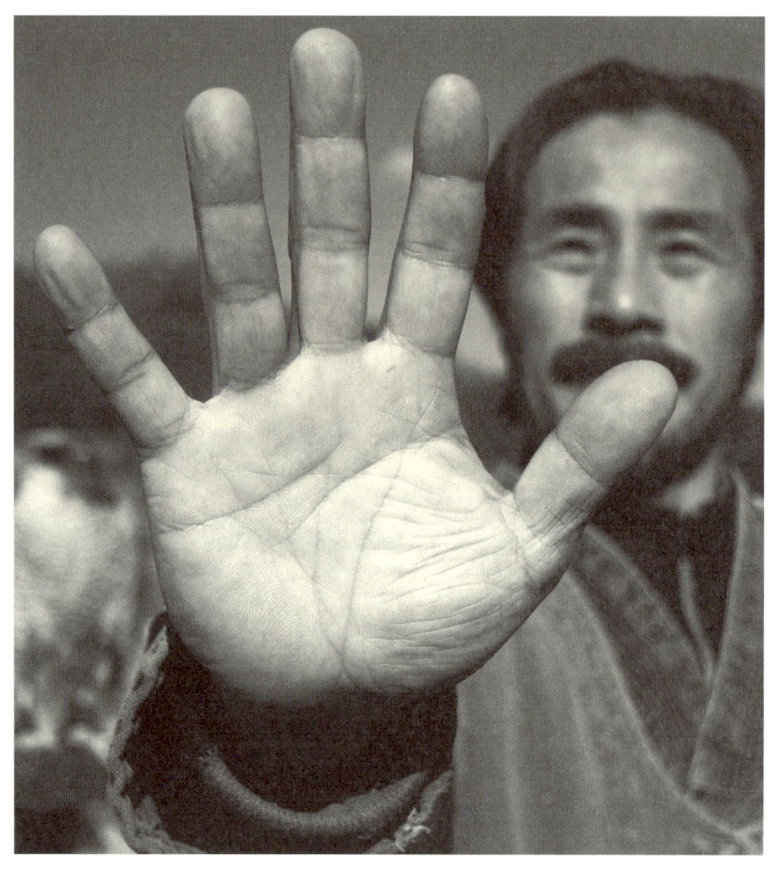

해졌다. 매로부터 배운 기다림의 미학으로 야생성이 강한 그들이 편해
질 때까지 자리를 내주며 포용할 줄 알아서 더 아름다운 손이다.

언제든지 체험을 위해 찾는 이들을 마다하지 않는 그는 매사냥이야말
로 자연과 함께 맹금의 멋과 맛을 느낄 수 있고, 인내와 끈기를 배울 수
있으며, 인격도 쌓고 정신 수양도 할 수 있는 최고의 문화라고 말한다.
오늘도 매의 본성을 끌어내고 있는 그는 앞으로 모든 이들이 매사냥을
체험하고, 함께 향유할 수 있을 때를 고대한다. 전통 문화는 고리타분하
다는 편견에서 벗어나 남녀노소 모두가 공감하고 그 참맛과 가치를 즐기

게 될 날을 기다린다.

세상은 디지털로 빠르게 치닫고 있다. 매사냥은 호연지기를 알고 자연의 소중함을 깨닫게 하는 최고의 교육이다. 또한 매사냥은 우리 민족의 삶 그 자체였고, 풍류의 근원이었다. 민족혼을 일깨우고, 우리의 자존심을 다시금 찾기 위해 관심을 가져야 할 때다.

언젠가 잃어버렸던 매 '장군이'와 달빛 아래에서 재회하던 순간의 감동은 그가 평생 잊지 못할 동화 같은 추억이다. 이제 모든 대중이 그 맛을 느껴보고 추억을 만들 수 있도록, 오늘도 그의 손은 매를 자식처럼 어루만지며 정을 뽑고 있다.

침묵의 언어로 길을 내는 손

마임이스트, 유진규

그의 손은 까만 밤하늘에 또렷하게 떠 있는 북극성을 닮았다. 언제나 그 자리에서 누구라도 포용해 꿈의 길로 인도하기 때문이다.

침묵 속 자연의 흐름과 호흡한다. 지구가 도는 속도에 맞춰 그의 손은 유영하듯 움직인다. 그 동작은 말보다 더 강하게 생생한 삶을 표현한다. 그가 바로 우리나라에 마임의 길을 열어준 1세대 마임이스트 유진규다.

처음으로 마임이 그의 운명을 자극한 것은 고2 때. 국내에 마임이 생소하던 시절, 우연히 세계적인 마임이스트인 롤프 샤레의 공연을 봤다. 처음으로 보는 환상적인 공연이었다. 특히 몸의 움직임만으로 말보다 더 살아 숨 쉬게 표현한다는 것이 신기했다. 첫 번째 만남은 그런 여운을 남기며 끝났다. 그렇게 세월이 흘렀다. 워낙 동물을 좋아해서 나중에 아프리카의 넓은 초원에서 동물들과 벗 삼아 살 요량으로 대학교 수의학과에 입학했지만, 생각보다 자유롭지 않은 현실에 실망한다. 대안은 연극부. 연극이라면 자신을 자유롭게 표현할 수 있을 것 같았다.

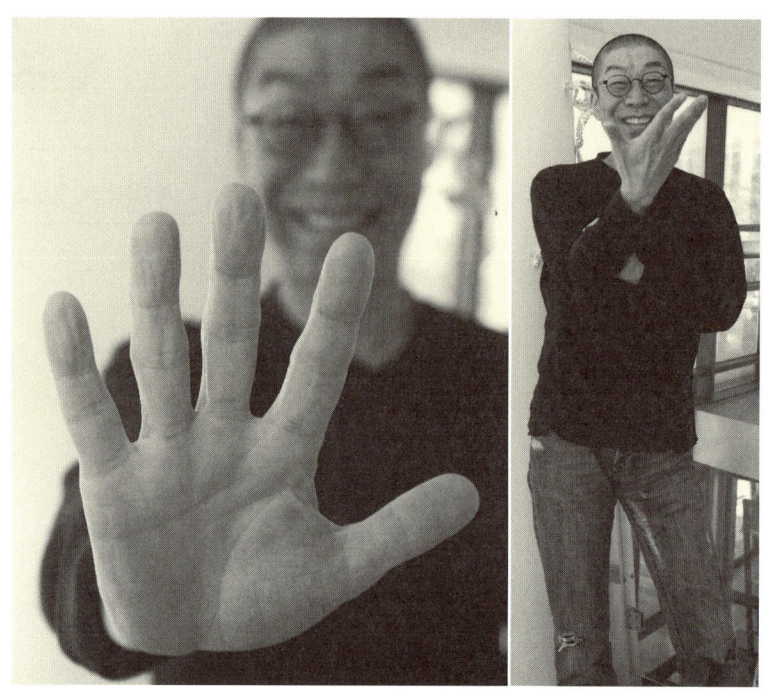

극단 에저또에 발을 들이게 되면서 자연스럽게 학교를 관뒀다. 거기에선 신체 표현을 중요시하는 연극을 많이 했고, 실험 연극을 시작하면서 마임을 배웠다. 롤프 샤레의 환상을 맛본 후 딱 3년 만에 마임이 그의 운명으로 들어온 것이다.

그는 멤버들 중에서도 단연 출중했다. 마임으로 하는 것이라면 뭐든 뛰어난 능력을 보였다. 마임으로 선보인 첫 작품은 〈첫야행〉. 벽을 더듬고, 줄을 당기는 등 마임적인 환상을 일으키는 테크닉들을 주로 했더니 관객들의 호응이 컸다. 무언으로 진정성을 표현하는 방법을 터득하기란 쉽지 않았지만, 즐기듯 밤새 고민하고 몰두했다. 그때만 해도 광대라고 해서 사회적으로 인정도 못 받았던 시기라 부모님의 반대도 거셌지만, 가출해서 행방이 묘연해진 그를 부모님도 말릴 재간이 없었다. 그 후, 극

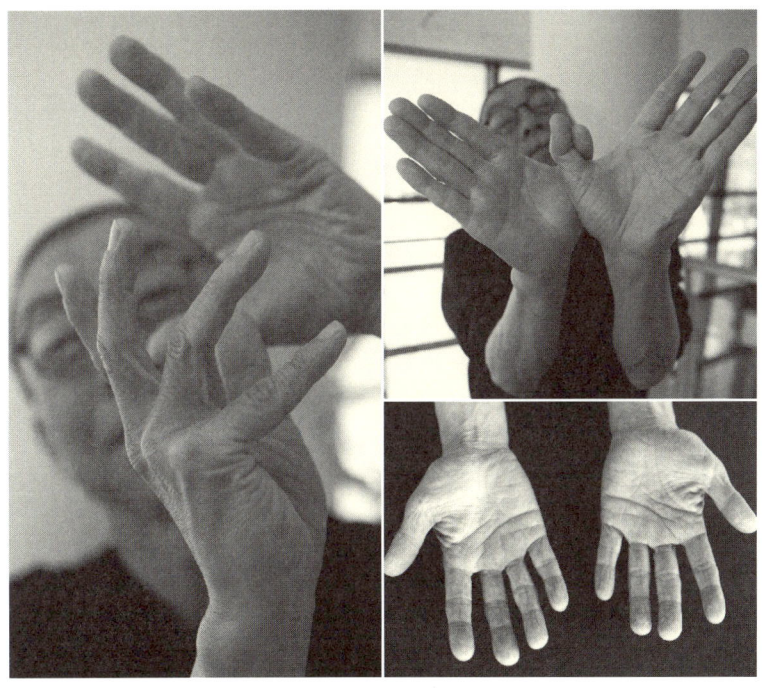

단을 떠나 마임이스트 유진규로 활동하며 1년에 50회 이상의 공연을 했다. 머릿속엔 24시간 마임밖에 없었다.

마임으로만 달리던 그는 1980년대 초, 돌연히 잠적해 춘천 근교에서 소를 키웠다. 어려운 시대적 상황을 두고도 자신이 아무 역할도 하지 못한다는 고민 때문에 스스로 힘들었던 것이다. 거기에 작품의 한계로 인한 여러 고민들까지 더해져 시골로 향하게 되었다. 많을 땐 소 서른다섯 마리까지도 키워봤지만, 수입 소 파동 등으로 그 생활마저 접어야 했다. 이후 카페를 하면서 조그만 무대를 만들어 예술하는 친구들을 모아 공연했다. 여러 후배들의 컴백 요청이 이어졌다. 친한 기획자는 국내 마임이 사라질지도 모른다며, 그를 보고 시작한 후배들을 생각하라며, 딱 한 번만 공연을 하자고 졸랐다. 결국 딱 한 번이라는 조건으로 다시 무

대에 선다. 당시 매스컴에선 그가 돌아왔다며 주목했다. 그 후로 마임의
삶에서 빠져나올 수 없었다.

　1998년엔 뇌종양 진단을 받았는데, 뇌간이라는 복잡한 자리에 생긴
종양이라서 섣불리 수술할 수도 없었다. 모든 것을 내려놓고 산속으로
들어갔다. 그곳에서 자신을 비워내는 작업을 시작했다. 그동안 느꼈던
인간적인 갈등이 욕심으로부터 나온 것이라는 것을 알았다. 욕심을 버
리기로 했다. 욕심이 비워질수록 통증도 함께 비워졌다. 두 달 반, 결국
종양도 깨끗이 사라졌다. 의사도 기적이라며 놀랐다. 지금도 그는 모든
병의 90퍼센트 이상은 마음에서 오는 것이라고 확신한다.

　그 혹독했던 경험은 마임의 근본 원리로 통했다. 그는 마임이란 마치
웅크린 태아처럼 백지 상태에서 생기는 느낌이라고 말한다. 한시도 긴장
을 풀 수 없다. 지금 만나는 관객들과 교감하면서 그의 모든 것을 보여준
다. 그래서 끝나면 홀가분해지고 후련하면서도 허탈감에 빠진다.

어린 시절, 그는 '돌부처'였다. 말도 없이 아이들 노는 것을 물끄러미 보며 즐겼다. 얼굴이 잘 빨개지고 내성적이기도 했지만, 사물을 구경하고 남들을 객관적으로 보는 연습을 그때부터 시작한 듯하다. 집 근처에 창경원이 있어서 수시로 동물들과 무언의 대화를 나누었다. 그가 대학교 수의학과에 입학했던 것도 이런 연유였다. 그의 손은 작고 가냘파 보인다. 마치 기를 움직이듯 섬세하게 다루는 손이다 보니 갈수록 더 감각적으로 변하는 듯하다. 아무것도 모르는 이들은 고운 손이라고 말하겠지만, 아는 이들은 온갖 고생을 다 하며 살아온, 그러면서도 마음의 끈을 놓지 않고 고집스럽게 한 길을 걸어온 그의 손을 존경한다.

생각을 전할 때 말이 전부라고 생각하지만, 정작 말의 무게감은 10퍼센트밖에 되지 않는다. 오히려 음색, 눈빛, 표정 그리고 제스처가 90퍼센트를 차지한다. 우리는 말에 익숙한 나머지 더 진정성 있는 기운을 간과하며 살아왔는지도 모른다. 그가 몸으로 눈빛으로 손짓으로 그 진리를 몸소 일깨워주고 있는 것이다. 누군가 길은 애초에 없었다고 말했다. 발을 내딛는 순간 길이 열린다는 것을 그가 몸소 보여주었다. 40여 년 동안 그 손으로, 몸짓으로, 표정으로 울고 웃으면서 말이다. 앞으로 더 많은 무대에서 그의 손짓이 새가 되고, 바람이 되어 날아가는 모습을 볼 수 있기를, 또 더 많은 이들이 공감할 수 있기를 기대한다.

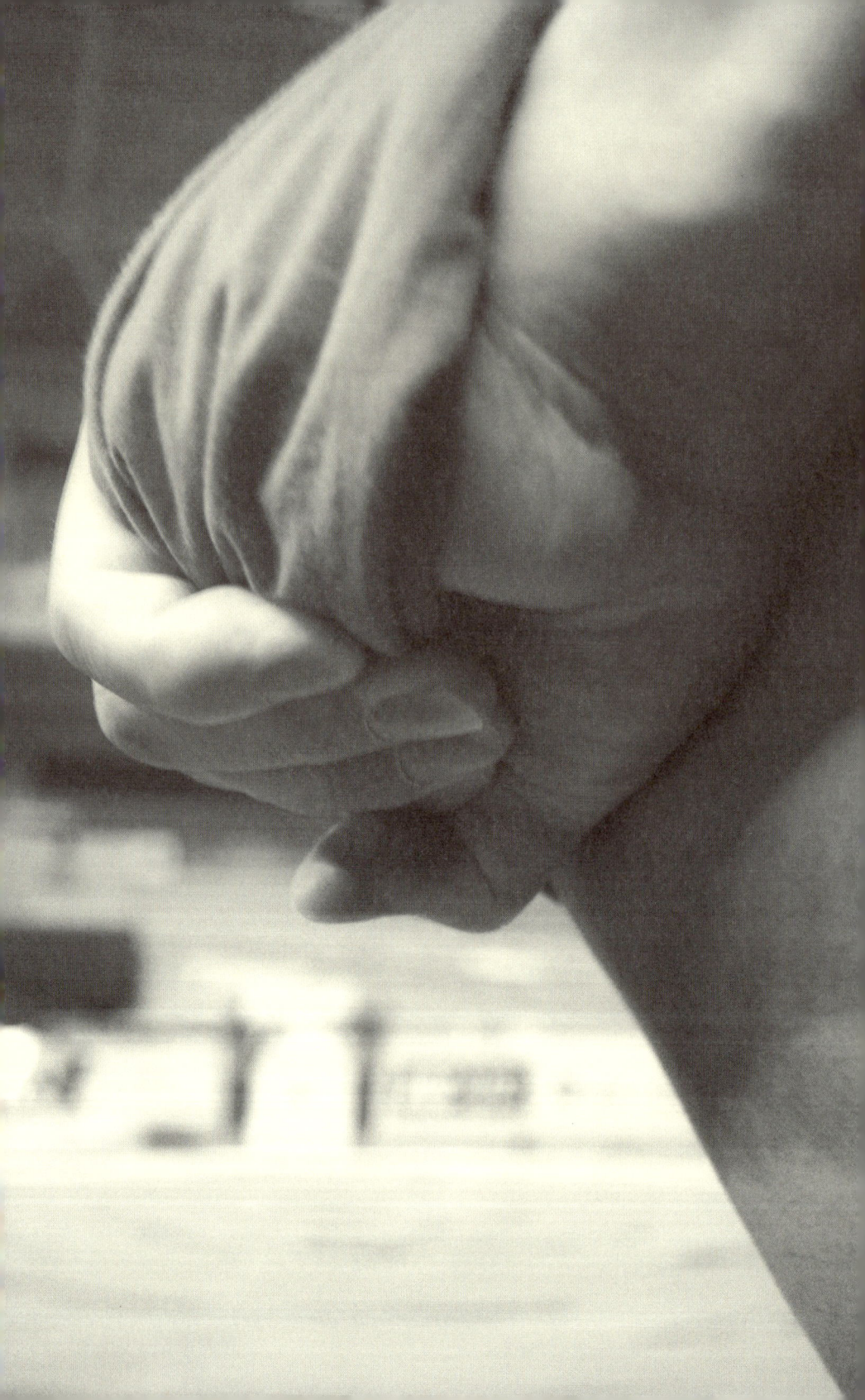

세상을 들어 올린 뚝심의 손

천하장사, 이만기

그의 손에선 가을볕 내리쬐는 소나무 숲 향이 난다. 언제고 그 자리를 지키면서 강한 믿음을 전해주는 그런 손이다.

"서울서 내려오느라 피곤하지예? 대중목욕탕 가입시더!"

대뜸 건넨 첫마디였다. 만인에게 익히 알려진 얼굴인데도 대중목욕탕을 다닌다니 의외였고, 초면인 내게 거리낌 없이 대해서 또 한 번 놀랐다. 근육질의 다부진 몸매를 지녔지만 인상은 천진한 아이 같았다. 그렇게 탕 안에서, 사우나 룸에서, 탈의실에서 그의 씨름 인생에 대해 이야기할 수 있었다.

사실 그가 천하를 뒤흔든 장사가 된 배경엔 탄생에 얽힌 비화가 있다. 지금이야 험난한 세상을 강하게 살라는 어머니의 트레이닝이라며 웃어넘길 수 있지만, 돌이켜보면 그가 세상 빛을 못 볼 뻔한 아찔한 사건이다.

당시 그의 어머니는 서른아홉에 늦둥이인 일곱째를 덜컥 임신한 사실을 알고 매우 난감했다. 그도 그럴 것이 큰며느리의 임신 소식이 들려온

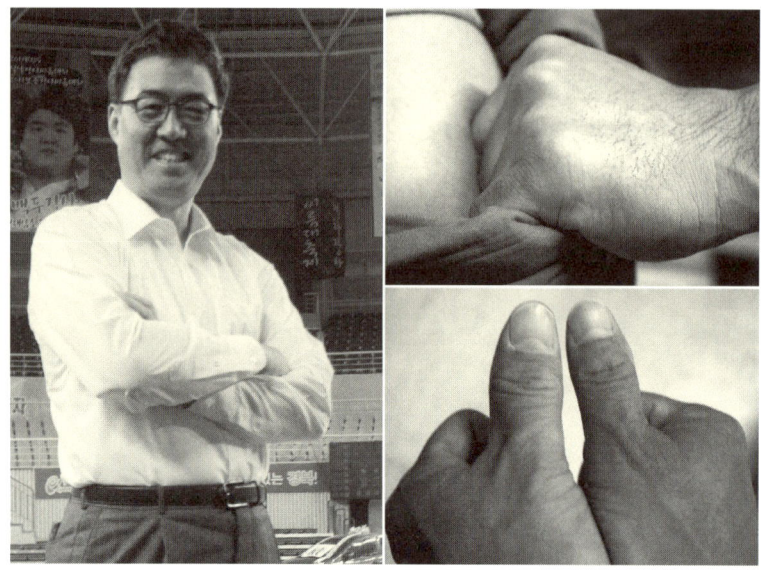

게 한 달 전의 일이었으니, 손주와 아들이 같이 자라는 것은 볼썽사나웠
다. 홀로 속을 썩이다 동네 자굴산에 올라 온몸이 흙투성이가 되도록 수
십 번 구르고 뛰었다. 급기야 독하다는 약초들을 모조리 골라 먹었는데
도 뱃속의 아이는 잘 놀기만 했다. 그렇게 태어난 아이가 바로 이만기다.
어머니의 화려한 특훈과 이름 모를 보약이 훗날 그를 강인한 천하장사
로 만든 것은 아닐까.

어린 시절엔 체구도 작고 약골이었지만, 첩첩산중인 동네를 무대로 가
재 잡고 소 몰면서 그야말로 개구쟁이로 자랐다.

대도시인 마산의 초등학교로 유학을 가면서 그의 씨름 인생은 시작된
다. 특별활동 시간에 씨름반 인원이 모자라 선생님이 그를 지목하는 바
람에 얼떨결에 샅바를 잡았다. 그땐 이렇게 평생 갈 줄은 몰랐단다. 그
후로도 계속 샅바를 잡았지만, 마음 한편에는 운동을 시작한 것에 대한
후회가 자리하고 있었다. 당시 스포츠가 국민들에게 그다지 큰 의미가 없

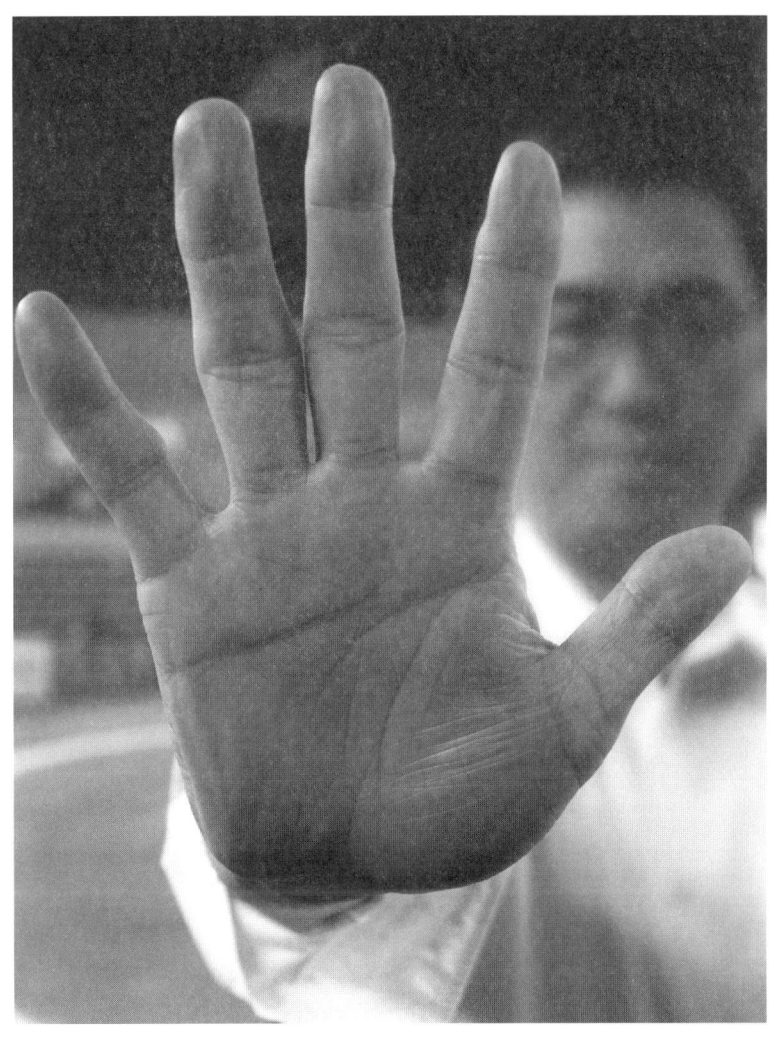

었을 뿐더러 운동하는 사람에 대한 선입견도 강했기 때문이었다.

'내가 왜 씨름을 시작했던가! 과연 이 길이 내 길일까?'

그 고민이 거대한 환희로 바뀌게 되었으니, 때는 1983년 4월의 어느 날이었다. 초대 천하장사 씨름대회가 열린 장충체육관에서 '씨름계의 쿠데타'라 할 만한 역사적인 사건이 벌어진 것이다.

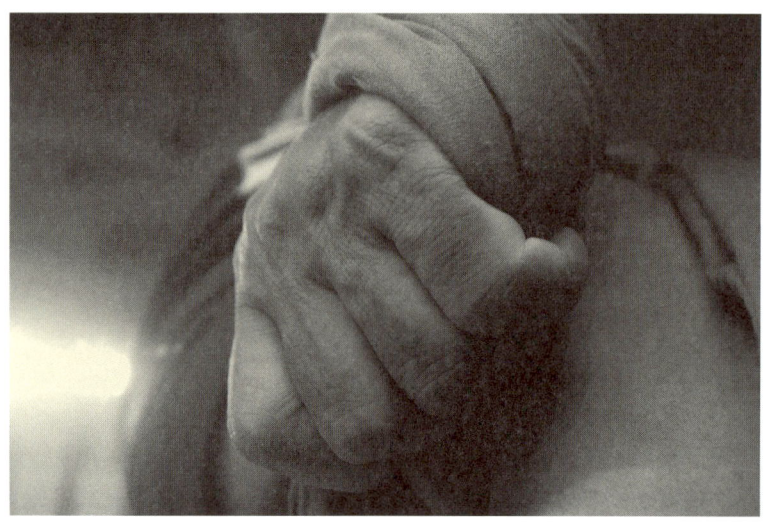

　호미걸이였다. 2 대 2로 팽팽했던 강자 최욱진 선수와의 마지막 승부에서 그는 평소 잘 사용하지도 않던 호미걸이로 승부수를 던졌고, 마침내 초대 천하장사로 등극하게 된다. 당시 호미걸이 한 방은 마치 사방을 자물쇠로 꼭꼭 잠가 상대방이 꼼짝도 할 수 없게 만든 느낌이랄까? 그는 인생 최고의 짜릿한 순간이었다고 말한다.

　그날은 아무도 거들떠보지 않던 무명의 그가 씨름이라는 운명과 키스하던 날이었다. 공식 대회로 보면, 천하장사 열 번, 한라장사 일곱 번, 백두장사 열아홉 번 등 총 50여 차례의 우승을 거뒀다. 아무도 따라올 수 없는 대기록이다. 그는 밑씨름과 들씨름을 모두 섭렵하며 기술 씨름을 보여줬고, 준수한 외모로 여성 팬들까지 흡수하면서 씨름 붐을 이끌었다.

　그의 왼손 엄지손가락은 오른쪽에 비해 훨씬 길고 크다. 왼손잡이인 그가 샅바를 잡아온 20여 년 동안 얼마나 치열하게, 얼마나 독하게 훈련했는지를 잘 보여준다. 손에 물집이 잡히는 건 수없이 지나가는 감기에 불과했다. 사실 밤새워가며 땀이 범벅될 정도로 모래판을 구른 숱한 나날들을 잊을 수 없다. 쉬지 않고 이를 악물고 손을 움켜쥐던 시간들은 결코 그를 배신하지 않았다.

씨름은 피부와 피부를 맞대고, 서로의 호흡을 교감하는 신사적인 스포츠다. 긴장감 속에 상대방의 기를 느끼고, 마침내 거구를 쓰러뜨렸을 때의 쾌감은 말로 표현하지 못한다. 그는 씨름이야말로 뿌리 깊은 민족 정서는 물론 희로애락을 고스란히 담고 있다고 재차 강조했다.

그는 스무 살 때 세상을 들어봤다. 서른 살부터는 후학들을 가르치는 교수로서 활약하고 있다. 마흔 살부터는 협회 등을 통해 씨름의 대중화를 위해 노력하고 있다. 이제 지천명을 맞는 그의 손은 씨름의 새로운 부활이라는 목표로 더 분주해질 것이다. 힘찬 그의 손이 씨름의 대중화를 향해 더욱 혼을 담아, 뚝심 있게 활약하기를 기대해본다.

뜨끈한 추억 한 사발의 손

순댓국 할머니, 오인숙

유난히 추운 겨울, 온몸을 뜨끈하게 덥혀주는 국물 한 모금은 서민들에게 말로 할 수 없는 위안이다. 여러 시대를 거치면서도 퇴근길 들러 술한잔 비우며 우리네 인생을 토로하는 그 자리엔 항상 순댓국이 함께했다. 지친 근로자의 고달픈 삶의 일기, 꿈을 그리는 무명 화가의 넋두리, 친구들과 나누는 허풍 센 무용담……. 이 모두가 구수한 순댓국 국물의 연기를 타고 시장통으로 퍼져나갔다.

야박한 도시 안에서도, 날카로운 최첨단 시대에도, 순댓국은 기죽지 않고 그렇게 모습을 유지하고 있다. 정이 녹아 흐르는 뜨끈한 추억과도 같은 순댓국, 서울 광장시장에서 수십 년 동안 순댓국에 정을 담아온 분이 바로 오인숙 할머니다.

그녀의 손은 겨울을 막 지난 시골 둑길 위에 아른거리는 아지랑이 같다. 봄의 따스함을 응축시켰다가 맘껏 펼쳐 보이려는 듯 만인에게 부담 없는, 편안한 선물을 주고자 발동을 거는 손이기 때문이다.

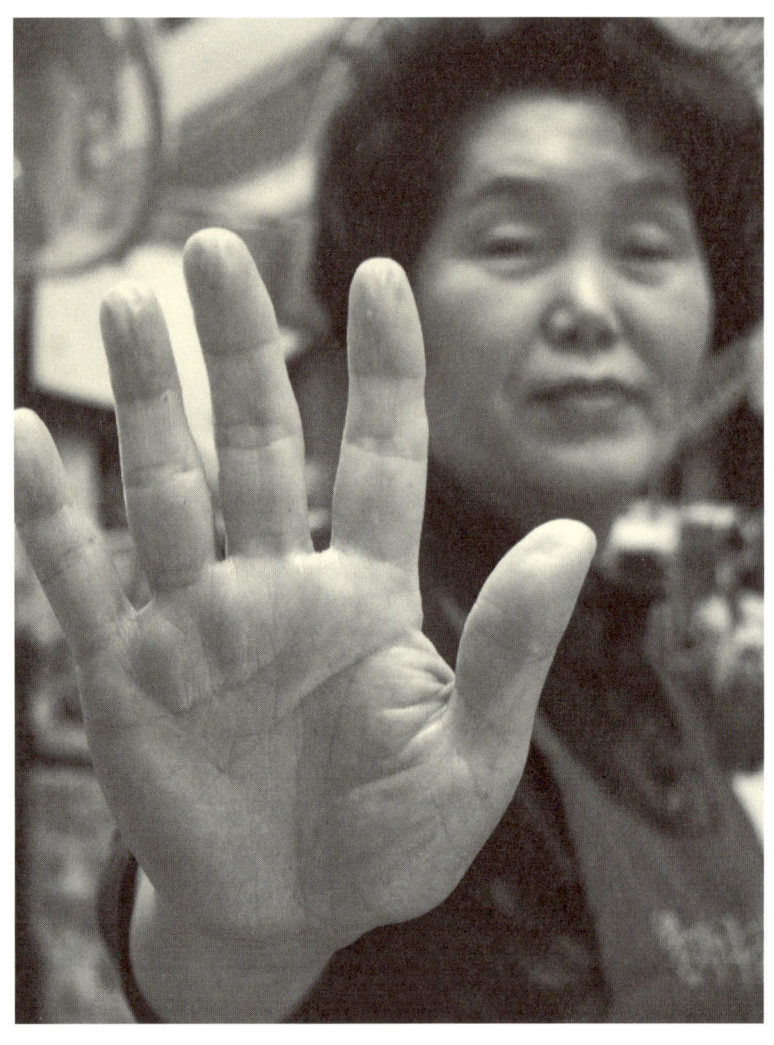

    할머니는 광장시장 한복판에서 2대째 순댓국 장사를 하고 있다. 지금은 전국에 수많은 단골들을 거느리고 있는 '순댓국 할머니'로 통한다. 하지만 그녀의 데뷔는 마냥 쑥스러웠던 것으로 기억한다.

    한때 교편을 잡았던 그녀는 시어머니가 홀로 장사하시는 이곳에 첫발을 내딛었다. 처음 나오니 부끄럽기도 하고, 어찌할 바를 몰라 고개만 푹

숙였다. 어르신들은 대학교 나온 딸이 순댓국 장사를 한다고 하니 불만이셨다. 하지만 홀어머니 혼자 하시는 것보다 초보라도 자신이 거들면서 함께한다는 자체가 좋았다. 원래 음식 솜씨가 있던 그녀였지만, 시어머니 밑에서 호되게 장사를 배웠다.

하루 종일 상당한 체력이 소모되는 일이었다. 그렇게 한 해 두 해, 흘러간 세월만큼은 혹독하기 그지없었다. 시어머니가 돌아가시자 그녀의 어깨는 더욱 무거워졌고, 수줍던 그녀의 모습도 차츰 연륜 넘치고 강인한 순댓국집 할머니로 변해갔다.

그녀는 시어머니의 맛뿐만 아니라 따뜻한 인심도 함께 물려받았다. 인심이 후했던 시어머니는 1960년대에 가난했던 이들에게 넓은 아량을 베풀었다. 사건도 많았다. 순댓국과 술을 실컷 먹고 도망가도 모르는 척 눈감아줬으니 말이다. 요즘에도 갑자기 돈을 갚겠다고 찾아오는 나이 지긋한 분들이 계신다. 그러면 그 시절 추억담으로 정겨운 대화가 무르익는다.

몰리는 손님들로 하루하루 고된 일인데, 그 일을 매일 이어온다는 것이 쉽지 않았다. 더군다나 한 그릇 먹고 바로 가버리는 야박한 상황이 아니라 우리네 사는 이야기를 주고받다 보니, 체력적으로도 여간 힘든 일이 아니다. 이심전심이라고, 그녀는 지금도 손님이 뭘 좋아하는지 모두 기억하고 있을 정도다. '그 손님이 오실 때가 되었는데……' 하고 생각날 때면 마치 약속이라도 한듯 어김없이 그 손님이 온다고 하니, 돗자리를 깔아도 될 판이다. 각각의 손님에게 맞출 수 있는 능력은 익혀서 되는 것이 아니라 사람을 좋아하고 자연스럽게 정을 나누다 보니 터득한 인생의 비법이다.

마음은 행복하지만, 손은 고생이 많다. 수많은 손님이 거쳐 간 그녀의

손. 따뜻하게 위로해주며 잡아주는 손이었고, 정신 차리라고 힘을 실어
준 손이기도 하다. 한번은 상처난 그녀의 손에 손님이 직접 담뱃재를 붙
여주고 간 적도 있다고 한다. 순댓국을 매개로 이렇게 오고가는 추억을
만들 수 있으니 이 얼마나 따뜻한가.

　어린 시절, 그녀는 몸도 마음도 건강한 아이였다. 부모님이 물려준 강
한 체력과 건전한 영혼에 감사한다. 그녀는 무엇을 하든지 자신의 일에
소신이 있고 확신만 있다면 알아주는 사람들이 생기리라고 조언한다. 그
녀 역시 초반에는 어려움이 많았기 때문이다. 지금 힘든 상황에 처해 있
더라도 자신의 일에 자부심과 긍지를 갖고 끝까지 한번 도전해보라고 덧
붙인다.

꾸밈없고 솔직한 시어머니의 가르침을 따라, 그녀도 지금 어려운 사람들에게 베풀면서 살고 있다. 이제는 '순댓국'과 자신을 떼어놓고 생각할 수 없단다. 이는 단순히 순댓국이 아니라 그 한 그릇과 연결되어 있는 수많은 사람들과의 인연까지 포함한 것이다. 어찌 보면, 순댓국은 국밥을 넘어서서 우리네 시름과 기쁨을 모두 담고 있는 카운슬링의 도구가 아닐까. 오늘도 순대를 자르는 그녀의 기름진 손이 이 팍팍한 세상에 소중한 메시지를 전하는 것 같다.

손 이야기
012

감성 라인에 영혼의 미美를 입히는 손

패션 디자이너, 장광효

그의 손은 들꽃을 닮았다. 바람이 스쳐지나가도, 안개를 촉촉이 머금어도 늘 그 자리에 그렇게 서 있다. 무언가를 늘 갈구하지만 남의 시선에 연연해하진 않는다.

초등학교 2학년 때였다. 길에서 주운 원단 뭉치를 보고 무슨 흥이 돋았는지 어린 손으로 가위질하고 바느질하면서 몇 시간 동안 심혈을 기울였다. 어두운 방에 오로지 촛불 하나 켜두고 새벽 4시가 다 되어서야 이 꼬마 장인의 작품은 완성되었다. 그렇게 만든 잠옷이 바로 생애 첫 작품이다. 그가 바로 패션으로 우리네 영혼을 위로하는 디자이너 장광효다.

무척이나 깔끔한 첫인상. 소년의 눈빛에 차분한 말투가 더해져 볼수록 제대로 숙성된 순수한 감성의 소유자임을 알 수 있었다. 그는 어린 시절부터 또래와 달랐다. 아이들의 놀이가 시시했고, 일찍부터 이광수의 《사랑》, 도스토예프스키의 《죄와 벌》 등을 탐독할 정도로 성숙했다. 전남 강진의 풍요로운 평야와 맑은 바다를 배경으로 감성의 나래도 마음

감성 라인에 영혼의 미를 입히는 손 **79**

껏 펼쳤다. 훗날 이 기억들이 디자인에 영감을 주기도 했다.

　그림을 무척 좋아했다. 그림만 그리면 늘 선생님으로부터 칭찬을 받았고, 대회가 열리면 최고상은 그의 차지였다. 일찍이 서울로 유학을 왔는데, 고1 때 미술 선생님이 그의 능력을 눈여겨봤고, 선생님의 권유로 미대에 도전하게 된다. 하지만 1차에서 낙방. 자존심이 상한 그는 방향을 바꿔 디자인 대학교에 갔다. 당시 의상학과에는 여성들만 입학할 수 있어서 그래픽디자인을 전공했지만, 부전공으로 의상을 접하면서 패션 디자이너로서의 열정적인 삶이 시작된다.

　대학원을 졸업하자마자 파리행 비행기에 몸을 실었다. 파리에서의 시

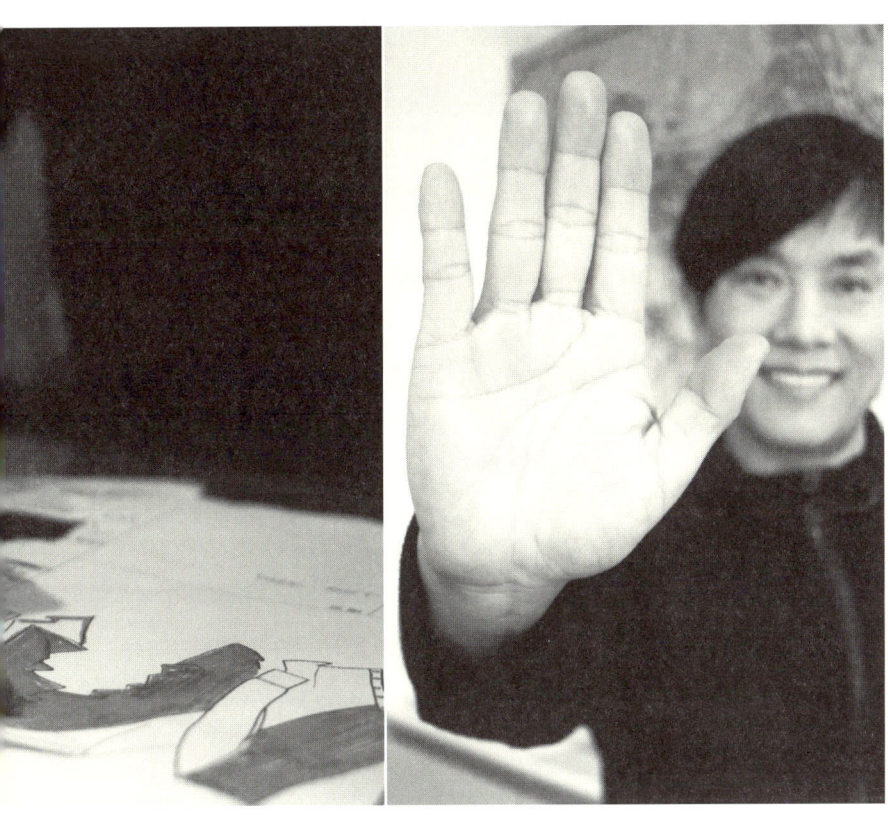

간은 예술을 전반적으로 이해하고 패션의 본고장을 피부로 느끼며 앞으로의 삶을 고민하는 계기가 되었다. 현지 남성복 업체에서 스킬을 연마하면서 패션 디자이너 장광효의 담금질이 시작되었다. 마침내 귀국한 그는 굵직한 국내 기성복 업체에서 스카우트 세례를 받았다. 제대로 된 남성복 디자이너가 없었기 때문에, 그 부분의 경력이 그를 더욱 주목하게 만들었다. 당시 그는 우리나라 남성들을 일본, 유럽의 남성들처럼 모두 패션 리더로 바꾸고 싶다고 생각했다. 덕분에 늘 그를 따라다니는 수식어는 '국내 남성복 디자이너 1호'다.

1980년대 말, 마침내 개인 매장을 열면서 그를 찾는 이들이 더 많아졌다. 댄스 그룹 소방차의 승마 바지를 유행시키고, 조용필, 서태지, 금난 새 등 유명인들의 의상을 만들면서 옷은 날개 돋친 듯 팔려나갔다. 하지만 굴곡도 따랐다. IMF가 터지면서 고가였던 그의 옷은 대중들이 접하기에는 너무나 먼 것이 되어버렸다. 매장을 다 처분하고 반지하에서 옷을 만들었다. 한순간에 추락했지만, 지금 돌이켜보면 힘든 것도 한때였다. 성공을 하자면 몇 번의 실패는 꼭 거쳐야 하며, 중요한 것은 힘든 시기에 대처하는 법이라는 것을 깨달았다. 요즘 젊은이들은 무엇이든 빨리 승부를 보려 하지만, 인생은 길게 봐야 한다는 것이 그의 생각이다. 일을 하면서 가끔 질투와 배반으로 상처도 받았지만, 그것도 이미 초월한 지 오래다.

수십만 점의 작품을 만들면서 그가 가장 강조하는 것은 '옷은 멋있어야 한다'는 점이다. 옷을 멋있게 빚을 수 있는 이유는 인간에 대한 깊은 이해와 성찰, 자연에 대한 사랑이 전제되어 있기 때문이다. 그는 예술의 본질은 '창조'라고 말한다. 늘 새로운 것을 창조해내는 것이 예술가의 사명인 만큼, 열정 없는 디자이너는 곧 시체나 다름없다. 그 열정으로 그는 한평생 대단한 옷을 만들어낼 수밖에 없는 운명을 타고났다. 행복하고도, 책임감 있고, 모진 길이다.

패션 디자이너로서 사는 길……. 참 어려운 일이다. 더군다나 국내 남성복 디자이너 1호라는 타이틀을 지니고 있고, 한국의 남성복 디자이너로서는 가장 먼저 파리에서 패션쇼를 연 경력 때문에 늘 '최초'라는 단어와 함께하는 이 남자에겐 더 어려운 일이다. 명성이 있는 만큼 지켜보는 이들도 많고, 부담도 크고, 책임도 따른다. 하지만 그는 서두르지 않는다. 이 역시 오랜 세월 굴곡을 겪으며 다져진 경험에서 비롯된 여유일 듯하다.

그의 또 다른 목표는 '의상 박물관'이다. 기회가 된다면 후세들을 위해 우리 시대의 의상을 보여줄 수 있는 공간을 준비하고 싶다. 사실 그의 왼손은 열두 바늘을 꿰맸을 정도로 아픈 기억이 있다. 한때 원단을 나르다가 사다리에 손을 다쳤다. 그러나 그의 작고 야무진 손은 하루도 쉬지 않고 움직인다. 작품마다 혼을 담고, 속 깊은 곳에 손의 열기와 향기로 물들여놓았기 때문에, 그 옷을 입는 이들도 열정적으로 살아간다.

런웨이 피날레 무대에서 힘차게 흔드는 그의 손에서 30년 열정을 보았고, 앞으로 30년의 의지를 엿보게 된다. 늘 우리를 설레게 하고 감성을 자극하는 그의 손이야말로 영혼의 미를 선물하는 아날로그적인 손이다.

천千 가지 하늘 속 날개를 다는 손

기장, 신유성

그의 꿈은 교수였다. 그런데 하늘을 날고 있다. 폭우가 쏟아지거나 쨍쨍하거나, 혹은 예측할 수 없는 수천 가지 얼굴을 가진 하늘 속을 그는 20년 넘게 날고 있다. 그가 바로 우리 시대의 꿋꿋한 파일럿 신유성이다.

그의 손은 타지에서 고생하다 내려온 아들의 밥그릇에 생선살을 발라 올려주는 고향 어머니의 주름진 손을 닮았다. 모두를 위해 스스로 말없이 감내하고, 포용하며, 챙겨주기 때문이다.

말로만 듣던 아프리카 왕자를 친구로 둔 것이 나중에 비행사가 되는 계기가 되었다. 미국 유학 시절, 하루는 절친이자 나이지리아 왕자인 토니가 자신이 조종사라고 자랑하듯 말했다. 일반인이 직접 비행기를 조종한다는 것은 생각조차 못한 일이었기에, 토니가 경비행기를 직접 조종하며 하늘을 나는 광경을 보는 순간 입이 떡 벌어졌다. 그도 조종석에 앉았다. 첫 탑승은 꽤나 아찔했지만, 그 느낌이 좋았다. 조금 지나니 자유자재로 방향도 틀면서 도전 정신이 발휘되었다. 시간이 갈수록 토니의

칭찬이 이어졌다. 결국 그는 취미 개념으로 경비행기 조종사 자격증을
땄다.

그것도 잠시, 교수의 길을 꿈꾸며 미국에서 항공학으로 대학원을 졸
업한 후, 휴식차 잠시 한국으로 돌아왔다. 그러다 우연한 기회에 항공사
에 입사해 사고 조사 분석 담당으로 활약하게 된다. 당시 국내엔 민간인
항공 조종사는 없었고, 군 출신이 조종사가 되는 경우가 대부분이었다.
그러다 국내 항공사들도 점차 민간인을 선발해서 조종사로 교육시키는
식으로 발전해갔다. 1990년대 초, 마침내 한 항공사에서 비행기 부기장
으로 근무해줄 것을 제안했다. 아마도 국내에서는 민간인으로서 항공사
조종사가 된 첫 번째 케이스였을 것이다.

수천 시간 동안 비행을 해왔지만, 비행기를 조종하는 가장 큰 매력은
비행마다 같은 조건이 한 번도 없다는 것. 그래서 더 설레고 긴장된다.
도전의 연속이다. 늘 무슨 일이 생기면 자신은 죽어도 승객은 꼭 살린다
는 각오다. 난기류나 위험한 상황이 발생할 수 있기 때문에 늘 안전을 최
우선으로 신경 쓴다. 본인은 앞을 내다볼 수 있지만, 승객들은 아무것도
볼 수 없기 때문에 더 챙기고 세심하게 신경 써야 한다는 것이 그의 생각
이다. 게다가 비상 시, 부기장이나 승무원들까지도 안심시켜 안팎으로
모두를 포용하며 챙겨야 한다. 상황이 어려울수록 모두를 편안하게 해
주고 긴장도 풀어줘야 하니, 리더로서의 스트레스도 이만저만이 아닐 듯
하다. 비행이란 게 고도, 계기 등을 잘 파악하고 점검하는 것도 중요하지
만 스태프들과의 협동이 더 중요한 만큼, 부하들을 잘 챙기고 융통성 있
게 분위기를 살려주어야 한다.

한번은 부기장의 평가 비행으로 부기장이 조종하고 그가 옆에 탑승했
는데, 앞 비행기의 후류로 비행기가 흔들리면서 부기장이 매우 불안해

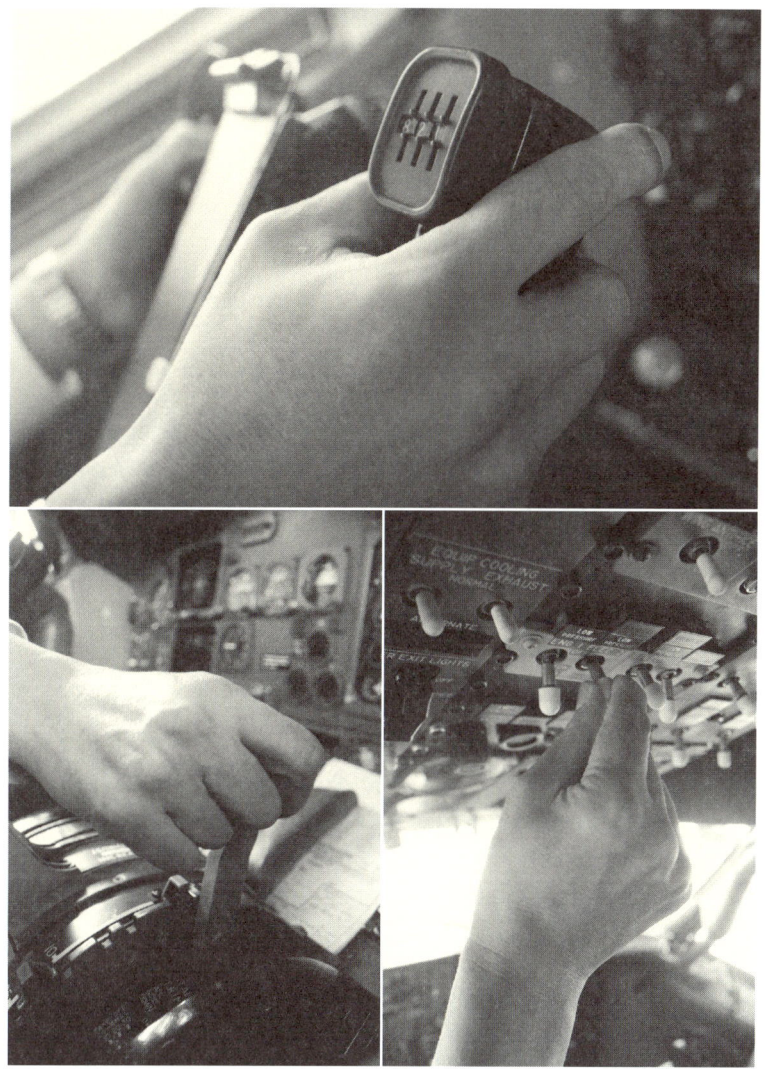

했다. 그가 고심 끝에 농담을 던지자, 다행히 분위기가 전환되어 부기장
은 평정심을 되찾을 수 있었다. 사소한 일이지만 이렇게 항상 은근히 배
려하는 그라서 항공사 내에서도 인기가 많다.

그의 손가락은 긴 편이다. 사실 비행기는 조금만 손을 대도 기체가 뚝

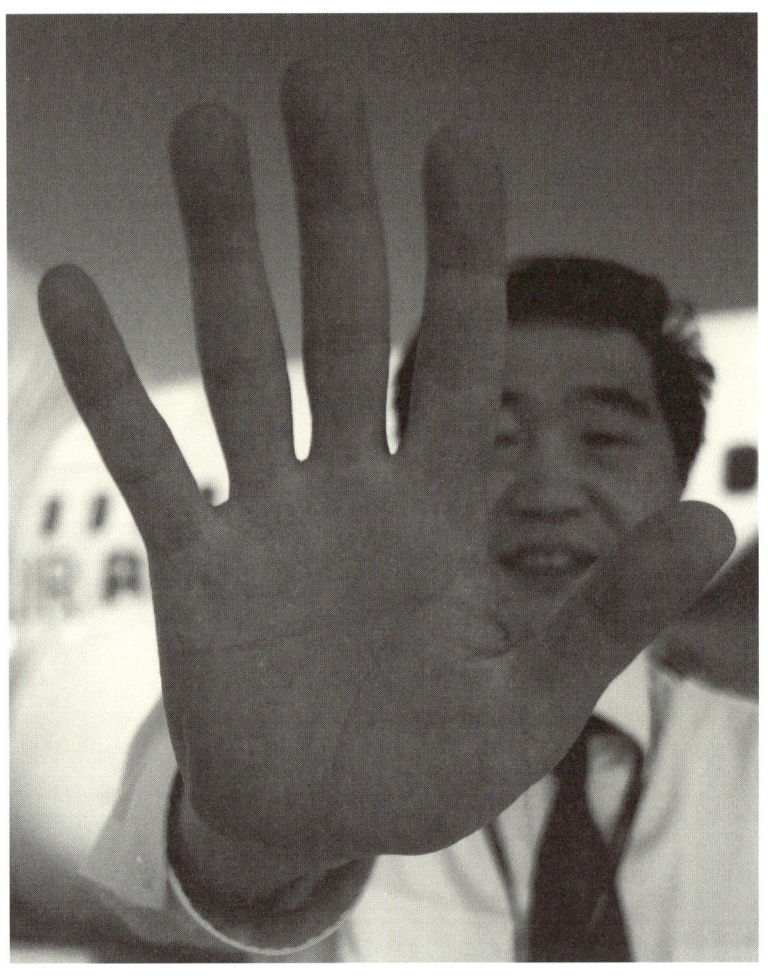

떨어질 만큼 민감하게 반응한다. 상당히 예민한 부분들이 많아서 긴장하고 조심스럽게 다룰 수밖에 없다. 이제는 그의 손이 조종간과 정확하게 한 몸이 된 느낌이다. 눈만 뜨면 잡은 게 조종간이요, 보는 게 하늘길이었기 때문에.

부드럽고 다정한 외모지만, 어린 시절부터 사나이다웠다. 아버지가 군인이었기 때문에 그 영향으로 외향적인 성향이 강했고, 친구들 사이에서 리더의 역할을 곧잘 해서 반장도 두루 거쳤다. 중·고등학교 때엔 외교관이 되고도 싶었다. 이러한 성향과 경험들이 섞여 지금의 그를 만든 듯하다.

그는 민간인이 항공기 조종사가 되기에는 어려운 환경이었는데도 이를 이겨내고 틀을 깬 사람이다. 모든 난관을 극복한 그의 손이 더 빛나는 이유다. 이제는 민간 조종사들에게도 문이 활짝 열려 있어서, 시력 등 신체 조건만 갖춘다면 누구든 이 짜릿한 비행에 도전할 수 있다. 스스로가 매력적이라고 느끼는 일에 도전한다면 그 기쁨은 훨씬 클 것이라고 그는 강조한다. 파일럿! 얼마나 멋있고 매력적인가.

앞으로의 꿈은 비행기를 조종할 수 있을 때까지 건강하게, 존경받으면서 활동하는 것이다. 20년 넘게 그가 요리한 하늘 길만 해도 수도 없이 많겠지만, 진정 그가 잡은 것은 수많은 탑승객들의 마음이다. 매번 긴장을 늦추지 않는 그의 손. 탑승객들의 손을 맞잡듯 조종간을 잡는다. 늘 자신을 낮추고 상대방을 배려하는 마음을 담은 손끝, 그 믿음직함에 보는 이의 마음까지 편안해진다.

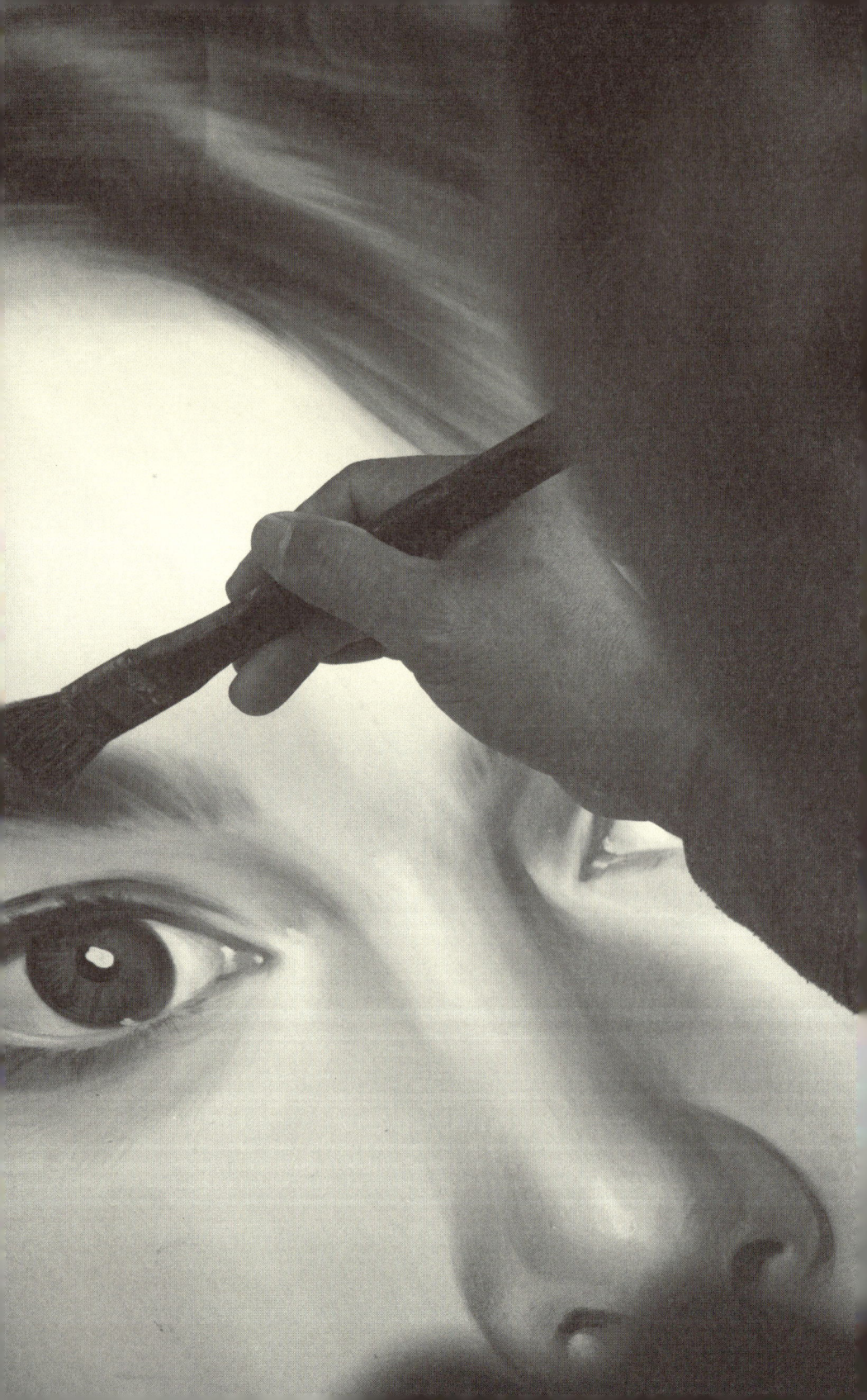

큰 그림에 열정을 터치하는 손

극장 간판 그림 화가, 이태동

20대 초반의 대학생이 종로의 한 극장 앞에 서서 극장 간판 그림을 뚫어져라 쳐다보고만 있었다. 자신도 동양화를 전공하지만, 그토록 매력적인 그림을 그린 사람을 만나고 싶어서였다. 극장 안내인에게 물어보자, 뒤켠의 미술실에 사람이 있을 테니 가보란다. 그곳엔 몇 명의 화가들이 옹기종기 모여 작업 중이었다. 생생한 현장 분위기가 젊은 화가 지망생을 자극했다.

"혹시 여기 사람 필요해요? 저 여기에서 일하고 싶은데……."

"이건 배운다고 되는 게 아니여. 재능이 있어야지."

"저도 그림 그리는 걸 좋아하고, 많이 그려도 봤어요."

탐탁지 않게 그를 쳐다보더니, 도화지와 마릴린 먼로 사진을 툭 던진다. 그는 심혈을 기울여 그림을 완성했다. 반응이 좋아서 바로 출근하라는 허락이 떨어졌다. 그것이 극장 간판 그림 화가 이태동의 탄생이었다.

그의 손은 늦가을 저녁 시골 마당에서 낙엽을 태울 때의 향과 같다.

그윽하게 연기를 내면서 친근한 향을 발산해 보는 이를 매료시키기 때문
이다.

청춘을 극장 뒤편 미술실에서 보냈다. 거대한 캔버스에 그림을 그린다
는 것 자체는 매력적이었지만, 처음엔 그리 호락호락하지 않았다. 구도
데생이야 어렵지 않았는데, 큰 면을 나누는 게 힘들었다. 미리 생각해서
크기를 감안하고 면면을 분석하는 노하우가 있어야 하는데, 생초보 대
학생 화가에겐 생소할 따름이었다. 노력 또 노력……. 밤을 꼬박 새운 나
날도 숱했고, 스스로 만족하기 위해 주말도 반납했다. 뭔가 이루기 전까
지 세상에 나서지 않을 참이었다. 미술실 침대에서 자고 밥도 해 먹으며,

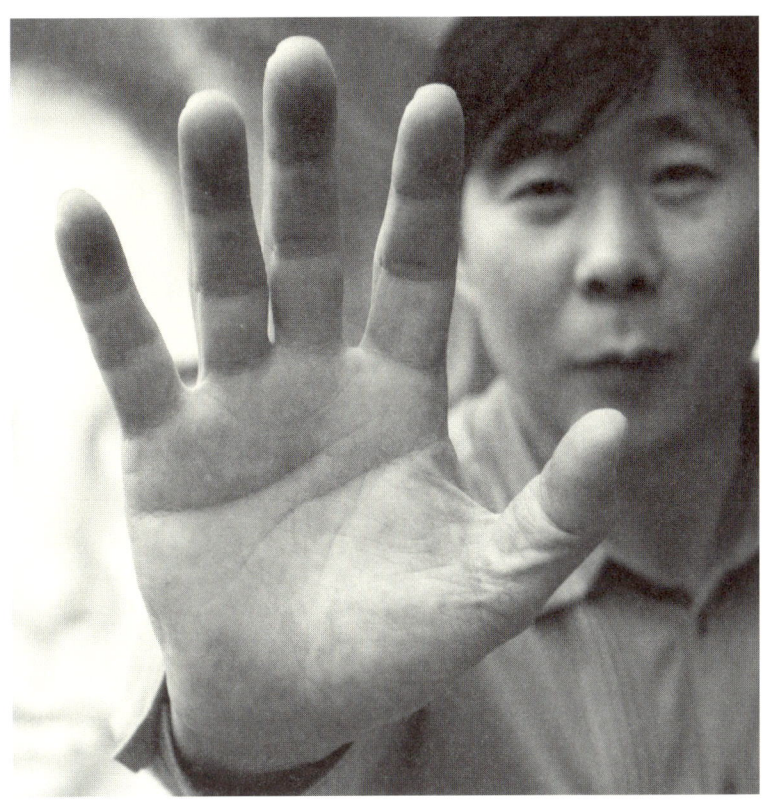

눈 뜨면 그림만 그렸다. 그렇게 3년이 지나니 자신감이 생겼다. 로버트 드니로, 메릴 스트립 주연의 〈폴링 인 러브〉. 그 그림을 그리고 나니 비로소 인정받았다. 선배들이 칭찬하면서도 두려운 기색을 보였다. 자신감이 생겼다. 하루에 사람 얼굴만 여섯 명, 1주일에 일곱 편씩 그렸다. 9시 출근, 새벽 퇴근은 기본이었다.

한 배우를 그리더라도 눈은 더 크게, 코는 더 오똑하게 그릴 수 있었다. 아주 벗어나지 않는 한, 손을 댈 수 있었다. 마치 분장하듯 업그레이드시키는 것이다. 그게 바로 손 그림만의 매력이었다. 그래서 유명 배우들이 음료수를 건네주며 로비도 하고, 영화 제작사에서 직접 나와 빵빵

한 회식 자리를 마련해주기도 했다. 극장 간판 그림은 보기 싫은 건 빼고 강조할 것만 강조할 수 있어서 좋다. 또, 원근법도 훨씬 강해서 더 입체감 있게 구성할 수 있다. 실사 사진 포스터와 함께 두고 비교해보면 훨씬 눈에 띈다. 코앞에서 보면 거칠어 보여도, 거리를 두고 보거나 아래서 올려다보면 그 매력은 더 생생해진다.

배우는 훨씬 멋있는 배우로 탄생시키고, 액션 영화는 더욱 통쾌하게, 공포 영화는 색상을 강하게 넣어 훨씬 무섭게 요리한다. 이게 바로 스틸 사진과의 차이다. 한때, 새로 극장을 차리는 사장에게 찾아가 극장 간판 그림의 매력을 피력한 적도 있다. 직접 스틸 사진과 손 그림을 비교해서 보여주었더니, 극장 사장은 흔쾌히 손 그림을 허락했다. 그는 늘 최선을 다했다. 그의 손을 거쳐 간 극장 간판 그림은 누구에게도 뒤지지 않는 수준이라고 인정을 받았다. 여기저기 소문이 나면서 자부심도 더해졌다.

어린 시절부터 그림 그리기와 찰흙 빚기를 좋아했다. 전국 미술 대회에서 최우수상을 여러 번 수상했다. 무언가 하나에 빠지면 그것밖에 보이지 않았다. 스케일이 큰 그림을 그리다 보니, 생활에서도 스케일이 커졌다. 매사에 나무만 보지 않고 숲을 보게 되었다.

그의 오른손 중지에는 굳은살이 박여 있다. 24시간 동안 거의 쉬지 않고 그린 적도 있다고 하니 당연한 일일 수밖에. 때론 페인트가 묻어 잘 지워지지도 않는다. 거칠지만 그 덕분에 자신의 꿈을 펼치고 있으니 지금은 마냥 소중하고 고마운 손이다.

친구들과의 만남도 없이 젊은 시기를 간판 그림에 미쳐 보냈지만, 후회는 없다. 아직도 순수함을 잃지 않은 그는 극장이라는 공간에서 자신의 따뜻한 감성을 표현할 수 있음에 감사한다. 컴퓨터 실사 간판 포스터

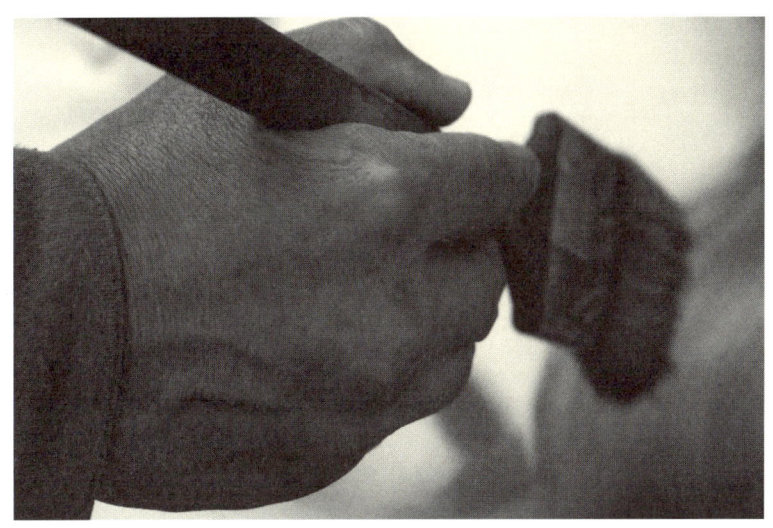

들이 경쟁하듯 판을 치는 요즘엔 그토록 따뜻한 손 그림을 찾아보기 힘들다. 페인트의 투박한 느낌과 함께 작가의 주관이 한껏 담기고, 아날로 그적 감성까지 집중되어 있는 손 그림이 마냥 그립다. 디지털 세상이라서 너무도 빠르고 딱딱하게, 개인주의적으로 흘러가고 있다. 어쩔 수 없는 흐름이라고들 하지만, 그는 확신한다. 깨끗하고 깔끔한 스틸 포스터에 언젠가 질릴 때가 올 거라고. 더불어 무명 화가들이 그린 극장 간판 그림들이 하나둘 다시 올라갈 거라고.

그의 손은 오늘도 그날을 고대하며 묵묵히 붓을 잡는다.

화고和鼓의 어울림을 두드리는 손

고수, 정화영

'따라락.'

매화점(북 모서리)을 빠르게 때린 후, 힘껏 대점(북 중앙)을 찍어 세차고 후련하게 소리를 이어간다. 창자唱者의 소리에 맞춰 눈 깜짝할 사이에 장단을 입히는 손놀림이 무척이나 현란하다. 그가 바로 판소리 가락에 빠져 40여 년 동안 방방곡곡 북소리를 퍼트려온 국내 정상급 고수 정화영이다.

그의 손은 대보름날 넓게 펼쳐진 까만 하늘을 닮았다. 자신을 드러내지 않으면서 달을 보듬듯 넓게 끌어안아 달이 더 빛날 수 있도록 포용하고 어우러지는 여유가 있기 때문이다.

판소리 고법鼓法 인간문화재로서 칠순에 이른 그는 어린 시절부터 국악에 매료되어 지금까지 애환의 가슴으로 북을 두드려온 고수鼓手이자 고수高手다. 사물놀이패의 농악 소리가 너무 좋아서 다섯 살 때부터 깡통을 두드리며 뒤를 따라다닐 정도였다. 그 나이에 칠채(장단 중 하나)를 알

정도였으니 일찍부터 남달랐다. 손목시계를 팔아 북을 사고 남은 돈으로는 동양극장에서 하루 네 번씩 공연하는 여성 국극을 종일 봤다. 돈이 없을 때는 적십자병원으로 달려갔다. 그야말로 피를 팔아 국극을 보러 다닌 셈이다. 장남이 국악에 홀리자 집에선 딴따라는 안 된다며 절로 보냈지만, 그것도 부질없었다. 그의 귓가엔 국악만 맴돌았다. 타고난 '쟁이' 기질이었다.

열다섯 살 때 대금으로 시작해서 국악 공연 단체에 쉴 새 없이 불려 다녔다. TV 보급으로 공연의 인기가 시들해지자 관광객을 상대로 한 업소에서 악사로 활약했다. 1980년대에 국립창극단이 유급제가 되면서 대표 악사로 활동했고, 점점 고수에 관심이 쏠리면서 북에 대한 연구에 몰두했다.

30대에 상설 무대에서 처음 고수 신고식을 할 땐 세상이 노래질 지경이었다. 〈춘향가〉 중 춘향이 집을 그리는 대목의 세마치장단이었는데, 당황해서 진땀까지 흘리면서 겨우 마쳤다. 한 번 혹독한 무대를 겪고 나니 이를 악물고 연습하게 되었다. 고수 중 최고수가 되겠다는 생각으로 가락을 연마하고, 창자의 특징까지 밤새 연구했다. 채 잡은 손이 쑤시고 쥐가 날 정도로 매일 맹연습을 하니 스스로 자신감이 생겼다.

고수로 알려지면서 각종 공연은 그의 독차지였다. 특히 명창들이 그를 계속 원했다. 그가 소리꾼의 컨디션에 따라 앞지르거나 주눅 들지 않게 받쳐주는 재주가 비상했기 때문이다. 사실 '1고수 2명창'이라는 말이 그냥 나온 게 아니다. 좋은 고수를 만나야 명창이 될 수 있듯이, 그의 손놀림은 자신만 누리는 것이 아니었다. 청중을 생각하고, 명창을 생각하고, 그다음이 자신이었다. 늘 온몸이 젖을 정도로 최선을 다했다. 무대에서 쓰러진다는 각오로 한 명의 관객을 위해서도 열정적으로 두드렸다.

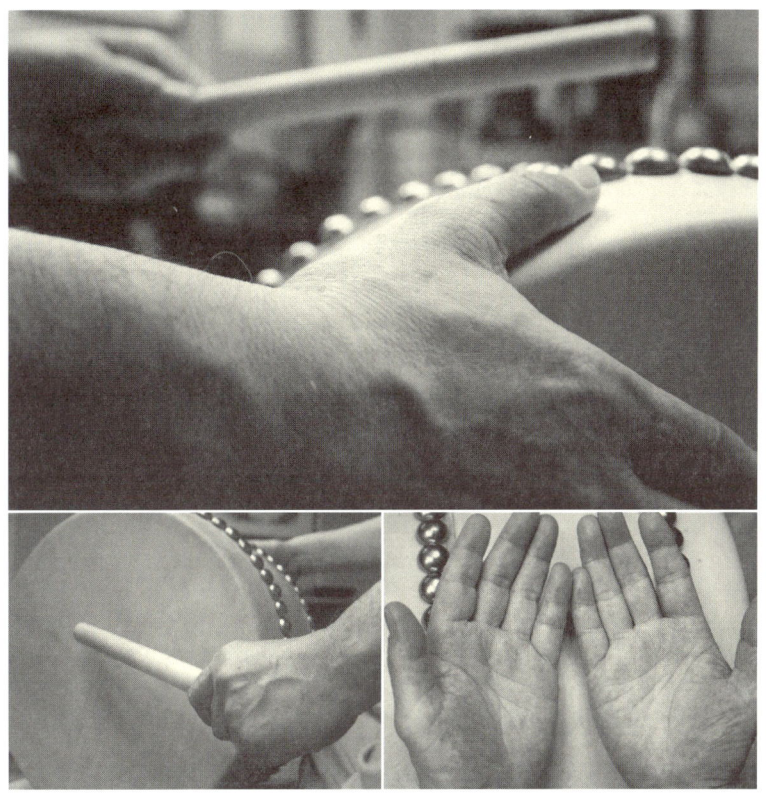

젊은이들이 명고가 되긴 힘들다는 이유도 이와 같이 연륜이 따라야 하기 때문이다. 그는 평생 북과 함께해왔지만, 갈수록 국악의 매력에 더욱 빠진다고 말한다. 국악에는 희로애락 인생의 모든 것이 담겨 있기 때문이다. 그래서 위대한 판소리는 일곱 시간 동안 들어도 질리지 않는다.

그의 손은 부드러워 보이지만, 힘줄과 굳은살이 군데군데 박여 있다. 장단으로 어우러질 땐 테크닉이 돋보이면서도 진지함이 묻어난다. 바로 그의 따뜻하고 솔직한 손에서 비롯된 것이다. 어렸을 때부터 손재주가 있었지만, 이렇게 평생 북을 만질 줄은 몰랐다. 먼 곳에 가도 하루 한 시간 이상은 꼭 북을 잡는다. 채를 오래 잡고 두드리다 보니 손목과 어깨

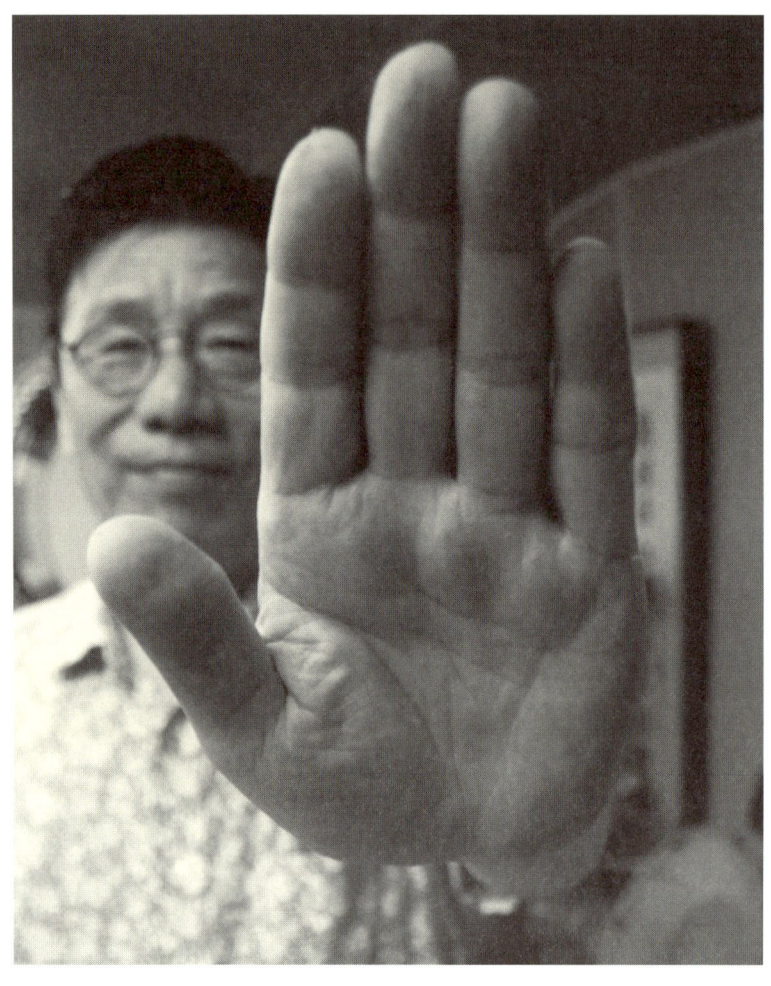

가 자주 쑤신다. 행여 더 다칠까 봐 손을 제일 아끼고 챙긴다.

　그는 어린 시절, 주먹을 잘 쓰는 아이였다. 장난이란 장난은 죄다 골라 하는 아이였다. 운동도 잘해서 달리기 선수였고, 넓이뛰기도 소문날 정도로 잘했다. 집안 형편이 어려워져 방황도 했지만, 국악이 그를 잡아 주었다. 1995년에 일생일대의 위기가 있었다. 간암으로 의사들도 고개를 내둘렀지만, 병마도 그의 의지를 꺾진 못했다. 간 이식 수술 후, 그는 두 달 만에 조통달과 무대에 오르며 건강한 모습을 보여주었다. 마침 복귀 무대는 〈수궁가〉였다. 조통달이 무대에서 "저놈이 간 바꾸고 돌아온 놈!" 하자 그도 흥겹게 받아치며 화려한 복귀식을 마쳤다. 사실 죽음을 앞뒀을 땐 종묘에서 홀로 많은 생각을 했다. 이 모두가 인생을 더 긍정적으로 바꾸는 계기가 되었다.

항상 그늘에 있기 때문에 힘들고 험한 길이다. 주목받기 위해 고수가 되고자 한다면 오히려 포기하라고 당부한다. 좋아서 하다 보면 노력의 대가는 언제고 온다. 물질에 관심을 보이면 음악성에 금이 가기 때문에 음악에 집중하는 게 최선이란다. 그는 돈은 없지만 열정을 지닌 젊은이들을 도와주고 싶다. 능력 있는 이들을 제대로 후원해주는 게 다음 목표다.

매화점과 대점을 오가는 그의 손이 어울림을 주듯, 청중과 명창과 자신의 마음이 오가며 큰 감동이 메아리친다. 오늘도 신명나게 두드리는 그의 손이 소외된 이들의 심장까지 두드려주리라 기대해본다.

꺼지지 않는 별, 몰아치는 전설의 손

타자, 이종범

　그의 손은 한여름 밤 세상의 탁한 기운을 단숨에 잠재우는 번개와 같다. 순식간에 모습을 드러냈다 사라지면서도 확실한 여운을 주기 때문이다.

　처음 만났을 때, 땡볕에 그을린 모습이 참 인상적이었다. 남성미를 떠나 선 굵은 카리스마랄까, 왠지 깊은 곳에서 우러나는 자신감이 보는 이를 행복하게 만들었다. 더욱이 손바닥에 훈장처럼 새겨져 있는 굳은살은 지독히도 앞을 향해서만 달리는 그의 모습을 대변해주었다.

　어린 시절부터 운동이라면 모두 좋아했다. 공으로 하는 건 뭐든 자신 있었고, 특히 축구를 제일 좋아했다. 실제로 그의 축구 실력은 선수들도 놀랄 정도라고 전해진다. 하지만 애석하게도 그가 다니던 초등학교엔 축구부가 없었다. 어쩔 수 없이 야구부를 선택했다. 이 얼마나 불공평한 세상인가. 별생각 없이 시작한 것인데도 훗날 바람의 아들로 불리며 최고의 스타가 되었으니 말이다. 동네 야구만 하다 막 구색을 갖춘 초등학

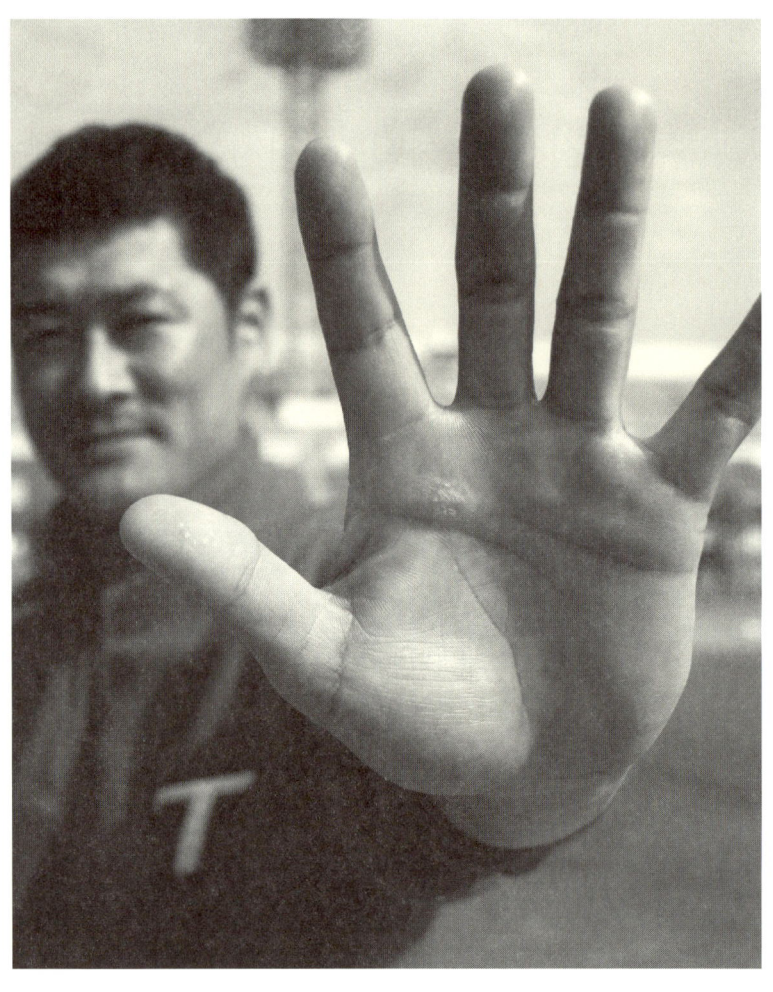

교 3학년 꼬마 야구 선수의 눈동자는 마냥 빛이 났다. 이 아이가 한국 야구계의 살아 있는 전설 이종범이다.

꼬마 선수는 그렇게 자신감 충만한 채 첫 타석에 들어섰다. 헛스윙. 생각했던 것처럼 멋지게 되질 않았다. 오기가 생겼다. 남들 안 볼 때 홀로 연습했다. 그도 그럴 것이 공놀이라면 자신 있는 그에게 헛스윙이라니, 도저히 용납이 안 되는 일이었다. 신체적으로도 불리했다. 덩치가 큰

편도 아니었고, 또래에 비해 힘도 부족했다. 매일 남들보다 더 많이 뛰었다. 불리한 조건을 이기기 위해 눈물을 머금고 근력을 키웠다. 점점 자신의 생각대로 배팅이 되더니, 서서히 미래의 국민 타자로 자라고 있었다.

누구나 알다시피, 그의 경력은 타의 추종을 불허할 만큼 화려하다. 청룡기 고교 야구대회 최우수선수, 아마추어 야구 최우수선수 등 각종 상을 휩쓸며 스포트라이트를 받았다. 신인이던 1993년엔 한국시리즈 우승, MVP까지 거머쥔 뒤 1996년, 1997년 연속 우승을 포함해서 통산 네 차례나 해태타이거즈를 정상으로 이끌었다.

불혹을 넘긴 나이에도 지도자가 아닌 선수로서 그라운드를 누빈 그의 모습은 야구를 진정으로 즐기는 자의 아름다운 모습을 잘 보여준다. 프로야구 포스트 시즌에도 최고령으로 출전한 억척 타자였다. 최다 도루는 물론,

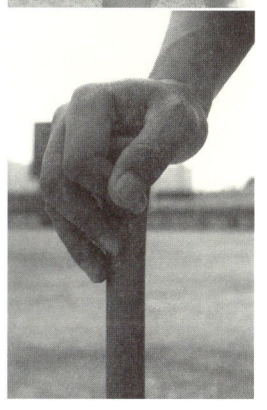

WBC 4강 신화 주역으로서 우리를 감동시켰다. 기억하는가. 그는 WBC 한·일 2차전에서 2타점 결승 안타를 치며 승리로 이끌었고, 해외 언론에 '리Lee' 돌풍을 일으켰다.

하지만 천재 타자인 그는 아직도 타격에 대해 확실히 정립이 되질 않았단다. 자신이 지속적으로 노력해야 할 부분이라며 겸손한 모습이다. 정교하고 끈질기게 연마하며 스스로를 다그치는 성격이라서 지금까지의

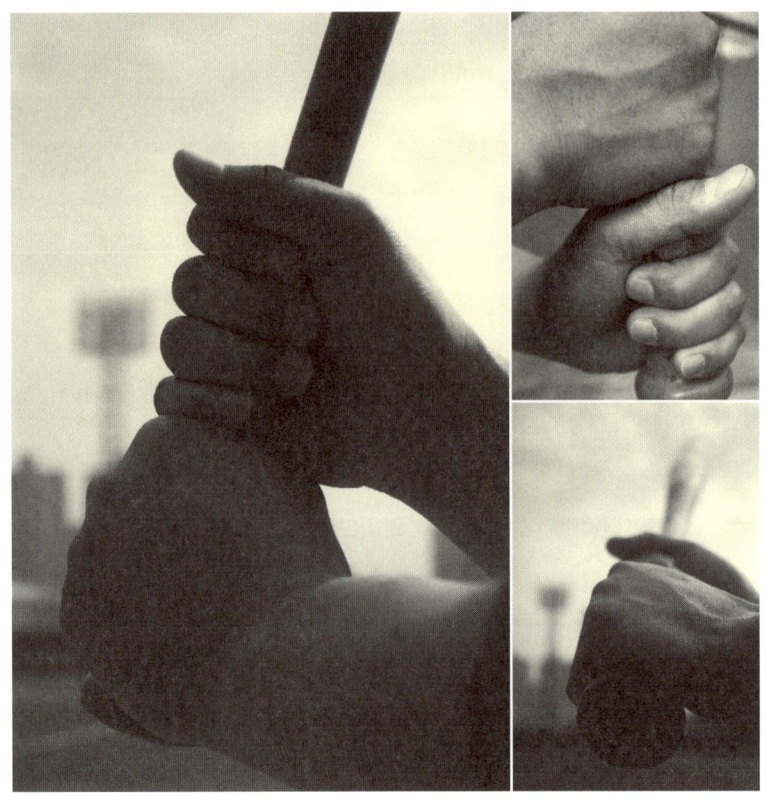

화려한 경력보다 앞으로 그의 삶이 더 궁금하다.

　고등학교 1학년 때였다. 새벽 4시에 그는 아무도 없는 운동장에서 홀로 독기를 품고 배트를 쉬지 않고 휘둘렀다. 몇 천 번을 휘둘렀는지 모른다. 손에서 피가 뚝뚝 떨어졌다. 그래도 멈추지 않았다. 누구에게 보여주기 위한 것도 아니고, 그저 더 잘하고 싶었다.

　일본 주니치 드래곤즈 시절은 그가 가장 힘들었던 기억이다. 타자로선 최초로 일본 프로야구에 진출했지만, 부상으로 2군으로 강등되면서 야구 천재도 설움을 느끼게 된다. 슬럼프 한 번 없던, 살아 있는 야구 '신'의 치욕이었다. 쓸쓸히 귀국했다. 한국에서도 별다른 성적을 보이지 못하자 "과연 이종범의 시대는 끝났는가!" 하는 말들이 새어 나왔다. 그러나 고생 끝에 결국 자신과의 싸움을 이겨냈다. 일본에서의 좌절과 경험은 후배들에게 가르쳐줄 소중한 교재가 될 듯하다.

매 타석에 들어설 때마다 그를 위한 응원가가 흘러나온다. '이종범'이라는 이름에 팬들은 여실히 무게감을 실어준다. 그도 그걸 알기 때문에 어떤 순간이라도 함부로 할 수 없다. 30년 넘는 세월을 팬들과 약속한 듯 그 자리에서 빛을 발할 줄 아는 그다.

이런 그가 있기까지 아내의 내조도 유명하다. 프랑스 유학파 패션 디자이너로서 처음엔 야구를 전혀 몰랐던 그녀도 이제는 야구 박사가 다 되었다. 늘 그에게 힘을 북돋아준다. 이제 그는 후배들은 물론, 야구를 사랑하는 모든 팬들에게 존경받는 야구인이다. 개인이 아닌, 팀을 위해 몸소 실천하는 그라서 더욱 갈채를 받는다. 그의 아들 정후 군도 현재 중학교 야구부에서 유격수로 활약하고 있어서 2대에 걸친 스타 야구 선수를 기대해봐도 좋을 듯하다.

그는 어느 타석이건 투혼을 불사른다. 돔 구장 하나 없는 국내 야구 현실 속에서 세계를 놀라게 한 그 활약상은 결코 잊혀지지 않을 것이며, 우리의 가슴 속에 영원히 남을 것이다. 환호 속에서 배트를 잡은 그의 손은 식지 않는 열정을 말해주듯 우리에게도 후회 없는 인생을 살라고 말해주는 것 같다.

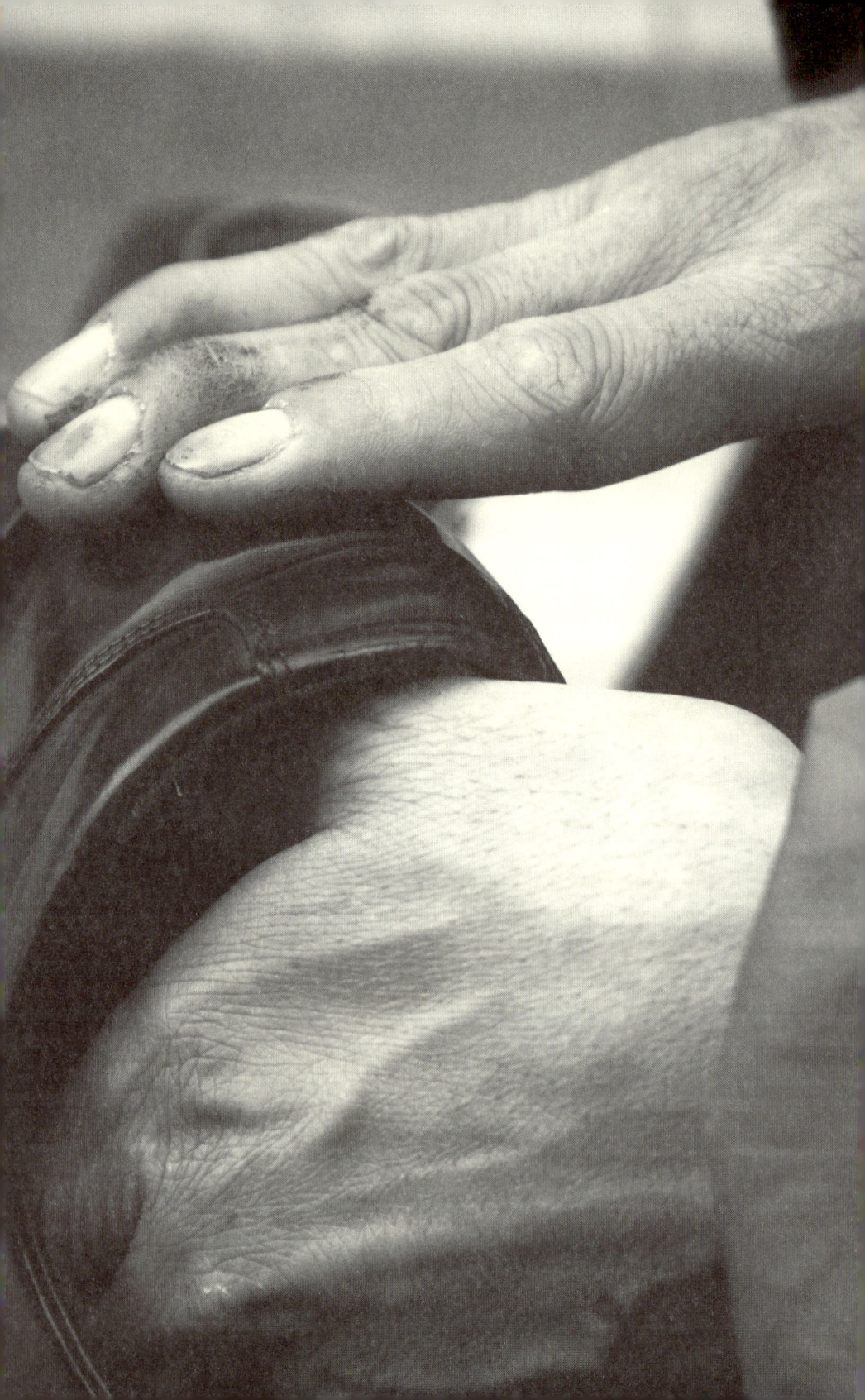

생生의 굴곡에 광光 내고 도道 닦는 손

구두 수선 장인, 우태하

그의 손은 차돌을 닮았다. 세찬 파도에 패고 다듬어져 매끈해진 차돌처럼 역경을 거치고 포용하는 법을 알게 된 손이다.

닳아빠진 헌 신발이 어느새 새 신처럼 번쩍번쩍 광이 나듯, 그의 인생도 그랬다. 인생의 밑바닥에서 처절하게 몸부림친 끝에 비로소 남을 포용할 수 있는 경지에 오를 수 있었다. 극한의 고초를 겪은 자만이 세상을 떠안을 수 있다는 것을 몸소 보여준 그가 바로 구두 수선 장인 우태하다. 30여 년 세월 동안 그는 구두를 닦은 게 아니라 도를 닦아왔다.

어렸을 때부터 생각이 많은 아이였다. 기쁨보다 고민이 더 많았다. 열한 살, 어린 나이에 상경해서 인쇄판 가공 작업을 하고 술집에서도 일했다. 우연히 자취집 옆방 아저씨가 군용 워커를 수선하는 것을 보고 신기하게 쳐다보다가 인연이 되어 구두 수선을 배웠다. 다 떨어진 워커가 눈 깜짝할 새에 변신하는 걸 보니 의욕이 생겼던 것. 그 아저씨는 군용 워커를 대량으로 납품 받아 수선했다. 지금 생각해보면 대단한 스승이었는데, 그땐 알아차리지 못했다.

열일곱 살 때 양화점에 취직했다. 더 나은 일이 있을까 싶어서 여러 차례 외도를 했다. 번번이 실패하고 나니 우울증과 불면증이 들이닥쳤다. 친구들은 공부해서 번듯한 직장도 다니고 장가도 잘 가는데……. 고민 끝에 스님이 되기로 결심하고 절에서 행자로 1년을 살았다. 한계를 느꼈다. 자칫하면 스님도 아니고 아무것도 안 되겠다 싶어 부산에서 고등어잡이 배를 탔다. 힘든 건 마찬가지였다. 몸이 고달픈 것보다 적성에 맞지 않으니 고생이었다. 마침내 유학길에 오른다. 말이 유학이지, 일본으로 건너가 가방 공장에서 뼈 빠지게 일했다. 두 달 지나니 공장이 망했다. 몸도 마음도 아파 결국 귀국을 결심한다.

국내에 돌아와서도 죽기 살기로 해봤지만, 희망이 없었다. 분당에 조그맣게 구두 수선 가게를 차렸다. 분당 신도시가 막 생겨날 시점이어서 건물도 없고 손님은 더 없었다. 고작 하루 1만 원 버는 게 전부. 그렇게 근근이 살았다. 그의 인생은 극한으로 치달았다. 하늘이 원망스러웠다. 설상가상으로 심장에 칼슘이 쌓여 심장 수술을 받아야 했다. 참으로 파란만장한 삶. 지금까지 고생했던 기억들이 파노라마처럼 지나가면서 세상에 왜 태어났을까 하는 서글픔과 외로움, 부모에 대한 원망, 사회에 대한 울분이 커져만 갔다. 중환자실에서 15일 동안 사투를 벌였다. 다행히도 신이 마지막 끈을 자르지 않았다. 심장이 뛰기 시작했다. 극한에 다녀오니 세상에 감사한 마음뿐이었다. 그때 다짐했다. 욕심을 버리자!

도 닦는 심정으로 구두를 닦기 시작했다. 헌 구두가 새 구두로 변하는 과정을 보면서 마음이 정화되는 오묘한 감정을 느꼈다. 정신이 수양되는 것을 여실히 느낄 수 있었다. 요리 연구가가 맛의 비법을 연구하듯,

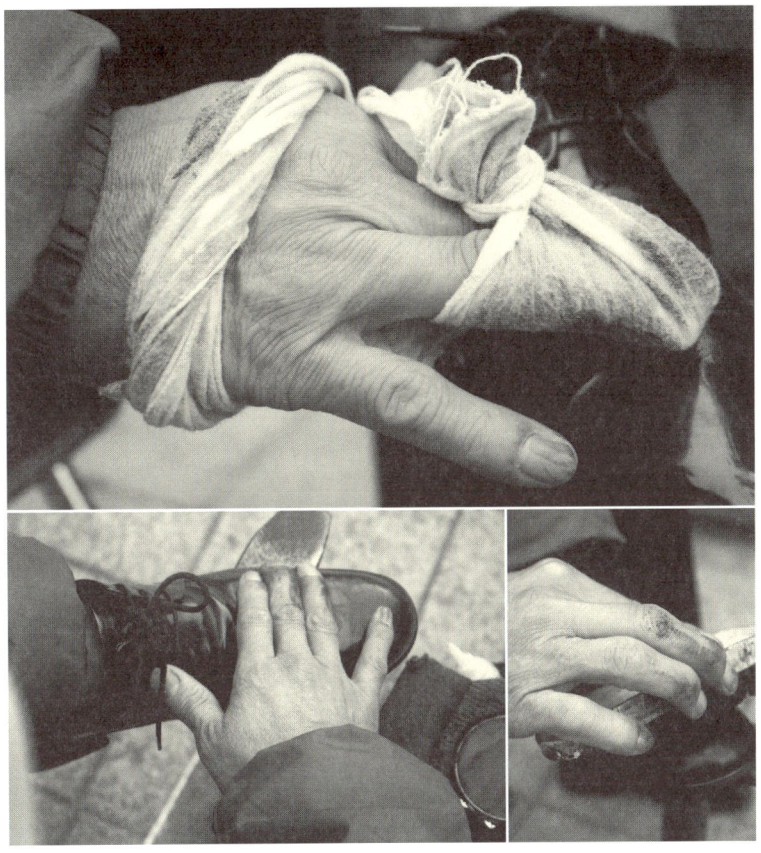

자신만의 노하우로 구두를 닦는 비법을 찾았다. 마음을 비우니 모든 게 술술 풀렸다. 도로가 깔리고 건물과 지하철이 생기면서, 손님도 많아지기 시작했다. 보잘것없는 일이라지만, 자부심을 갖고 열심히 하다 보니 그에게도 희망이 보였다. 구둣방 안에만 들어오면 힘이 생기고 즐거웠다. 신발이 얼마나 중요한가. 사람과 지구를 닿게 해주는 인류의 대단한 선물 아니겠는가. 이런 생각이 들면서 자부심이 점점 더 커졌다.

지금까지 그의 손을 거쳐 간 신발만 해도 80만 켤레가 넘는다. 항상 자신의 맘에 들어야 내준다. 스스로 만족하고 감동해야 손님도 행복하

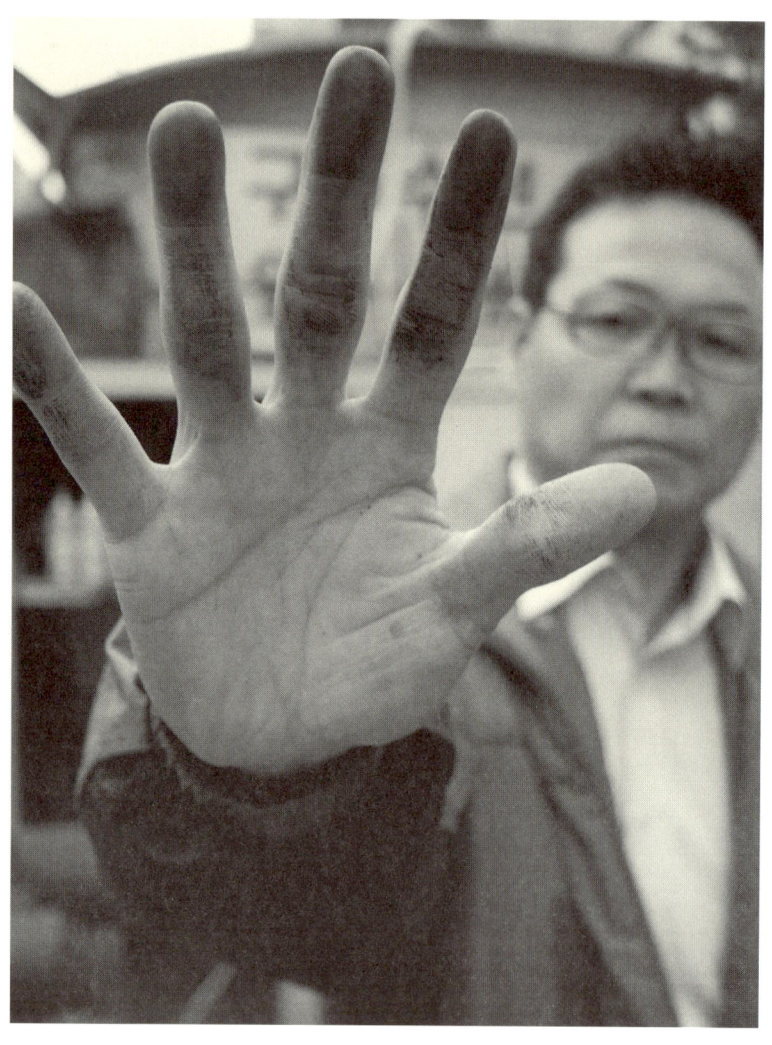

다는 생각이다. 손님과의 교감도 중요하다. 구두 주인에게 마음을 열어
야 자신도 편하고 성향에 맞게 잘 닦을 수 있으니 일석이조다. 이 소신이
그에게 가정이라는 큰 선물을 주기도 했다. 지금 그의 아내는 수년 전
구두를 닦으러 왔던 손님이었다. 그날도 아내의 눈이 심하게 충혈되어 있
어서 괜찮으냐며 챙겨주다가 눈이 맞아 결국 결혼에 골인했다. 초등학생

인 아들과 딸이 만인에게 실력을 인정받고 있는 아버지를 자랑스럽게 여기고 파이팅을 외쳐주니, 지금이 더없이 행복한 그의 전성기다.

그는 시의원에 도전한 인물로도 알려져 있다. 봉사에 대한 철학이 알려지면서 시의원까지 출마하게 된 것. 초등학교를 중퇴한 것이 아쉬워 검정고시를 쳤고, 대학교 사회복지학과에 들어가 그가 최종적으로 꿈꾸는 사회사업에 대해 배웠다. 극한의 삶을 경험했기 때문에 남에게 베풀고 더 다가설 수 있었다. 10년 넘게 꾸준히 불우이웃돕기에 열성적으로 나서고 있다. 독거노인과 소년 소녀 가장들에게 빛이 되기 위해 여러 동료들과 함께 발품을 팔고 있다.

열성적으로 광光을 내는 그의 손은 늘 지저분하다. 손톱엔 까만 때가 끼고, 항상 기름때가 묻는다. 수선하다 보면 상처가 생기고, 강약을 조절하다 보니 손도 쑤신다. 모든 풍파를 거쳐 거칠어진 손이지만 그 내막을 아는 자들에겐 한없이 아름다운 손이다. 연중 쉬는 날이 거의 없다. 달라이 라마나 넬슨 만델라가 몸을 헌신해서 사람들에게 인정받았듯, 그도 그들을 롤 모델로 생각하며 정진 중이다. 작은 일에도 힘들다고 낙담하는 이들이여, 30여 년 동안 헌 신발과 함께해오면서 세월의 굴곡에 세상 최고의 광을 내고 있는 그의 손에 주목하라.

첨단 공학, 해답을 찾는 동심의 손

로봇 과학자, 변증남

그의 손은 끊임없이 벽을 타고 오르는 초록 담쟁이 잎이다. 낮은 곳에서 홀로 출발해서 차가운 벽을 온통 초록빛으로 물들이기까지 묵묵히 오른다. 수없이 많은 잎사귀들이 그 높던 벽을 삼킬 듯이 차지하면, 비로소 또 다른 벽으로 옮겨 간다. 그가 평생 쉼 없이 노력해온 발자취를 그 안에서 엿볼 수 있다.

칠순을 바라보는 여유로운 눈빛, 하지만 순간순간 어린아이의 순수함이 묻어난다. 처음 만났을 때의 느낌이 그랬다. 차분히 말을 잇는 모습이 다정다감하면서도 논리적인 걸 보니, 역시 첨단 로봇 공학을 책임질 만한 소양과 사람에 대한 신뢰감을 두루 갖춘 분이라는 확신이 섰다. 그가 바로 국내 로봇 연구를 개척한 1세대 로봇 과학자 변증남이다.

초등학교에 입학한 지 두 달 만에 6·25 전쟁이 터져버렸다. 그만큼 그의 어린 시절은 하루하루 먹고살기도 버거웠다. 지금처럼 큰 꿈을 갖는 것은 언감생심, 그저 살기 위해 아등바등 애를 쓰던 시절이었다. 7남매

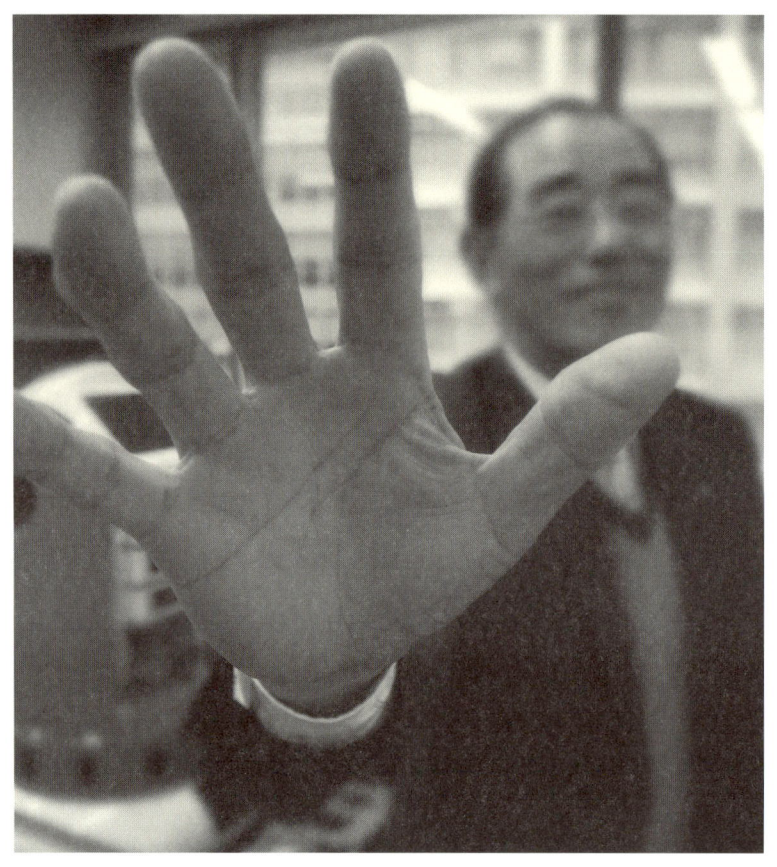

중 장남이라는 부담감 때문이었는지 공대에 가서 집안에 도움이 되고자 했다. 사실 어머니는 법관이 되라고 하셨지만, 공장에 들어가야 집안이 제대로 먹고살 수 있겠다고 생각했다. 몇 해는 걸릴 고시 공부를 하느니 공대로 가는 편이 훨씬 나을 것이라는 판단이었다.

그는 아르바이트를 하면서 공부했다. 가정 형편이 여의치 않았으니 읽고 싶은 책도 못 샀고, 친구들의 책을 보면 부러울 따름이었다. 그렇게 열정과 현실을 오가며 세월이 흘렀다. 카이스트에 부임하고 나니 운명의 문이 열리기 시작했다. 과학재단에서 산업용 로봇 개발 프로젝트를 추

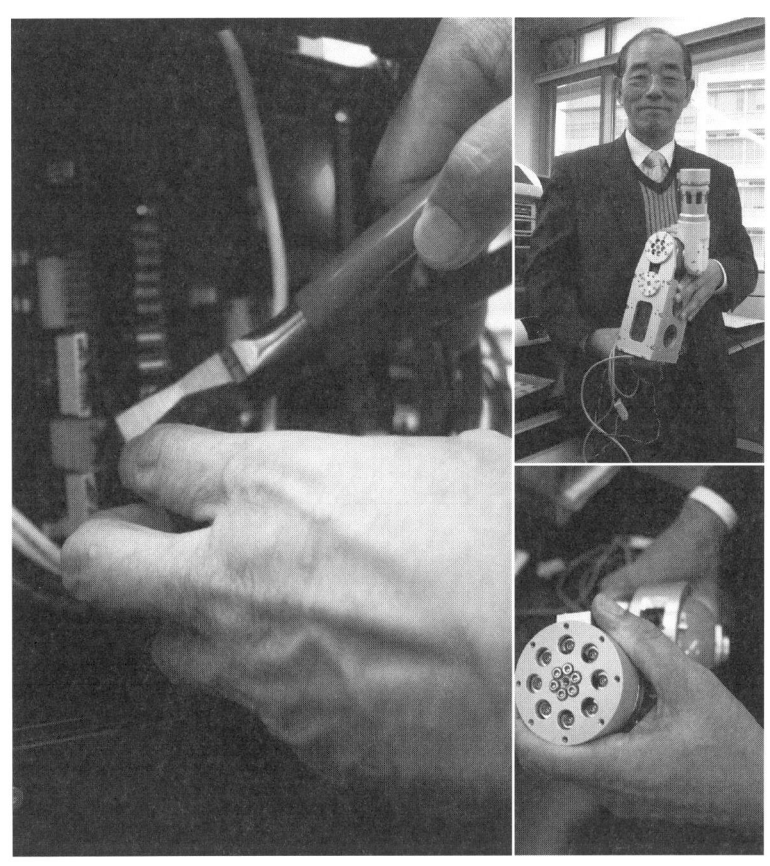

진했고, 그가 선발되었다. 그게 1970년대 말이었다. 당시 우리나라엔 로봇이 전혀 없던 시기라서, 그것이 바로 국내 최초의 로봇 개발 프로젝트이자 대한민국 로봇 역사의 시작이었다.

1989년, 드디어 국내 최초로 네 다리로 걷는 사각 보행 로봇 '카이저'를 개발한다. 언론의 관심이 이어졌고, 우리나라에서도 로봇 공학이 발전할 수 있을 것이란 기대를 모았다. 그 외에도 척수 장애인을 위한 휠체어 부착형 로봇 팔 '카레스', 시각 장애인을 위한 길 안내 로봇, 수술 로봇 등 주로 장애인과 노약자들을 위한 로봇 개발에 주력했다. 그렇게 40여 년

동안 국내 로봇 공학을 위해 몸을 바치고 있다.

하나의 로봇을 구상하고 개발한다는 것은 쉽지 않은 과정의 연속이다. 그런데도 그가 성공적인 궤도를 그리게 된 이유는 항상 스스로 묻고 배우는 자세였기 때문이다. 그는 쉽진 않지만 남들과 다른 것을 하기를 원한다. 무엇보다 가능성을 찾아 새로운 것들을 접하는 매력이 짜릿하다. 로봇은 공학에서 출발한다. 물음표가 떠올라야 이유를 찾는 과학과 달리, 공학은 만들어야 할 필요성이 떠올라야 어떻게 만들지를 고민한다. 결국 무언가 절실히 필요한 사람들에게 자신이 만드는 로봇이 유용한 역할을 할 것이라는 기대감과 상상이 그를 매번 자극했다.

어린 시절, 둘째가라면 서러운 개구쟁이였다. 썰매타기, 자치기, 구슬치기 등 지천에 널린 놀이에 흠뻑 빠져 있었고, 노느라 콧물이 반질거려도 닦을 새가 없었다. 그 시절 대부분의 아이들이 그랬다. 이런저런 노는 재미에 공부는 뒷전이었다. 그러나 초등학교 4학년 때 반장이 되면서부터 공부 인생으로 탈바꿈했다. 그때부턴 머리 좋은 아이, 공부 잘하는 아이로 소문나기 시작했다. 어머니의 가르침도 컸다. 단둘이 피란 갈 때 어머니가 보여준 강인한 정신력과 슬기로운 판단력이 그에겐 재산이 되었다. 정이 많은 어머니의 행동도 모조리 그의 감성에 각인되었다. 지금 그가 주변인들에게 보여주는 따뜻한 눈빛은 모두 어머니에게서 비롯된 듯하다.

그의 손은 언제나 배움을 갈구한다. 그를 아는 이들은 그가 성실하고 겸손하다고 입을 모은다. 그는 학생들, 여러 교수들과 한 몸이 되어 원 없이 로봇 개발에 집중할 수 있었던 때를 자신의 황금기로 꼽는다. 과학 재단의 지원하에 하고 싶은 것은 뭐든 했으니, 그에게는 최고의 시기였을 것이다. 당시 한국로봇공학회를 만들어 회장도 맡으면서 왕성한 활동력을 보였다. 지금도 후배들의 작업을 위해 새벽까지 함께하는 열정이 있다. 의욕과 패기로 학문을 대하는 자세는 지금도 수많은 제자들에게 감동으로 다가간다.

그는 로봇이 노약자와 장애인을 돕는 단계를 넘어 스마트홈 시스템이나 마을 전체에 로봇 시스템이 마련될 수 있는 세상을 꿈꾸고 있다. 궁극적으로는 확실한 지능 시스템을 구현해서 인간과 흡사한 로봇을 개발하고 싶다. 지금까지도 로봇의 역사를 써왔으니, 한국이 못할 것도 없다는 생각이다. 그의 제자들은 현재 국내·외 학계, 산업계에서 중요한 공헌자로 정진하고 있다. 스스로 배우고 후학들까지 가르치느라 바쁘긴 하지만, 절대로 안주하지 않는다.

로봇이 주인 얼굴을 살피면서 "오늘 피곤해 보이시네요? 차 한잔 드릴까요?" 하며 다가올 날도 멀지 않은 것 같다. 그런 로봇이 바로 그의 손 끝에서 빚어질 것을 기대해본다.

진한 육성의 울림을 내뿜는 손

색소폰 연주자, 김원용

"인생이 담겨 있는 이 소리에서 다이도르핀didorphin이 뿜어져 나오죠."

그의 첫마디였다. 다이도르핀은 흔히 말하는 엔도르핀의 4000배 강도로 아주 심하게 감동받았을 때 분비되는 호르몬이란다. 삶의 애환을 뿜어내듯, '필feel' 넘치는 육성 같은 소리가 최고의 감동을 준다는 말이다. 그가 바로 심금을 울리는 짙은 색소폰 소리의 주인 김원용이다.

그의 손은 새벽 공기를 헤치고 달리는 열차가 뿜어내는 힘찬 연기와 같다. 울부짖는 소리와 함께 모든 시름을 떨쳐내듯 열정이 뿜어져 나와 심금을 울리기 때문이다.

초등학교 6학년 때였다. 그날도 남의 학교 벽에 기대어 밴드부 연습실에서 새어 나오는 색소폰 소리에 취해 눈을 감고 있었다.

'어쩌면 저리도 사람을 흥분시키는 소리가 있을까.'

바로 이게 내 길이다 싶었다. 합격한 중학교에 가지 않았다. 밴드부가 없어서였다. 밴드부가 있는 서라벌중학교로 직행했다. 적극적인 그의 기

세에 운명의 신도 흔쾌히 허락한 것일까. 이후 그의 일생은 색소폰과 함께 울고 웃었고, 그렇게 40년 세월이 훌쩍 지나갔다.

지금이야 낭만적이라고 하지만, 당시는 소위 딴따라라고 손가락질하던 시대. 당연히 부모님의 반대가 심했다. 하지만 그의 열망이 컸던 탓에 친척집에 숨어 연습하며 열정적인 색소포니스트를 꿈꿨다. 야망 큰 중학생 아티스트의 첫 소리는 허무 그 자체였다. 요령이 없으니 바람 빠지는 소리만 '픽픽' 났다. 배우고 싶은 욕망이 꿈틀거렸다. 1주일이 지나니 소리가 나왔다. 당연히 개인 악기도 없었다. 밴드부 선배들이 간 후에야 줄기차게 연습하다가 막차를 타기 일쑤였다.

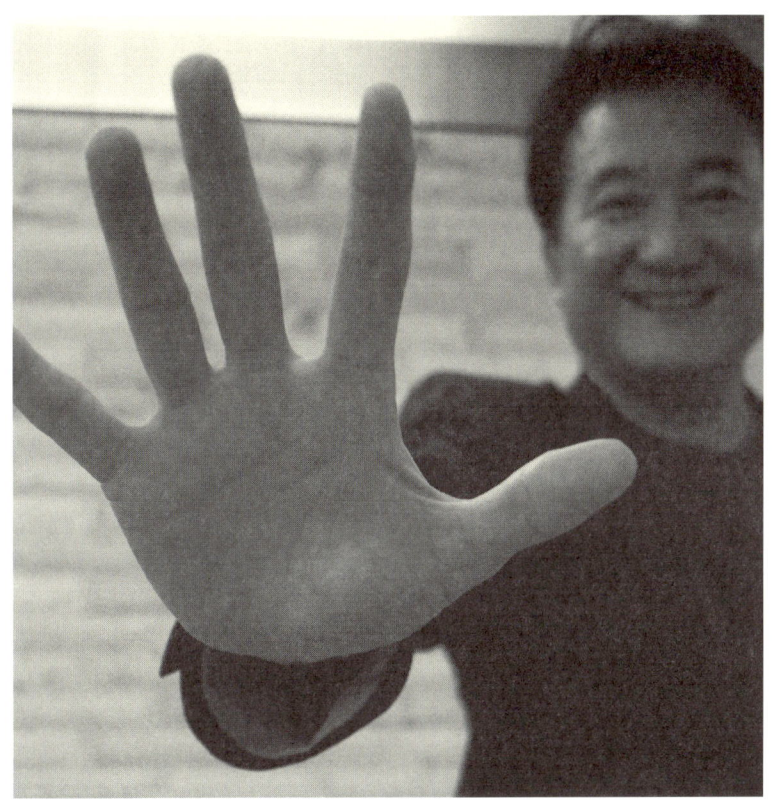

종례 시간만 되면 선생님이 연주를 부탁했다. 반 학생들 앞에서 〈아리랑〉을 멋들어지게 불면 찬사가 쏟아졌다. 본의 아니게 선배들이 애를 먹었다. 그보다 못한 선배들의 실력 탓이었다. 너무도 잘 불었기 때문에 본의 아니게 피해자가 속출했다.

열정에 노력이 더해지니 인기가 치솟았다. 당시엔 리사이틀을 하는 극장 쇼가 있었는데, 그는 나이를 속이고 그곳에서 활동을 시작했다. 참으로 빠른 사회 진출이었다. 남진, 이승철, 장윤정 등 대한민국 가수 전체가 그와 함께했다고 보면 된다. MBC 관현악단에서도 촉망받는 연주자로 활동했다. 그는 자신이 즐겁다면 가차 없이 한다. 상대방이 함

께 즐거워할 수 있다면 더욱 큰 기쁨이다. 색소폰 연주를 하면 자꾸 튀고 싶은 충동이 인다. 하지만 프로라면 각 사람의 노래와 컨디션에 따라 능수능란하게 맞춰줄 수 있는 여유가 필요하다. 그야말로 완급 조절은 필수다.

한국 색소폰 연주자 중에서 최고로 손꼽히는 그이지만, 한때 녹음실에서 쫓겨난 적도 있다. 다른 사람이 영입되었기 때문이다. 탄탄대로만 걷던 그에게 현실은 냉정했다. 1년 동안 피나는 각오로 불고 또 불었다. 손가락에 쥐가 날 정도로 맹연습을 했다. 결국 다시 복귀하게 되어 그 사건은 그에게 예방접종과도 같은 추억이 되었다. 지금도 그의 손엔 굳은살이 박여 있다. 오랜 연마로 손가락으로 '턱턱' 누르는 강도가 보통 사람보다 훨씬 세다. 아직도 그가 매일 조금이라도 연습하는 이유는 그 감각을 잃지 않기 위해서다. 나아지는 것보다 지키고자 하는 것. 그래서 더 집중하고 치열하게 챙기는지도 모르겠다.

어릴 때, 약장수가 나팔 불고 지나가면 끝까지 따라가는 아이였다. 가정 형편상 학비도 손수 마련했다. 집안을 돕기 위해 어린 나이에 더 발로 뛰었는지도 모른다. 그는 무슨 일이든 미쳐야 하며, 음악은 춥고 배고파야 더 애절하게 나온다고 말한다.

그가 소록도 이야기를 꺼내 놓았다. 연주가 시작되면 할아버지 할머니들이 너무도 즐겁게 춤사위를 보여주시니, 여느 공연보다 스스로 감동한다고. 그래서 소록도 공연이 가장 행복한 공연이라며 늘 기다린다.

프로의 화려한 테크닉보다 아마추어의 열정을 소중히 하는 그가 요즘 색소폰의 대중화에 발 벗고 나섰다. 누구나 색소폰을 배우고 싶은 사람들이 동영상으로 공부를 할 수 있도록 인터넷 사이트를 하나 만들었다. 그곳에서 의견도 교환하고, 공부도 하고, 장기자랑도 하고, 모두가 즐길 수 있는 장으로 확대하고자 노력 중이다. 색소폰 유스호스텔 캠프 클럽과 전문 방송국도 새로운 목표다. 후배들을 챙기는 선배로서 책임감이 무겁기도 하다.

색소폰을 오래 불다 보면 손이 스스로 악기에 맞춰진다. 또 6~7킬로그램의 무게를 메고 연주하다 보면 몸도 스스로 맞춰진다. 배에 힘을 주고 호흡도 신경 쓰는 만큼 건강에도 최고다. 특히 트로트에 담긴 인생의 애환을 소리로 불 때의 감동이 우리네 인생살이와 닮아 좋다. 오늘도 영혼을 울리듯 애절하게 소리를 짜내는 그의 손은 여러 사람에게 귀중한 손이다. 환갑을 바라보는 나이이지만, 아직도 동네 아저씨처럼 푸근한 인상에 따뜻한 손을 갖고 있어 보는 이도 행복하다. 그의 손이 40년 넘게 잡아온 색소폰의 무게만큼 우리나라 대중음악도 두터워졌다. 앞으로 그의 연륜 있는 손이 색소폰 대중화를 위해 더 분주히 움직일 것 같아 설렌다.

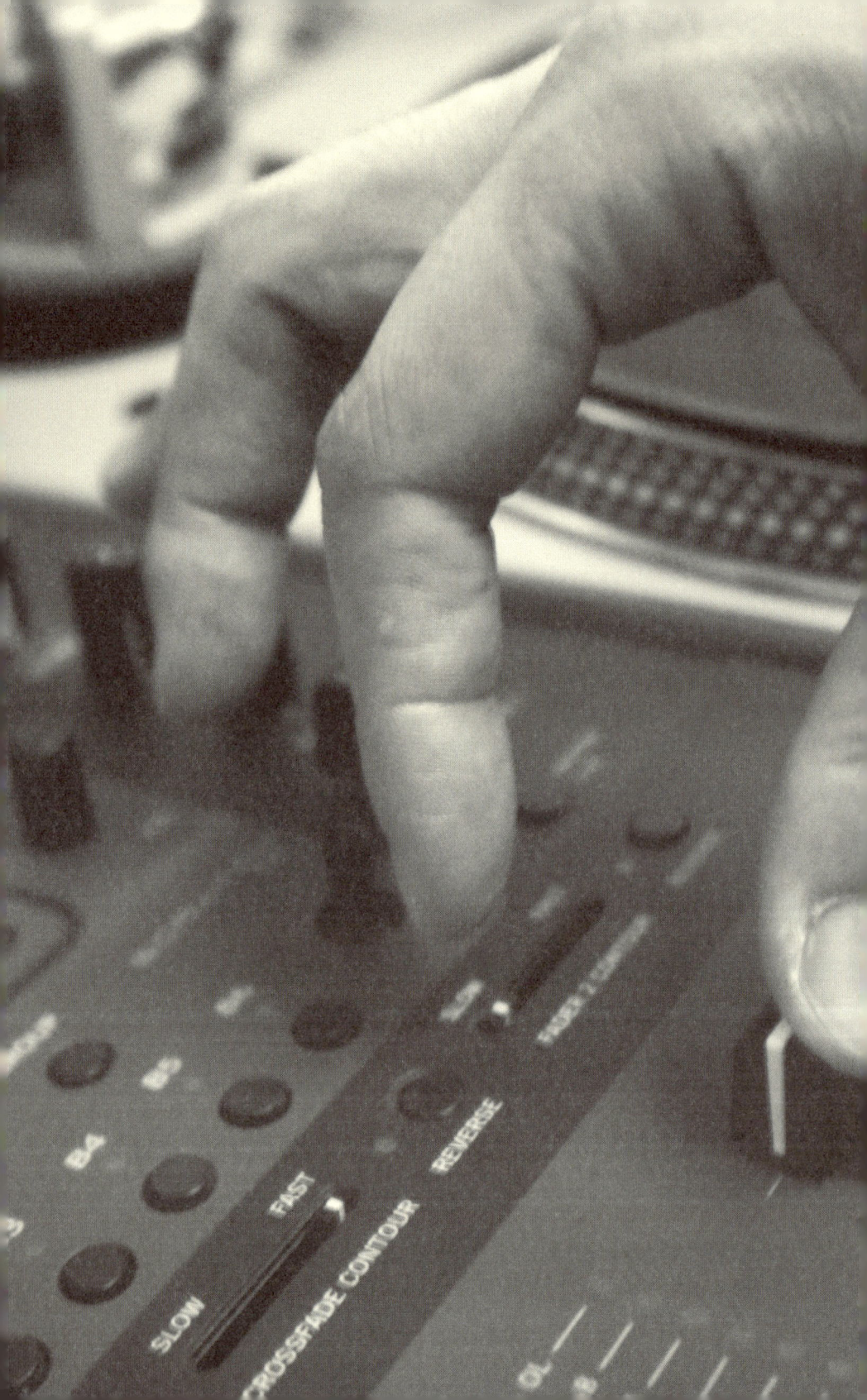

자유에 흥을 입히는 손

힙합 DJ, 최재화

Wreck. '만신창이'란 의미다. 힙합 문화가 생소할 당시, 이도 저도 아닌 것이 '만신창이' 같았다. 다양한 힙합과 DJ 문화를 제대로 알리려고 나선 이가 바로 국내 최초의 힙합 디스크자키인 DJ 렉스Wreckx다.

그의 손은 유연하면서도 변화무쌍한 울림이 돋보이는 대금의 소리를 닮았다. 부드러운 소리에서부터 장쾌한 소리까지, 세상의 흥과 혼을 모두 담고 있기 때문이다.

본명 최재화. 그는 지금 힙합 DJ는 물론, 다양한 뮤지션들과 공연하고 프로듀싱하면서 힙합 문화를 신나게 이끌고 있다. 중학교 시절부터 비보잉b-boying을 했다. 그렇게 춤을 추다 보니 그에 꼭 어울리는 음악을 찾게 되었고, 그러다 직접 힙합 DJ로 활동하게 된다. AFKN 채널에서 자연스럽게 접했던 〈빌보드〉와 〈아메리칸 뮤직 어워드〉를 통해 음악에 빠져들었다. 당시 영화 음악을 듣다가 감동받아 한동안 말을 잃었고, 그것이 바로 자신의 길임을 직감했다. 그러나 당시로선 가르쳐줄 사

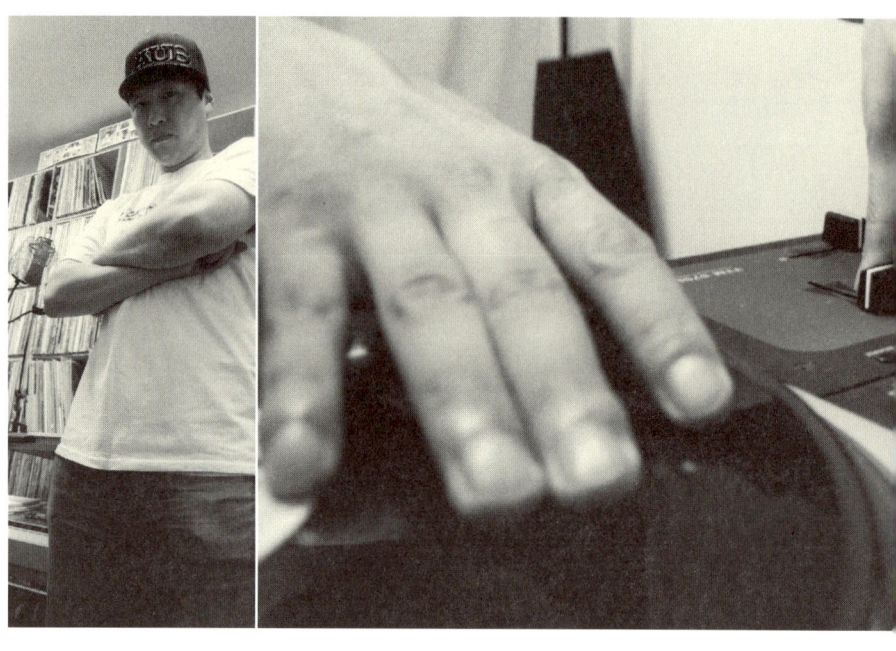

람도, 교본도 없었다. 개척 정신이 필요했다. 세운상가를 돌며 밀품 팔
아 자료를 찾고, TV를 보면서 따라 하고 상상하는 그만의 연습이 시작
되었다. 결국 1990년대 초반부터 비보잉과 힙합 DJ 활동을 펼치면서 화
려한 음악 세계를 보여준다.

club KOREAN FOCUS 배틀, club BASIA 배틀 등 각종 대회에서 우
승을 거머쥔 그는 1994년에 정식으로 DJ 렉스란 이름으로 비보이와 DJ
가 하나 되는 공연을 기획했다. 더불어 그룹 삐삐롱스타킹과의 작업을
시작으로 다양한 세션 DJ 생활을 했다. 1998년엔 비보잉 생활을 접고 클
럽 마스터플랜과 인연을 맺었고, 당시 독보적인 한국 유일의 DJ로서 매
주 토요일 정기적으로 스크래칭을 선보였다.

동화를 샘플로 삼는 커팅은 다양한 곡에 담겨져 그의 스타일로 굳어
졌으며, 빅뱅, 이효리, 에픽하이 등의 콘서트 DJ와 세션, 프로듀서로 참

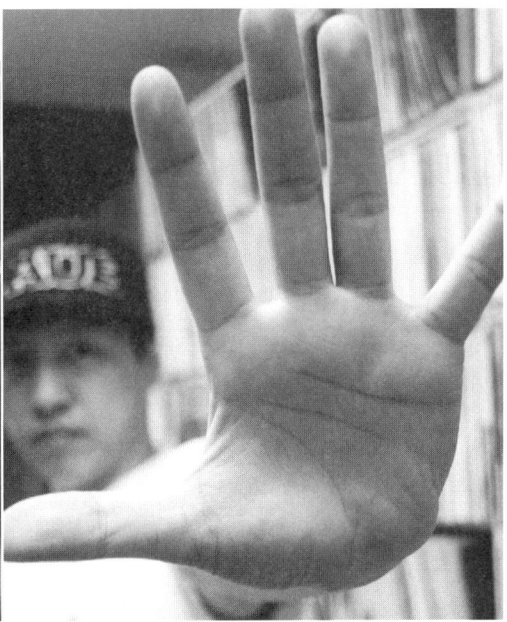

여하면서 입지는 더욱 탄탄해졌다. 지속적으로 다른 장르와의 크로스오버를 시도하며 일본과 홍콩, 대만 등에서도 활동했다. 남들은 화려할 거라고만 생각하지만, 디제잉을 하기 위해 신문도 돌리고 막노동을 하면서 생계를 유지했다. 어떤 상황에 놓이든 그는 단 한 번도 디제잉으로 돈을 벌 생각을 하지 않았다. 그가 지금도 여러 사람들에게 인정받고 있는 이유다.

어린 시절, 동네에서 그를 모르면 간첩이라고 할 정도로 괴짜였다. 새로 나온 택시를 구경하려고 수십 킬로미터의 거리를 걸어간 적도 있다. 지금 그의 끈기와 열정이 이 시절부터 비롯되었다.

길을 만들어야 했기 때문에 자신이 잘하고 있는지 여부조차 알 수 없다는 게 가장 힘들었다. 또, 맨 앞에 있다 보니 칭찬보다 질타가 많았다. 돌이켜보니, 실력보다는 얼마나 그 일을 사랑하고 진지하게 임하는지가

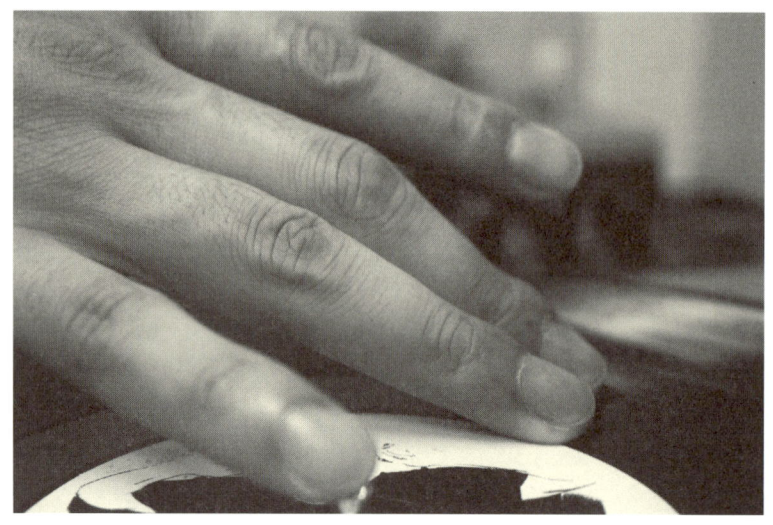

훨씬 더 중요했다고 말한다. 무엇보다 자신이 20년 넘게 열정을 갖고 이 일을 해왔다는 것에 감사한다. 그는 누가 뭐래도 평생 힙합 DJ를 할 생각이다. 바쁘지만 자기 관리만큼은 철저하다. 잘못하면 관절에 무리가 많이 가기 때문에 스트레칭은 필수다. 보통 한 자세로 오랫동안 서 있다 보니 어깨도 뭉치고 손이 저리다. 그래서 늘 운동으로 시작해야 한다.

요즘 대중가요에 아쉬움도 많다. 아이돌 노래의 가사를 들어보면 퇴폐적인 내용도 심심찮게 눈에 띈다. 이러한 아쉬움 때문에 자신만이라도 건강한 음악을 해야 겠다고 다짐한다. 나중에 그는 자신의 음악을 바탕으로 복지원 등에서 봉사 활동을 하고 싶다. 자신의 능력으로 많은 이들을 행복하게 만들고 싶다. 그는 진지하다. 사실 요즘은 자신이 진지하게 음악을 하고 있는지 아닌지조차 모르는 후배들이 너무 많아 아쉽단다. 더 절실하고 더 진지해야 한다고 그는 강조한다.

그의 손에서 무한한 가능성을 본다. 남을 깔보는 경쟁이 아닌, 상대방을 존중하는 경쟁 의식이 보인다. 그 손으로 건강한 경쟁을 하다 보니 더 흥겹고 신난다. 요즘 그는 개인 사이트를 통해 올바른 힙합 DJ 문화를 알리고 있다. 20년 세월 동안 다양한 무대와 통로에서 제대로 된 힙합 문화를 퍼트렸다. 돌아보면, 참 무던히도 뛰어다녔다.

그는 인터뷰 당시 힙합에 대한 정의를 내리지 못했다. 사랑을 어떻게 정의할 수 있느냐고 반문하는 그를 보면서 역시 좋아야 하고, 미쳐야 한다는 생각이 들었다. 그의 손이 더 많은 장소에서 수많은 이들을 미치게 할 광경이 눈에 선하다.

멈추지 않는 행복 메신저의 손

집배원, 이상열

    낡은 복장에 누런 행랑을 멘 그가 뜨면 마을 전체가 잔치 분위기였다. 개들은 꼬리를 흔들며 호위했고, 꼬마들은 줄줄이 매달리며 호들갑을 떨었다. 먼발치에선 처녀들이 부모님이 볼세라 연애편지를 기다리며 진을 쳤고, 노모는 군대 간 아들의 편지를 기다리느라 눈이 퀭했다. 유선 전화도 귀했던 그 시절, 집배원은 반가운 소식을 한아름 안고 온 영웅이었다.

    폰에서 SNS 메시지가 '딩동' 어리광 부리듯 수시로 울려대는 요즘과는 다르게, 그 시절엔 사람 사는 맛이 있었다. 새삼 1970년대의 그 풍경이 그리워지는 건 첨단 세상 속 각박한 현실이 더 뼈저리게 느껴지기 때문이리라.

    40여 년 동안 꾸준히 세상의 가교 역할을 해온 집배원 이상열. 그의 손은 새해 첫날 동해 바다를 뚫고 솟아오르는 해와 같다. 추위와 어둠 속에서 오래 기다린 끝에 살며시 얼굴을 드러내면 반가움이 용솟음치기 때문이다. 주위를 환하게 밝히는 배려 덕분에 사람들의 설렘은 기쁨으

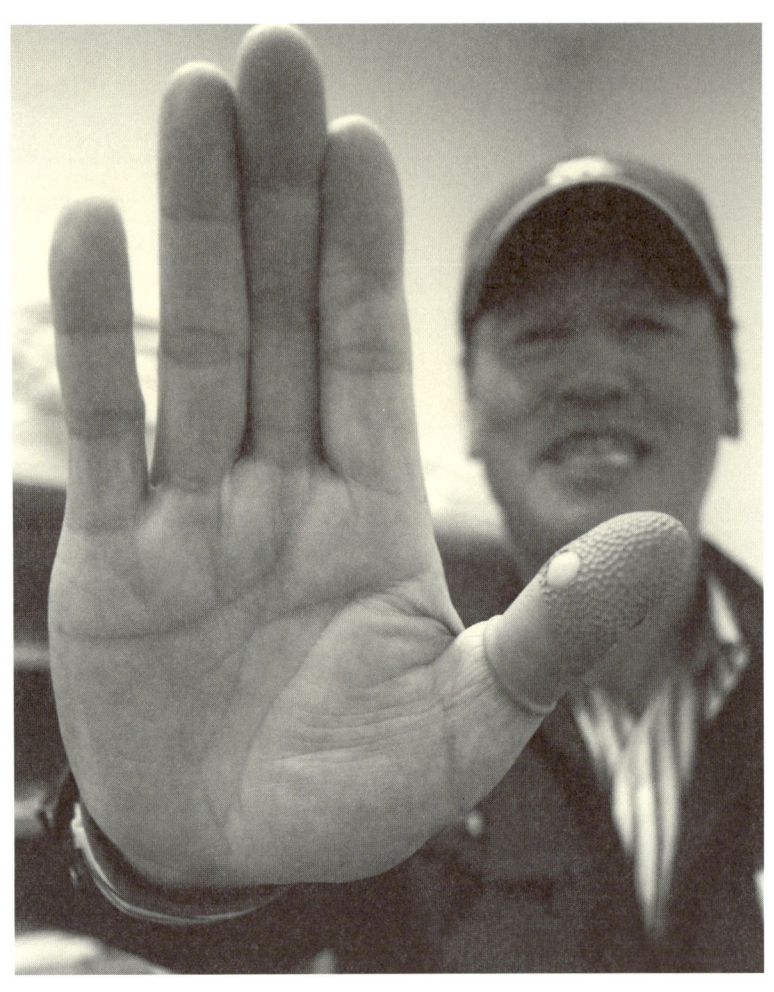

로 승화된다.

　때는 1970년대 초, 충북 보은군 해남면에 우체국 별정국이 있었다. 그
는 친구의 추천으로 생소한 이 세계에 처음 발을 들이게 된다. 자전거가
있어도 울퉁불퉁한 비포장도로에선 무용지물이었다. 비나 눈까지 오면
고생은 더했다. 버스도 드물었다. 통신망도 딱히 없어 대개는 취직 합격,
사망 등을 간단히 알려주는 전보뿐이었다.

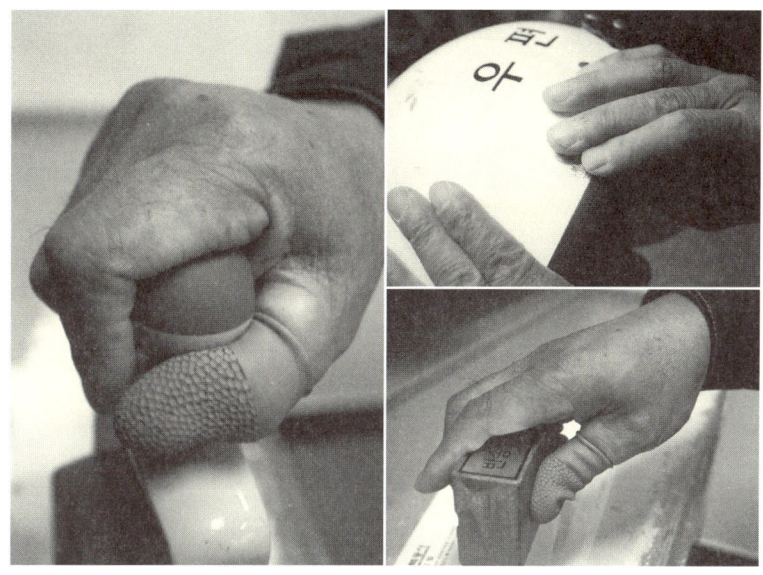

　큰 산을 넘고 물을 건너서 하루 150리 길을 걷노라면 다리가 쑤시고
허기져서 여간 힘든 일이 아니었다. 전기도 없던 시절이라 밤엔 어둠 속
을 묵묵히 걸었다. 자주 만나 정이 쌓이다 보니 마을 사람들의 심부름까
지 더해져서 감기약도 사고 등초본을 챙기는 일은 예사였다. 수시로 만
나다 보니 동네 가정사는 모두 꿰고 있을 정도였다. 대신 이 영웅에게 고
구마, 옥수수 등 간식이나 밥이 풍성하게 차려져 나오곤 했다.

　눈밭을 구르기도 하고, 종일 배가 고파 물로 배를 채운 적도 부지기
수. 산을 넘다 고달파서 돌아가고 싶어도, 자신을 기다릴 사람들이 눈에
밟혀 발길을 다시 재촉했다. 너무 힘들어서 결국 퇴사하기로 결심했다.
당장 일이 바쁘니 우선 오늘 배달을 다녀온 후에 국장님께 말씀드리자고
다짐한 것도 수차례. 그렇게 맘이 풀리고 다시 낙담하기를 반복하는 동
안 세월은 덧없이 흘러버렸다. 그러다 보니 이게 천직이다 싶었다. 맘을
고쳐먹고 보니 일에 정이 붙고, 점점 능숙해졌다. 차츰 흥도 났다. 마을

사람들과도 더 친해져서, 이제는 곳곳마다 자신의 동네처럼 편안하다. 국회의원 선거라도 나갔으면 몰표를 받았으리라.

보람도 있었다. 늘 정성을 담아 모두가 눈 빠지게 기다리던 소식을 전하니 스스로도 뿌듯했다. 마을마다 환호를 받으니 좋았고, 이씨, 김씨, 박씨 모두 무엇 하나 더 챙겨주려고 달려드니 그것도 행복이었다. 지나고 보니 모든 게 그의 손에 있었다. 그가 정성을 담을수록 사랑이 돌아왔다. 예전에 살던 마을에 오랜만에 가면 어르신들이 반갑게 맞아주고, 한참 어리던 아이들은 다 자라서 "아저씨, 아직도 하세요?" 하고 묻는다. 그저 씨익 웃을 뿐이다.

늘 욕심 부리지 않고 베풀며 살아온 그는 쌓인 일감을 보고도 그저 즐겁게 일할 줄 안다. 행여 동료가 아프면 스스로 일을 대신 해주기도 한다. 9남매의 다섯째로 태어난 그는 어린 시절부터 성실맨이었다. 형님들 밑에서 자라면서 묵묵히 풀도 베고 나무 땔감도 구할 만큼 책임감이 강했다. 이런 심성 덕에 어느 마을을 가든 미소 지을 수 있는 듯하다.

요즘 입사한 젊은이들은 조금만 힘들어도 이내 사라진다. 그들을 보며 그는 어떤 생각을 할까? 그 옛날 산 넘고 물 건너서 150리 길을 걷던 과거의 그가 오버랩되어 씁쓸할 듯하다. 그의 손은 늘 다른 이들을 챙겨주고 설레게 만드는 참으로 아름다운 손이다. 누구든 달래주고 맞장구쳐준 손이다. 힘줄이 드러난 그 손을 통해 동네방네 행복이 이어졌다. 40여 년 동안 남들을 챙기느라 오히려 가족들과는 근사한 식당에서 외식 한 번 제대로 해본 적이 없다. 현재 그의 차녀도 집배원은 아니지만 우체국에서 근무하면서 아버지의 뒤를 잇고 있다.

이제 그가 마을에 들어서면 빨래터 아낙네들이 반기고, 꼬마들이 신나게 따르던 모습은 찾아보기 힘들다. 오가는 흐뭇한 정은 찾기 어렵고 오로지 당신은 전해주는 사람, 나는 받는 사람일 뿐이다. 모두가 그런 것은 아니겠지만, 갈수록 따뜻했던 정취가 사라지고 있어서 사람 냄새나는 그때가 더 그립다. 요즘은 오토바이 부상도 잦다. 전달할 소식은 많은데 시간이 턱없이 모자라 서두르다 보니 종종 사고가 난다.

오늘도 바쁘게 우편물을 챙기는 그의 손. 두텁고 거친 손이지만 비가 오나 눈이 오나 남들에게 행복을 전하기 위해 고생을 감내해온 손이다. 앞으로 그의 손이 삭막한 도시인들의 가슴속에도 예전의 그 추억을 되새겨줄 수 있기를 감히 기대해본다.

멘탈로 메탈을 핸들링하는 손

카레이서, 김의수

버스 기사 아저씨의 옆 자리는 호기심으로 똘똘 뭉친 초등학생 꼬마의 고정석이었다.

"아저씨, 요건 왜 이렇게 구부러졌죠?"

당돌하게 묻는 아이가 훗날 카레이싱계의 전설이 되리라고 짐작이나 했을까.

그의 손은 눈 속에 맺힌 이슬꽃과 같다. 매서운 칼바람을 이겨내고 산의 정상에 올랐을 때, 비로소 모습을 드러내는 강인함이 있기 때문이다. 손이 고와서 그의 인생도 온실 속 화초처럼 보이겠지만, 알고보면 그가 살아온 거친 삶에 놀라게 된다.

카레이서 김의수. 그의 손은 네 살 때 처음 운전대를 잡았다. 아버지가 운전하는 택시에 몰래 올라타 200미터 가다 박아 선 게 첫 레이스였다. 초등학교 4학년 땐 상습적으로 레이스를 펼쳤다. 아버지 몰래 차를 운전하며 돌아다니다가 난이도 높은 주차 공간에 원상태 그대로 주차시켜놓으니 아버지도 설마 했다. 하지만 꼬리가 길면 밟히는 법, 그가 중고 등학생일 땐 아버지가 차 열쇠를 수시로 바꾸고, 급기야 운행 킬로미터 수까지 면밀히 체크했다.

어린 시절부터 머리가 비상해서 신동 났다는 소문이 자자했지만, 차에만 관심이 쏠렸다. 20세 때 자동차 경주를 보고 주체할 수 없는 힘을 느껴 레이싱 팀을 찾았다. 처음 보는 젊은이가 강하게 의지를 밝히니 실력을 떠나 그 열정을 보고 팀도 그를 받아들였다. 당시 국내 카레이싱은 동호회 수준으로 지금처럼 활발하지 못했지만, 그의 열정만은 오래 달구어진 쇠처럼 뜨거웠다.

카레이서는 자신의 차를 보유해야 출전할 수 있다. 시간은 걸렸지만, 모은 돈을 다 털어 폐차 직전의 중고 레이싱 차를 장만했다. 사실 그는

집안 형편이 넉넉지 못해 열여덟 살 때부터 야채 장사, 이불 장사, 얼음 장사 등 안 해본 장사가 없을 정도로 치열하게 살았다. 회사에서는 최연소 부장 소리를 들으며 똑 부러지는 실력을 보여줬다. 어렵게 출전 기회를 따낸 그는 중고차로 예선 6등, 결선 6등이라는 첫 성적표를 받았다. 찌그러진 머신으로 세운 기록이지만, 할 만하다는 생각이 들었다. 무엇보다 세상에서 제일 신나는 일이란 확신이 섰다. 특별히 가르쳐주는 사람도 없고 지식이 많지도 않지만, 본능적으로 머신을 다루는 능력이 있던지라 특별 케이스로 팀 차를 빌려서 출전하기도 했다. 다른 멤버들이 그의 실력을 낮잡아보고 대표로 출전하는 것을 탐탁지 않아 하는 상황에도 예선, 결선 모두 1위를 차지하며 승부 근성을 보여주었다. 그 후로도 줄곧 1위를 차지하며 국내 카레이싱의 역사를 세차게 달렸다.

　1995년경 MBC 그랑프리 챔피언 대회에서 우승을 한 후, 대기업의 한국인 랠리 양성 프로그램에 선발되어 해외로 유학 갈 기회가 있었지만 결국 두 번이나 무산되었다. 지칠 대로 지친 그는 다 포기하고 무작정 일본으로 잠적한다. 일본어도 전혀 모르는 상태로 길에서 노숙하고, 도 닦듯 생활했다. 그런 와중에도 일본 내의 레이싱 루트를 찾았지만, 여의치 않았다. 딱 10년만 더 해보고 의지가 없어지면 포기하자는 생각이 들었을 때, 마침 한국 팀에서 손을 내밀었다. 그 길로 본격적인 머신과의 교감이 시작되었고, 아무도 넘볼 수 없는 1인자로 군림해왔다.

　프로 팀에 들어와서 매번 우승하고 나니 공황 상태가 왔다. 모두가 저 사람은 당연히 1등이겠거니 생각하는 자체가 부담이 되면서 맘고생이

심했다. 최근에도 그런 고민으로 밤을 새웠지만, 결국 자신이 좋아하는 일을 하자는 초심으로 돌아가 극복할 수 있었다.

한번은 대회가 임박한 시점, 연습 중 사고로 왼손이 크게 찢어졌다. 대회 규정상 출전할 수 없었지만, 이를 속이고 머신에 올랐다. 비장한 각오로 왼손을 끈으로 묶어 핸들에 고정시켰다. 이러한 악조건 속에서도 결승 3위에 올랐다니, 대단한 인내심이자 집중력이다. 그래서 사람들이 그를 가리켜 '독하다'는 표현을 쓴다. 하지만 오래 그를 지켜본 사람들은 의외로 따뜻함이 넘치는 인간이라고 말한다.

그는 카레이싱을 "본능과 정신력 사이에서 뿜어져 나오는 기"라고 말한다. 스피드의 짜릿함보다 첨단 과학 기계를 사람이 컨트롤한다는 자체가 가장 큰 매력이라고 꼽는다. 0.001초의 순간에 생각은 필요 없다. 그저 본능적으로 손이 움직인다. 잡념 하나로 고꾸라지고, 멘탈이 약해지면 곧바로 추락하는 게 카레이서다. 그래서 늘 '상상의 힘'을 믿는다. 모든 상황을 상상하면서 초고속 머신을 본능적으로 끌고 갈 수 있게 미리 준비하는 이미지 트레이닝이다.

그처럼 프로팀에서 오래 활약한 선수도 드물다. 20년 동안 몸무게도 변함없으니 그야말로 타고났다. 그는 손이 다칠 만한 환경엔 절대로 자신을 노출하지 않을 정도로 철저하다. 사고도 거의 없어서 스폰서들이 원하는 영순위 선수이기도 하다.

이제 그는 지금껏 누려왔던 것을 사회에 보답하고 싶은 마음으로 교육을 생각한다. 항공, 해운, 자동차 관련 전문학교를 만들어 후진을 양성하고, 카레이싱을 국민적 스포츠로 만드는 것이 최종 목표다. 자신이 하고 싶은 것을 행복의 기준으로 만든 그의 손이 의지와 열정을 갖고 준비하는 모든 이들을 아우를 수 있는 시기가 앞당겨지길 기대해본다.

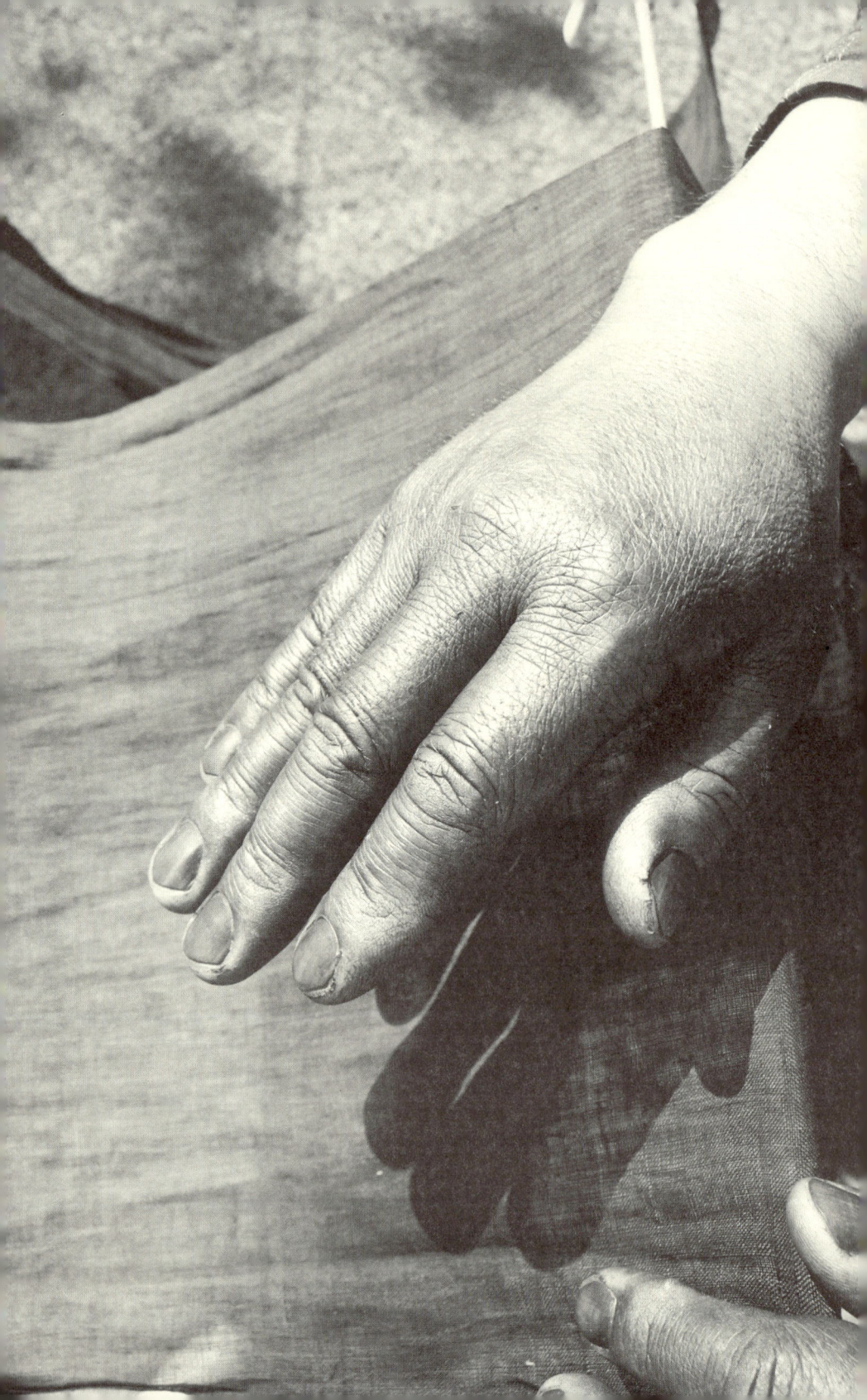

하늘을 머금은 쪽빛을 만드는 손

염색장, 정관채

흰 천을 쪽물에 넣고 정성스레 어루만지자, 금세 쪽빛의 새 옷으로 갈
아입는다. 맑은 하늘을 그대로 담은 듯 천연 빛을 띤 천이 빨랫줄에서
춤춘다. 영산강 주변의 푸름 가득한 쪽 밭, 맑은 햇빛과 어우러져 쪽빛
천은 점점 더 생기가 넘쳐난다. 이 모두가 전통 쪽 염색의 장인, 염색장
정관채의 손에서 빚어진 것이다.

그의 손은 넓은 평원 위를 유유히 날고 있는 학의 자태와 닮았다. 삶
을 달관한 듯 여유롭게 아래를 응시하면서 늘 서두르지 않고 목표를 향
해 찬찬히 나아가기 때문이다.

쪽빛은 우리의 대표 색이다. 일찍이 중국에서 우리나라의 별칭을 청
구국靑丘國이라고 부른 것도 이러한 이유에서다. 익히 알고 있는 청출어
람靑出於藍도 쪽빛을 두고 하는 말이다. 그가 전남 나주의 샛골마을에 살
고 있는 덕에 쪽빛이 지금도 명맥을 이을 수 있었다. 영산강 일대의 고온
다습한 기후와 기름진 평야가 쪽이 성장할 수 있는 천혜의 보고를 만들

었다. 예로부터 이곳에서 염직 문화가 발달한 것도 이러한 배경에서다. 무명 생산지로도 잘 알려진 이곳에서 그는 어린 시절부터 어머니의 어깨 너머로 자연스럽게 천연 염색을 보고 자랐다.

그의 소명은 대학생 때 드러났다.

"이게 쪽이라는 거야. 아주 좋은 물감이 된다네."

당시 대학교에서 염색을 가르치던 박복규 교수로부터 쪽 씨를 받은 것이 출발이었다. 박 교수는 1970년대에 국내에는 사라진 쪽 씨를 일본에서 들여온 민속학자 예용해 선생의 후배였고, 그 씨를 어디에 주어야 할까 고민하다 그를 떠올린 것이다. 그는 그렇게 30년 넘게 쪽과 열애 중이다.

작물이라는 게 씨만 뿌린다고 저절로 크는 게 아니다. 새벽 3시고 4시고 눈을 비비며 밭에 나갔고, 주인의 발자국 소리를 듣고 쪽이 자라는 걸 느끼며 더 정성을 들였다. 목에서 쓴내가 열댓 번은 나야 한 해가 지나갔다. 그도 그럴 것이 성장이 제일 왕성한 삼복더위에 쪽을 베어야 최고의 색을 얻기 때문이다. 그때 베고 담그고 숨 가쁘게 달리다 보면 쓰러지기 일보직전까지 간다. 힘들었지만, 업이라는 생각에 스스로 몸 편할 날이 없었다.

베어낸 쪽은 항아리로 옮긴다. 쪽을 건져내고 나면 물에 색소가 우러나와 초록색으로 변한다. 조개껍질을 태워 만든 석회가루를 한 바가지 퍼서 색소물에 정성껏 풀어낸다. 초록색이던 물이 잠시 푸른빛을 보이다 노랗게 변한다. 색소물을 젓는 횟수가 늘면서 푸른빛으로 변한다. 아궁이에 불을 놓아 잿물을 만들어 쪽 앙금을 정확한 비율로 섞어 항아리에 넣고, 땅속에 묻어 한 달 정도 발효시키면 갈색의 쪽물이 완성된다. 이렇게 만들어진 것이 쪽 염료요, 천에 그 색을 입히면 비로소 천연 쪽빛의 천이 탄생하는 것이다.

　그의 손은 멀리서 보면 꼭 파란 장갑을 낀 것처럼 푸르게 쪽물이 들어 있다. 사정을 모르는 사람들은 오해하기 십상이다. 쪽은 잘 씻기지도 않아서 칼로 껍질을 벗겨야 한다. 쪽을 베다 손가락이 잘려나간 적도 있었다. 떨어진 손가락을 들고 대형 병원으로 가는 도중에도 그나마 쪽 염색을 하다 다쳐 다행이라고 너스레를 떠는 그를 보며 아내는 눈물을 쓸어 담을 수밖에 없었다.

　어린 시절 그는 목화밭에서 뛰어놀고, 베틀 밑에서 자던 순수한 아이였다. 6·25 전쟁이 끝난 후 배고픈 시절, 겨우 돈이 생겨 딱지를 한 장 샀는데 우연히 한 장이 더 들어 있어 고민하다가 가게 할머니한테 돌려

줄 만큼 순수했다. 그러자 되레 과자를 선물로 푸짐하게 주시는 걸 보면서 결국 솔직하면 이득이 더 많다는 이치를 일찍 깨달았다. 이는 지금도 변하지 않는 그의 신조다. 더불어 어려운 이웃에 베풀 줄 아는 아버지를 보면서 정을 나누는 아이로 성장했다.

합성 염료가 등장하고 점차 기계화, 산업화가 되면서 천연 염료와 직조가 사라졌다가 1990년대에 들어서면서 서서히 발전했다. 지금은 자연 친화와 웰빙을 외치면서 더 부각되고 있어서 행복하다. 그는 작품이라면 외형뿐만 아니라 그 안에 근원적으로 자신의 색이 담겨야 한다고 말한다. 자신이 지니고 있는 인생철학, 전통을 생각하는 자세, 느리지만 원칙을 벗어나지 않으려는 노력 등 모든 요소가 복합적으로 담겨 깊은 맛을 낸다고 믿는다.

그의 목표는 전 세계인들에게 쪽빛 청바지를 입히는 것이다. 장병들의 군복, 인테리어 건축 자재 등 모든 부분에도 쪽빛이 뿌리내리기를 바란다. 사실 합성색은 사람을 흥분시키는 반면, 천연색은 은은해서 사람을 차분하게 만든다. 좀벌레가 붙을 수도 없다. 쪽빛! 검정색에 가까운 푸른색? 감색? 이것도 정확하지 않다. 말과 글로 표현하기 힘든 자연 그대로의 색이기 때문이다. 아무리 센스 없는 이들도 자연에서 우러난 이 빛을 보면 감동하게 된다.

들이는 정성에 비하면 나오는 양은 매우 적지만, 자신이 사랑하는 이들이 입을 거라고 생각하며 더 애정을 쏟는다. 44세 때 최연소 인간문화재가 된 그. 나주 샛골에서 늘 좋은 생각을 품고 느긋하게 쪽빛을 뿌리는 그의 손은 즉흥적이고 빠르고 자극적인 것만을 추구하는 현대인에게 많은 것을 생각하게 한다.

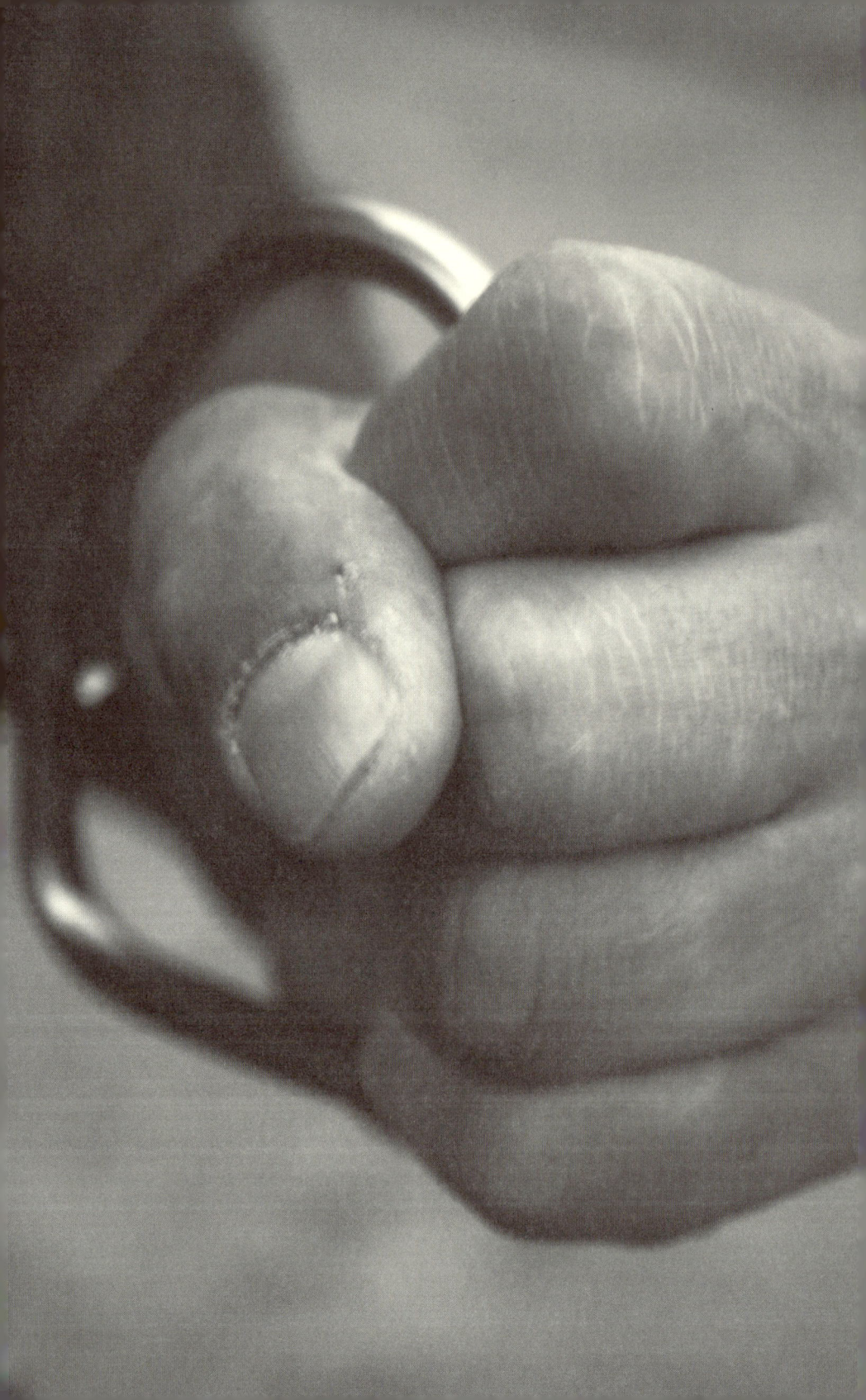

손 이야기
024

천공을 질주하는 손

스카이다이버, 성창우

"3, 2, 1. 강하!"

몸을 천공天空에 던지자 초속 90미터로 쏜살같이 곤두박질친다. 헤드다운 자세로 속력을 내면 마치 강한 바람의 덩어리들이 곳곳에 도사리고 있다가 몸을 마구 밀어내는 느낌이다. 몸을 제대로 펴서 중심을 잡고 그대로 1킬로미터 상공까지 온몸의 전율을 느끼며 질주하다 적시에 빠른 손놀림으로 파일럿 슈트를 개방한다. 낙하산이 펴지면서 몸은 하늘을 유영하듯 천천히 내려온다. 이때부터는 그림 같은 세상 풍경을 음미하는 순간이다.

하지만 낙하산을 펼 때 단 7초만 딜레이되어도 목숨을 하늘에 내줘야 한다. 그래서 이들을 '7초들이 인생'이라 부른다. 바로 스카이다이버다.

그의 손은 보랏빛 하늘을 머금은 느낌이다. 열정적으로 도전하는 '빨강'과 미지의 행복을 꿈꾸는 '파랑'을 모두 지녔기 때문이다. 성창우 원사는 30여 년 동안 총 6000회 이상 강하에 성공한, 전설적인 스카이다

이버다. 국군의 날 행사나 88올림픽 등 고도의 스카이다이빙 스킬이 필
요한 곳에는 빠짐없이 등장하는 인물이기도 하다.

　고등학교 교련 시간, 그는 선생님이 소개한 특전사에 흔한 말로 '필이
팍!' 통해버렸다. 특전사에 들어갔다. 특전인이 되어 처음 접해본 스카이
다이빙, 마냥 무서우면서도 스릴 넘치는 그 기분. 끝나고 나서도 설레는
감정을 주체할 수 없었다. 그 후로 군대 스카이다이빙 전문 팀의 멤버로
발탁되면서 폭풍 같은 점프가 이어진다. 국내·외를 막론하고 행사든 시
합이든 곳곳에서 수도 없이 강하할수록 그의 도전 정신은 강해져만 갔
다. 한때, 낙하산 줄이 얽히는 바람에 1초를 남겨두고 예비 낙하산을 펴

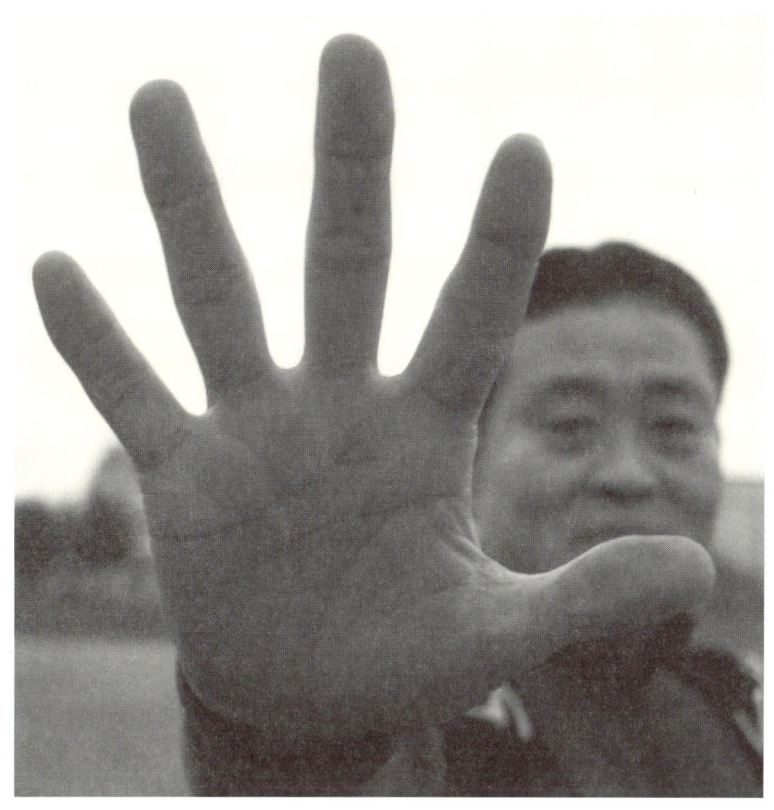

서 가까스로 착지한 적도 있었다. 착지할 때 오히려 속도가 빨라지기 때문에 사뿐히 내려오지 않으면 허리, 다리 등에 큰 부상을 입게 된다. 또 1983년 특전사 시범 중에 추락하는 바람에 의식을 잃고 1년 동안 병원 신세를 진 적도 있다. 하지만 그 사건도 그를 말릴 수는 없었다. 다시 몸과 마음을 무장한 그는 불굴의 의지로 일어나 5000회, 6000회를 돌파하며 국내 최고의 경지에 오른다.

그의 손은 늘 거칠다. 낙하산이 펴질 땐 단계적으로 진행되지만, 빠른 속도로 강하하다가 낙하산이 바람을 안으면서 속도를 줄이는 순간 얼굴이 일그러지고, 손이 까지고, 자칫하면 피도 흘릴 정도로 수난을 당한

다. 겨울엔 특히 손이 터서 더 애를 먹는다. 낙하산은 생명과 직결되기 때문에 정리할 때 바람을 확실히 빼고 세심하게 접어두지 않으면 안 된다. 아내가 그의 거친 손을 보고 성실한 사람이라는 확신에 결혼을 결심했다고 하니, 장점이 없는 것만도 아니었다.

수난을 많이 당하는 손이지만, 때론 강하할 때 동료의 손이라도 잡으면 기분이 마냥 좋아진다. 타고난 그의 도전 정신은 주변 사람들이 혀를 내두를 정도로 강하다. 무엇을 하든 그 과정 중에 남는 게 분명히 있다는 긍정적인 마인드를 지니고 있다. 지금도 어떤 이들은 그가 그 나이에 점프를 한다며 이해할 수 없다고 말하지만, 그는 오히려 그 말이 이해가 가지 않는다. 모험은 꼭 젊을 때만 해야 하는가. 나이 들수록 모험심이 약해져야 할 이유가 있을까.

그는 스카이다이빙을 한마디로 '마약'이라고 표현한다. 억지로 시키는 일보다 본인이 좋아하는 일이라면 숨어서도 할 만큼 신명이 나기 때문이다. 지금도 한 번 점프를 하더라도 무언가 의미 있는 것을 담고 싶어 한다. 아마도 이런 근성은 어릴 때부터 시작된 것 같다. 어린 시절에는 장난꾸러기를 뛰어넘는 별종이었다. 장남이었던 그는 절벽에서 나무뿌리를 잡고 산을 타며 스릴을 맛보고, 아궁이 밑으로 들어가 방 밑을 호미로 긁어 구멍을 내기도 했다. 어릴 때부터 남들이 안 하는 일에 도전하기를 즐겼다.

2005년경 국내 비행기를 타고 최초로 2만 5000피트 상공에서 점프를 한 기억은 아직도 생생한 감동이다. 그 전까지는 아쉽게도 미군 비행기에서 점프할 수밖에 없었다. 모두가 어렵게 보던 그 일을 그가 주도해서 성사시킨 것도 바로 긍정적인 마인드 때문이었다.

이제 그의 목표는 경험한 노하우와 기술을 전파해 교육생들을 양성하고 대중적으로 널리 알리는 것이다. 아직도 너무 멀게만 느끼는 일반인들에게 스포츠의 마지막 꽃이라 할 수 있는 스카이다이빙의 짜릿함을 꼭 맛보게 하고 싶다. 스릴을 떠나 낙하산 하나만 믿고 그 높은 곳에서 뛰어내리는 자신감과 용기의 무게는 엄청난 것이다. 오죽하면 여행 중인 비행기 안에서까지 뛰어내리고 싶은 충동을 느끼겠는가.

오늘도 그의 손은 구름 위에서 세찬 바람과 교감하고 있다. 머지않아 우리나라가 통일이 된다면, 백두산 정상에서 바람을 타고 폭풍처럼 질주하는 그의 손을 만나볼 수 있을 것 같아 벌써부터 행복해진다.

바람의 신과 교감하는 손

전통 연 장인, 리기태

조용하던 나뭇잎들이 사르르 흔들렸다. 드디어 바람의 신이 도착한
것이다. 바람이 점점 거세지더니 차츰 하늘 길이 신비롭게 열린다. 용이
새겨진 연이 그 안으로 치솟더니, 바람의 기운을 타고 높이 차고 오른
다. 바람 따라 물 흐르듯 돌고 돌아 떠오르는 연의 줄을 따라 내려가보
니 그의 손이 있었다. 하늘 속 신선이 다니는 길을 찾아 오늘도 희망을
날리는 그가 바로 전통 연 장인, 리기태다.

그의 손은 맑은 날 길게 떠오른 무지개와 같다. 끝에서 끝으로 그 넓
은 하늘의 공간을 이어주는 순수의 매력이 있기 때문이다. 전통 민속 연
명장인 그는 바람을 읽는다. 오랜 경험을 통해 바람을 벗 삼아 교감할
줄 안다.

그가 처음 연을 만든 것은 여섯 살 때. 비닐우산의 댓살을 이용해 전통
연을 만들기 시작했다. 스승인 가산 이용안 선생님으로부터 연 만드는 즐
거움을 배우고, 인생의 원리까지 터득했다. 자연이라는 큰 그림 속에서,

연이고 인생이고 스스로 이해하는 게 중요하다는 사실을 깨달았다.

스승은 차분히 그를 지켜보면서 꼭 필요한 한두 마디씩만 거든다. 이심전심, 어린 기태도 댓살을 이렇게, 저렇게 깎아보면서 마침내 제대로 된 작품을 만든다. 50여 년 이상 이 일을 꾸준히 할 수 있었던 것은 스스로 터득할 수 있도록 지켜봐준 스승의 가르침이 컸다. 학엄 유재혁 선생님도 그의 정신적 지주로서 창작 연을 만드는 데 많은 영향을 끼쳤다.

그림에도 소질이 있었다. 한때 모 방송국 미술부에서 일했다. 이런 예술적인 감각이 지금 그가 만들고 있는 연에 고스란히 묻어난다. 가장 큰 매력은 자신이 정성 들여서 만든 연이 하늘 위에서 생명력을 갖게 된다는 것이다. 특히 하늘의 기운과 땅의 기운 사이에서 인간이 연을 매개로 삼위일체가 된다는 것은 상상만 해도 신나는 일이다. 그래서 연이 행운을 몰고 온다고 말한다. 그가 하나의 연을 만들더라도 마음 자세를 올바로 하는 이유다. 그는 아무도 방해하지 않는 조용한 밤, 정갈하게 목욕재계를 한 후 연을 만든다.

우리 전통 연은 일제 강점기에는 숨어서 만들었다. 이후 맥이 끊길 뻔했다. 한이 서려 있다. 전통 연 전시회는 2000년대에 들어서면서부터 그에 의해서 부활되기 시작했으니, 참으로 다행스러운 일이다. 그는 남녀노소 누구나 연을 쉽게 만들 수 있는 초양법抄洋法을 고안해냈다. 대나무로 바다를 다스린다는 초양법을 통해 전 국민이 연을 날릴 수 있도록 대중화에 나선 것이다.

연에 쓰이는 닥나무 한지도 직접 만들어 사용한다. 연을 만들다 보면 때론 6개월이 걸릴 때도 있지만, 한지에 그림까지 얹어서 하늘을 날 때 그의 마음도 비로소 순수와 같아진다. 자연과의 교감도 소중히 하므로 꺾인 풀도, 떨어진 돌도 그대로 놔두고, 있는 그대로의 모습을 사랑한다.

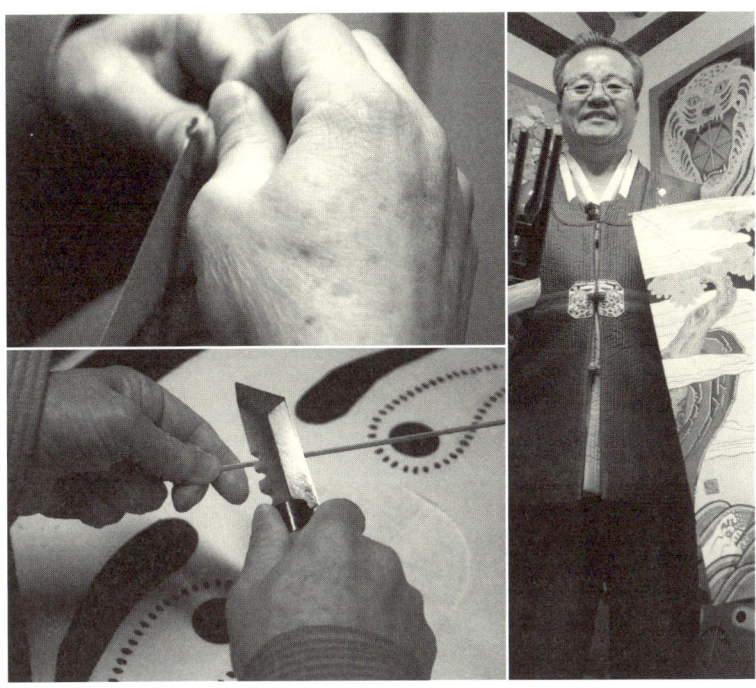

그래서 댓살 하나도 그의 분신으로 생각한다. 특히 닥나무를 자를 땐 제 살을 자르는 느낌이라고 하니, 이 얼마나 순수한 마음인가.

어린 시절부터 동화 같은 순수를 즐겼다. 바람과 벗이 되어 인왕산 중턱 배꼽바위에서 연을 날리는 게 정해진 일과였다. 줄이 끊어지면 연은 아래쪽 경회루나 중앙청에 날아가 떨어진다. 그러면 쏜살같이 내려와 연을 줍고 다시 돌아와 날리고를 반복한다. 스승과 함께 어렵게 만든 연을 함부로 하지 않았다. 그의 손에 때론 날카로운 가시가 박히기도 하고, 굳은살도 여러 번 거쳐 갔다. 소중한 전통 연을 만드는 손을 관리하기 위해 비누도 쓰지 않는다.

좋아서 시작한 일이지만 이것만 가지고는 아이 셋을 키우는 데 현실적으로 무리였다. 아이들 학교도 못 보냈다. 청계천에서 기계 설계도 하

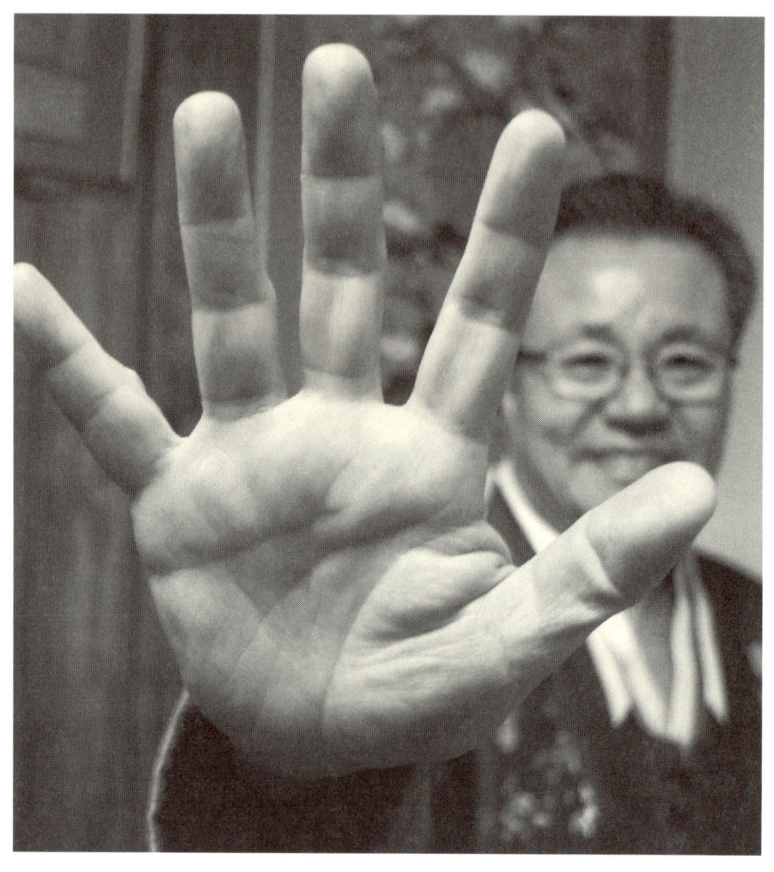

고, 영업도 하고, 안 해본 게 없다. 그런 힘든 나날을 극복하고 나니 지금
의 행복을 만날 수 있었다. 이제는 모두가 행복하다. 가족 모두가 연 날
리기라면 수준급 실력이다. 특히 막내아들은 국내 대회에서 3연패하고,
세계 대회에서 1등을 하는 등 그 피를 그대로 물려받았다.

전통 문화는 자리 잡고 배우지 않아도 저절로 터득된다는 게 그의 지
론이다. 〈아리랑〉이나 〈도라지〉 같은 민요를 접하면 저절로 어깨춤과 흥
이 나듯이, 전통 연 또한 그렇다는 것이다. 이런 것이 우리 시대까지 계
속 이어지고 있다는 사실에 감사해야 하며, 그것을 이해하고 즐길 줄 알

아야 한다.

그의 소원은 한국의 연이 세계적으로 더 알려지는 것이다. 한때 세계 각국의 연 날리기 대회, 국제 연 축제 등에 한국 대표로 참가해 연을 홍보하고, 분단 이후 처음으로 북한 땅에서 '남북한 평화통일 기원 연 날리기 행사'를 네 차례나 치렀다. 또, 체코나 슬로바키아로 가서 한국의 연을 날리며 한국 전통 문화 체험을 주도했다. 하지만 아직도 그는 성에 차지 않는다. 대부분의 나라들이 그들만의 연 박물관을 보유하고 있는 반면, 한국만 없기 때문이다. 조만간 한국의 연 박물관이 개관될 수 있도록 온 힘을 쏟고 있다.

연에는 꿈과 희망, 평화의 의미가 담겨 있다. 하늘 높은 곳에 날릴 때 자신의 소망도 함께 날린다. 순수한 믿음으로 바람에 동화되면 그 소망이 곧 이뤄진다. 그의 손은 살아 있음에 감사하는 모든 이들에게 희망을 심어줄 그런 손이다.

후투티에 반한 호기심의 손

새 박사, 윤무부

그의 손은 망원경을 닮았다. 세상 사물을 늘 호기심 있게 살피면서도 있는 그대로 받아들이는 순수함이 있다.

반 학생 50명 중 40위권에 머무를 정도로 공부를 못했던 아이. 하지만 그의 손은 늘 새를 향해 있었다. 새에 관해서는 전교 1등이었다. 고기 잡이를 하던 아버지를 따라 종종 배를 타고 바다에 나서던 그에게는 새들이 벗이었다. 박식했던 아버지는 그에게 괭이갈매기, 바다직박구리와 같은 새들에 관해 전수해주었다. 훗날 이 아이는 새에 관해서는 국내 최고의 인물이 된다. 바로 새 박사 윤무부다.

그의 열정에 불을 붙인 새는 '후투티'다. '붕붕' 소리를 내고 순하고 아름다운 빛깔을 지닌 철새다. 초등학교 4학년 봄, 뽕밭에서 우연히 만난 후투티의 모습은 가히 환상적이었다. 검정색과 흰 색의 줄무늬가 있는 날개와 꽁지, 머리 꼭대기의 깃털은 크고 길어서 우관羽冠을 이룬 모습이 고귀해 보였다. 날아가는 모습도 우아했다. 그걸 보고 결심했다. 새에 관

한 한 세계 최고가 되겠노라고. 그 후로 소 풀을 먹이다가도, 장작을 나르다가도, 새만 보면 세상이 정지 상태였다. 소년은 산을 오르내리며 새들과 함께 보냈다.

대학교 생물학과에 입학한 뒤 본격적으로 새를 공부할 수 있었다. 하지만 이미 아버지를 지도 교수로 모시고 답사를 다니며 많은 새들을 섭렵했던 터라 별로 새로울 게 없었다. 그래서 스스로 여행을 하면서 모르는 새들을 찾아 공부했다. 당시엔 간첩이 많았던 시절이라서 검문도 많았다. 오랜 산 생활로 얼굴은 새까맣고, 가방에선 쌍안경과 카메라가 나오니 요주의 인물로 찍혔다. 집으로 보안대가 쳐들어와서 실컷 조사하고 간 해프닝도 있었다.

새라면 자다가도 벌떡 일어난다. 그는 지금까지 8600여 종의 새를 거의 다 만나봤다. 못 말리는 호기심과 인내심으로 새를 관찰하려고 한 곳에서 사흘 동안 잠복한 적도 있다. 이제 새들도 그를 반긴다. 크낙새는

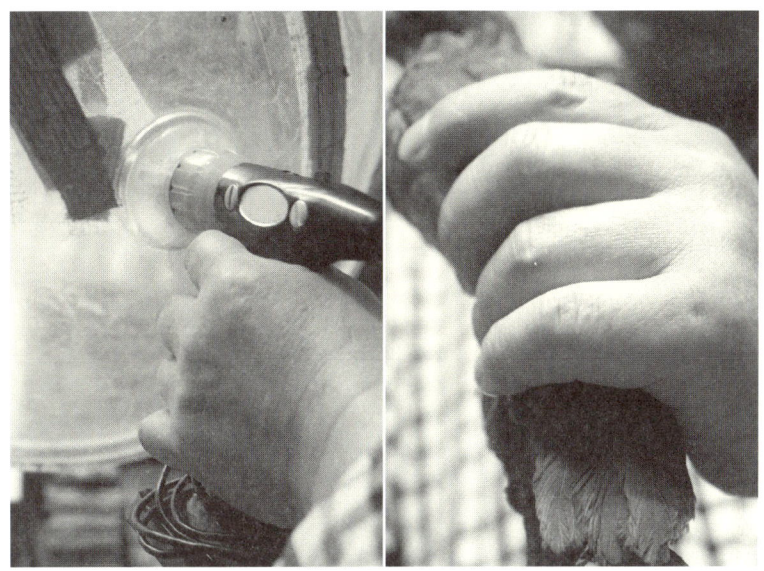

그를 보고 총총 다가온다. 새를 한 손 가득 30마리까지 만져본 적도 있다. 다친 새를 치료해주고, 혓바닥이 그물에 걸린 새를 풀어준 사연도 있다. 덕분에 혼자서 박물관급 자료를 모았다. 집에 보관 중인 것만도 새 동영상 400여 종에 사진 60만 장, 새 소리 녹음 자료가 270여 종이나 되니, 발품 팔아 모은 국보급 자료라고 할 만하다.

너무도 뜨거웠던 그의 열정을 신이 잠시 식혀주려고 했는지 2006년, 그는 무주 구천동에서 새 사진을 촬영하다 뇌경색으로 쓰러지고 만다. 병원에서 마지막을 준비해야 할지도 모른다는 말에 가족들은 묏자리를 구하러 다닐 정도였다. 몸 오른쪽 전체에 마비가 오고 말도 하지 못했다. 뇌경색 환자 중에 그 정도 상태라면 90퍼센트가 사망한다는 의사의 말을 희미하게 엿들었다. 그렇게 끝인가 싶었지만, 섣불리 포기할 그가 아니었다. 더 많은 새도 만나야 하고, 연구도 더 해야 했기 때문이다. 다시 일어나 적극적으로 치료와 재활 훈련을 했다. 경과가 좋아 퇴원할 수는

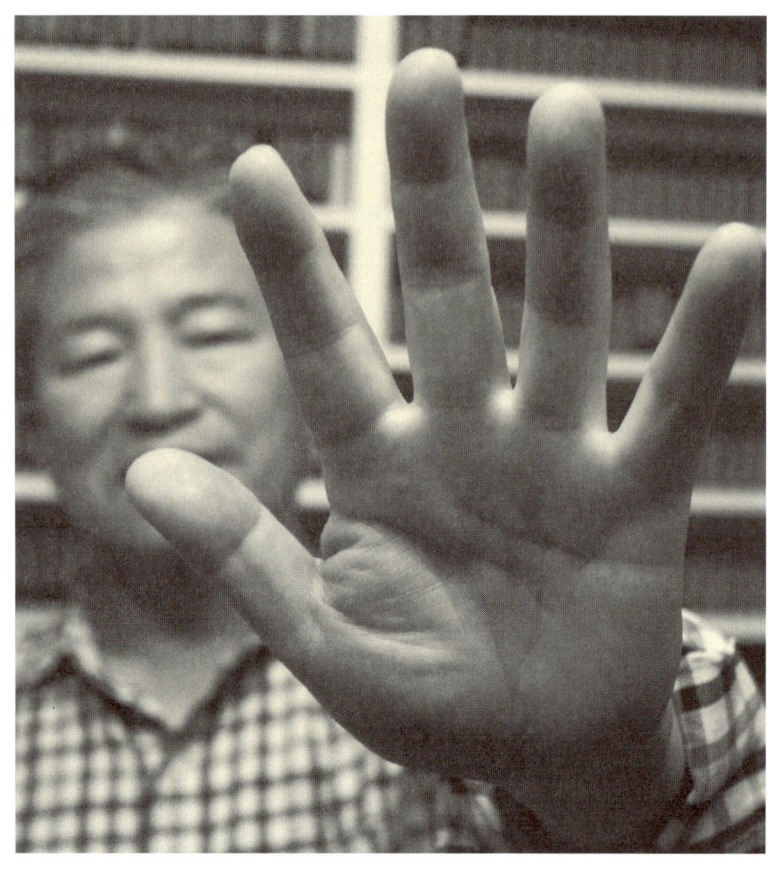

있었지만 1년가량을 제대로 걷지도 못하고 갇혀 지내야 했다. 새만 보고 살아 온 이에게 새를 못 보게 하니, 그야말로 죽을 맛이었다. 결국 밖에 나가 새를 보기 위해 재활을 더 열심히 했다. 차로 데리고 다녀준 아내 덕분에 새들을 보면서 힘을 내다 보니 웬만큼 회복했다. 지금은 생활하는 데 문제가 없을 정도로 많이 호전됐다. 요즘 오히려 더 자주 지방을 찾는다. 전국을 돌며 환경과 새에 관한 강연도 하러 다니느라 더 바빠졌다.

어린 시절 그는 새처럼 부지런했다. 아버지가 7남매 중 넷째인 그를 유독 데리고 다닌 것도 가장 부지런했기 때문이었다. 요즘도 잠시도 가

만히 있질 않고, 새를 보러 가지 않는 날이면 대부분의 시간 동안 동물 관련 프로그램을 시청한다.

그의 손은 참 따뜻하다. 그의 말에 의하면, 새는 원래 만져보면 따뜻한데 공중에 날아다니기 때문에 열 손실이 크다고 한다. 그의 손도 40여 년 동안 새들을 만지다 보니 자연스럽게 따뜻해졌단다.

그는 요즘 젊은이들에게 자신이 좋아하는 분야에 도전하라고 말한다. 또 나라의 학문도 균형이 맞아야 한다고 주장한다. 우리나라 금수강산이 파괴되고 있는 것도 안타깝다. 후손들에게 물려줘야 할 자연인데, 이제 우리가 노래로 부르던 따오기와 뜸부기도 보기 힘들다. 50년 이상 걸려서 없어졌기 때문에 다시 보기 어렵다. 농약, 무분별한 개발, 몰지각한 사람들……. 현재 상태가 심각한 수준인데도 사람들이 인식을 못해 아쉽다.

앞으로 부자父子 박사의 새 역사가 펼쳐질 것으로 보인다. 그의 아들도 미국에서 조류 연구로 박사 학위를 취득하고 공부 중이다. 그의 꿈인 새 박물관도 부자의 힘으로 세워질 듯하다. 눈에 불을 켜고 새를 관찰하는 그의 모습을 보며 좋아하고 미치면 결국 인정받게 된다는 진리를 새삼 깨닫는다. 앞으로 더 많은 곳에 그의 손길이 닿을 것으로 기대한다. 일찍 나는 새가 더 먼 곳을 본다고 했던가. 그는 그 새들을 만나기 위해 더 일찍 서둘렀다. 그가 만난 수천 종의 새들의 온기가 그의 손에 담겨 평생 식을 줄 모르겠다.

기차표 한 장에 정을 담는 손

역장, 김중영

기차역으로 몰리는 인파 속, 저마다 내미는 딱지 승차권을 개표 가위로 '철컥' 확인해주는 역무원이 있었다. 이제는 아쉽게도 사라져버린 풍경, 그 시절의 우리네 추억이다. 명절이면 가던 길 멈추고 보따리를 풀어 자식 챙기듯 제사 음식 몇 점을 역무원에게 챙겨주고 가시는 할머니도 있었다. 소소하게 밀려오는 정이 그 시절의 기차역에는 있었다.

기나긴 세월 기차와 함께 보낸 김중영 역장. 에드몬슨 승차권(일명 '딱지 승차권') 시절은 물론, 한국의 철도 역사가 그의 손에 고스란히 담겨 있다. 서민들과 함께 기찻길에서 울고 웃으며 달려온 베테랑 역무원이다.

그의 손은 해질 녘 노곤한 하루 일을 마치고 집으로 들어설 때 반갑게 새어 나오는 된장찌개의 냄새와 닮았다. 오래 묵은 장맛에서 연륜이 묻어나듯, 딱히 요란스러울 것도 없이 따뜻한 사람 냄새가 나는 게 무척 행복해진다.

대학교에 낙방하고 집안 농사일을 도우며 재수를 준비하던 때였다.

친구가 갑자기 원서를 들고 와 함께 역무원 시험을 보잔다. 사실 초등학생 때 이후로 기차 한 번 타보질 못했지만, 역장이 멋있어 보였다. 그렇게 얼떨결에 시험을 치렀는데 상황은 이상하게 흘러 친구는 떨어지고 홀로 합격한다. 흔히 접하는 연예인 오디션 스토리와 흡사하지만, 100퍼센트 실화란다.

그렇게 예상치도 않았던 철로 인생이 펼쳐졌다. 영주 철도국 영동선 백산역에 첫 발령을 받아 생소한 일들을 배우면서 역무원으로서의 모습을 갖췄다. 수많은 승객들과 교감하면서 인생도 함께 배웠다. 서울역에서는 수화물 도착을 담당하며 전국의 화물들을 내 것처럼 책임졌다. 중앙선 양동역에서 근무할 당시엔 승객들이 너무 많아 애를 먹기도 했지만, 수시로 음식을 챙겨주며 인심을 베푸는 승객들 덕에 따뜻한 정을 만끽했다.

아찔한 순간도 많았다. 백산역에서 당시 선로에 정차시켜놓았던 차량이 움직이는 바람에 깔려 죽을 뻔했다. 원래 선로에 화차를 유치하게 되면 고임목으로 받쳐 구름 방지 조치를 해두어야 하는데, 경험이 없다 보니 위험한 순간을 맞이했던 것이다. 그뿐 아니었다. 야간 근무 땐 북쪽과 남쪽에서 오는 장내 전철기 전환을 위해 기차에 매달렸다가 뛰어내렸는데 시멘트 바닥에 굴러 머리를 다쳤다. 그렇게 철로에서 위험한 순간과 행복한 순간을 겪으며 청춘이 무르익었다. 지금이야 전국에 자동화 시스템이 정착되어 그 모습을 볼 수 없지만, 예전엔 그의 손에서 모든 게 이루어졌다. 승차권에 구멍 도장을 '철컥' 찍어 확인하고, 초행길인 승객들을 안내하는 일도 모조리 그의 손에서 비롯되었다.

출발 시간이 되기도 전에 기차 내로 들어가려고 생떼를 쓰는 이들, 술 마시고 난동 부리는 이들까지 말 많고 탈 많은 세상살이의 압축판

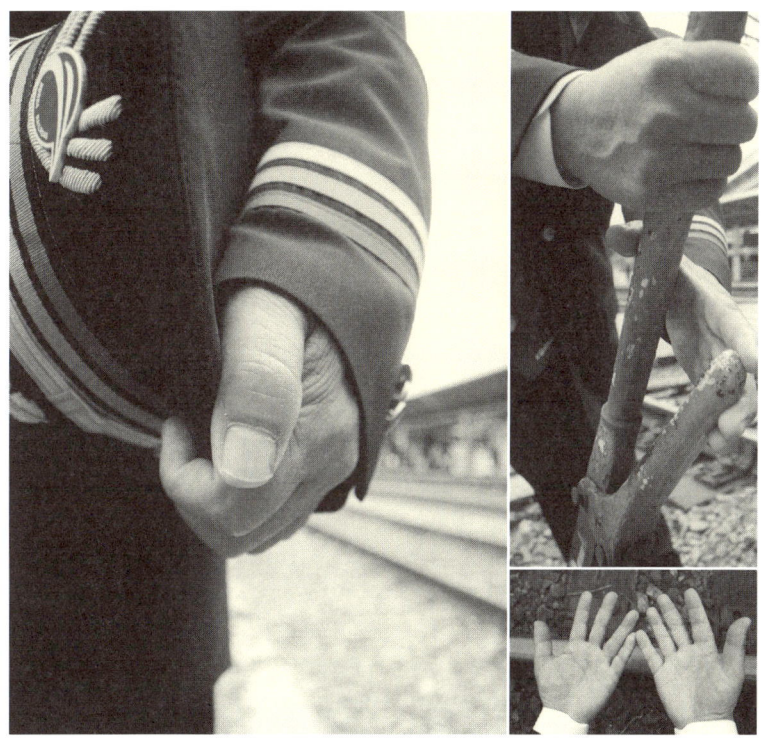

이었다. 철도인은 말 그대로 서비스 정신으로 무장해야 함을 꾸준히 실감했다.

그의 손은 거칠고 두텁고 강하다. 저마다 다양한 사연들을 가진 사람들의 손부터 기차표, 짐 보따리, 오물 등 수많은 것들이 그의 손을 통해 비로소 제자리를 찾았다. 40년 넘는 세월 동안 참으로 바지런히도 움직였다. 지금까지 단 한 차례의 병가도 내지 않았다고 하니, 두말할 필요가 없겠다. 아침에 출근하자마자 걸레로 사무실을 손수 청소하고, 매일 승객들의 안전을 생각하며 고객 맞이 인사를 나갔다. 청렴도와 고객 만족도 향상을 위한 결의대회에서 결의문을 낭독한 것도 바로 그였다. 그는 역무원 업무 자체가 국민들에 편의를 제공하고 국가에 이바지하는 일이

라고 생각하며 자부심을 가졌다.

　그의 책임감 있는 모습은 일터뿐만 아니라 삶 곳곳에서 찾아볼 수 있다. 전형적인 시골에서 태어나 소를 먹이고 집안일을 도우며 우직하게 자랐다. 40대부터 시작한 봉사 활동을 아직도 꾸준히 하고 있다. 장애 아동들과 인연을 맺고 기차를 태워 구경도 시켜주고 여행도 함께 하는 등 기차역 외에 다양한 장소에서 따뜻한 손길을 보내고 있다.

　철도는 글로벌 세상에서 최고의 교통수단이다. 우선 친환경 시스템인 데다 자연 풍경을 만끽하며 달리기 때문에 낭만이 살아 숨쉬고, 요즘엔 스피드까지 추가되어 무궁무진하게 성장했다. 또 서로 마주 보며 가족

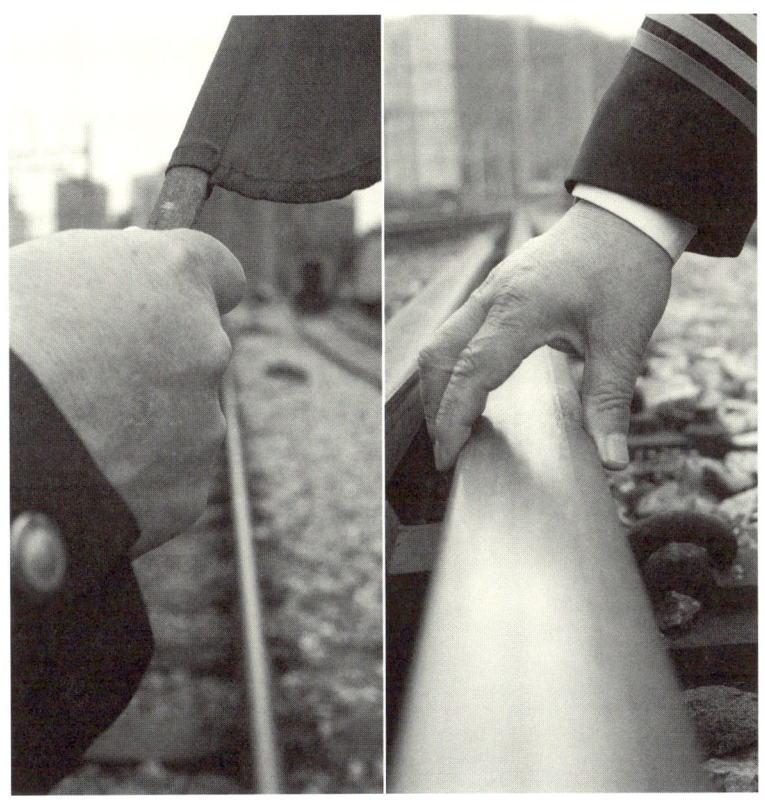

여행을 즐길 수 있어서 특별한 경험이 된다. 자동차에 비해 훨씬 안전하고, 에너지 효율도 높다. 그는 푸근한 미소를 지으며 이 세계에 동참하라고 손짓한다.

　이제 퇴직해서 더 넓은 세상의 철로를 달리게 된 그는 새롭게 의미 있는 시작을 하고 싶다. 그의 손은 40여 년 동안 수도 없이 여러 지역을 옮겨 다니면서 다양한 손을 붙잡고 끈끈한 정을 나누었고, 어떤 손이든 반갑게 잡아주었다. 인생의 종착역을 향해 가는 모든 이들에게 희망을 주는 그의 손이야말로 아름다운 손이다. 앞으로 그 손에 지금까지의 따뜻한 인생을 넘어서는 더 큰 행복이 함께하리라고 확신한다.

찔레 향 가득 행복을 담는 손

플로리스트, 강정숙

마루에서 낮잠을 자는데 갑자기 코가 간지러웠다. 어느새 진해진 찔레 향이 그녀에게 손짓을 한 것이다. 하얗게 피어올라 주위를 온통 환하게 만들었던 그 풍경. 어린 시절 그 느낌을 잊을 수 없어 30년 넘게 플로리스트로 살고 있는 그녀, 강정숙이다. 그녀는 국내 플로리스트 교육을 체계적으로 만들기 위해 힘쓰고 있다.

그녀의 손은 털실로 짠 벙어리장갑 같은 느낌이다. 추운 겨울 마음을 따뜻하게 녹여주고 흰 눈 속에서 추억의 감성을 마음껏 누리듯, 행복 가득한 꽃의 향연을 즐기고 있기 때문이다.

부모님이 꽃을 정말 좋아했다. 특히 아버지는 손수 찔레꽃을 심어 울타리를 장식할 정도로 꽃을 사랑했고, 덕분에 넓은 마당엔 다채로운 꽃들이 수시로 피어났다. 어린 시절부터 영국 장미를 보며 감성을 키웠고, 채송화 틈에서 행복을 맛보았다. 철없이 꽃에 파묻혀 뛰어놀던 그녀는 훗날 꽃의 여인이 된다.

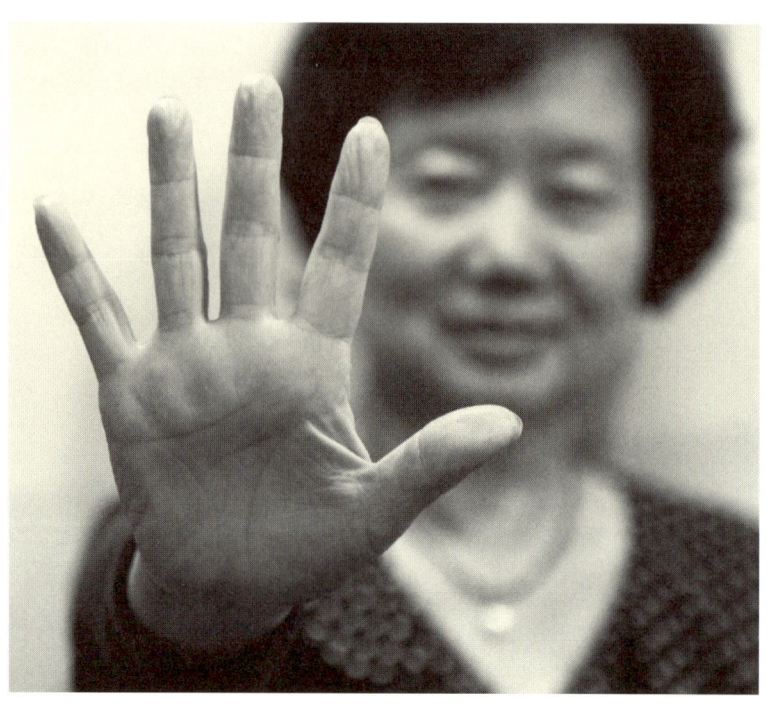

잠시 잊고 있던 꽃의 추억이 신혼 때 다시 고개를 들었다. 꽃꽂이를 주변에 선물하니 본격적으로 나서 보란다. 주위의 권유에 힘입어 그때부터 신나게 꽃 잔치를 벌였다. "난 향기로운 마약쟁이"라고 말하는 그녀. 꽃을 만지는 자체가 행복했다. 꽃이 손에 닿기만 해도 기쁘고 그 향기로 기분이 좋아져서, 어느 직업보다 축복받은 일이라고 생각한다. 늘 즐겁게 강의하고 사람들과 행복하게 지낼 수 있는 이유다. 이름 모를 꽃이라도 꽃만 보면 수다가 늘어난다.

35년의 세월 동안 꽃으로 해볼 건 다 해보았다. 화훼 장식으로 고등학교 교과서를 장식하고, 청와대의 꽃꽂이를 담당했으며, 국제기능올림픽 화훼 장식 국가대표 지도 교수로 상위에 입상하고, 꽃 상품 시연으로 전국 투어도 했으며, 대학교 겸임 교수에 화훼장식기능경기협회 회장을 역

임하기도 했다. 학원을 통해 향기 나는 공부도 가르치고, 꽃이 매개가 되어 책도 여덟 권이나 출간했다. 어린아이들부터 연세 지긋하신 분들까지 두루 가르치면서 오히려 그녀도 행복해졌다. 플로리스트 학원에서는 그녀를 왕엄마라 부른다. 꽃 외에도 인간적으로 따뜻하게 교감하기 때문이다.

그 손에 상처도 수차례 거쳐 갔다. 칼날과 가위에 베이기도 했다. 한 번은 호텔 캔버스 작품을 작업하다 꽈리를 붙이는 도중 뜨거운 본드가 붙어 손바닥이 부풀어 오른 적도 있다. 병원에서 치료하고 나서야 다시 작업할 수 있었다. 매니큐어는 평생 한 병도 못 써봤다. 꽃을 만지는 손이라서 손 자체도 순수한 아름다움을 추구해야 한다고 생각하기 때문이다. 이러한 열정 때문에 지금까지 행복하게 일할 수 있었다. 그녀가 어린

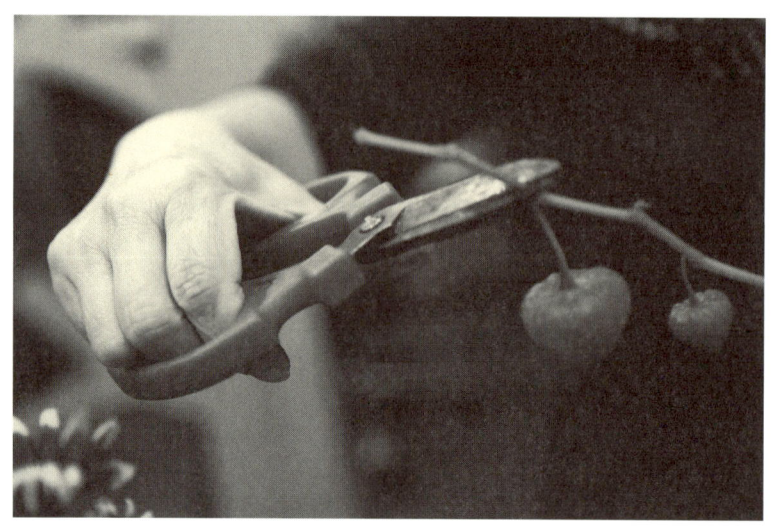

학생들에게 가장 집중하는 부분도 열정의 길을 열어주는 것이다.

중학교 시절, 아버지의 사업이 힘들어지면서 집 전화를 팔아 입학금을 낼 정도로 가정 형편이 어려웠던 적이 있었다. 사춘기를 거치면서 정신적으로 방황하던 시기를 경험하고 늦은 나이까지 공부한 이야기를 지금은 제자들에게 행복한 추억으로 전하고 있다. 그녀는 꽃과 함께하는 이 일이 '삶의 힘'이라고 말한다. 자신의 삶에 힘이 되어주는 일을 할 수 있다는 것 자체가 행복하고, 더욱이 향기로 남들에게 좋은 느낌까지 줄 수 있어서 더 행복하다. 하기 싫은 일을 억지로 하면서 고통받는 사람들도 많지 않은가.

그녀는 어떤 분야에 있든 기술자로만 살지 말라고 당부한다. 이론과 철학과 감성을 가슴에 불어넣으라는 얘기다. 단순히 기술만 생각한다면 꽃을 팔아 돈을 벌기 위해 사는 꽃집 아가씨 이상은 될 수 없다. 돈만을 위해 꽃을 만진다면 그것처럼 슬픈 게 없다. 자신도 한때 꽃가게를 하면서 느꼈던 경험에서 우러나온 말이다.

사춘기 아이들에겐 감성이 필요할 텐데, 요즘은 너무 인스턴트적인 것에만 길들여지는 것도 아쉽다. 스스로도 창의적인 마인드를 키우기 위해 뮤지컬도 보고, 식물원을 찾아 아름다운 풍경에 취하곤 한다.

네덜란드는 튤립 한 종류로 세계를 제패했다. 국내의 꽃 문화 수준이 아직은 유럽이나 일본 등 선진국에 비해 미흡하지만, 그러기에 더욱 성장 가능성이 열려 있고 플로리스트의 비전 또한 크다. 해외 브랜드와 겨뤄 밀리지 않을 정도로 국내 수준도 빠르게 성장하고 있으니 앞으로 더 기대해볼 만하다. 다행히 국내에서도 꽃을 사치품으로 생각하던 인식이 많이 사라져서 문화적으로도 성숙하고 있는 것 같다.

화훼 장식을 위한 전문 기술학교를 설립하는 것이 꿈이다. 지금 운영하고 있는 플로리스트 학원에서 한 단계 발전한 시스템으로, 꽃 농장에서 체계적으로 실력을 쌓을 수 있는 시대가 열릴 것이다. 지금까지 행복한 미소로 꽃들을 대해온 그녀의 삶이 아름다워 보이는 것은 그녀 스스로가 즐겁기 때문이다. 그 하얀 손으로 꽃을 다듬었던 숱한 날들, 그 향기는 점차 미소로 승화되고 있다. 지금까지 한국 꽃 문화를 만드는 데 일조했듯이, 더 향기로워질 앞으로의 꽃 잔치를 기대하면서 그녀의 손을 바라보게 된다.

손 이야기
029

세월의 태엽을 감는 손

시계 수리 명장, 남재원

그의 손은 밀레의 그림 〈봄〉을 연상시킨다. 섬세한 붓 터치가 봄이 살아 숨 쉬는 풍경을 그대로 담고 있듯, 한 치의 오차도 없이 디테일한 세상을 만들기 때문이다.

하루에 300여 개의 부속이 그의 손을 거쳐 간다. 정교한 손놀림에 섬세한 부속들이 하나둘 연결되더니 비로소 완성된 시계의 모습을 갖춘다. 그가 바로 50년 가까이 시계와 함께한, 우리 시대 최고의 시계 수리 명장 남재원이다.

고2 때. 시계방 앞을 지나다 우연히 시선이 한곳에 머물렀다. 시계방 안에서 시계를 고치고 있는 기술자의 손이었다. 째깍째깍. 꽤 오랜 시간 동안 골똘히 그곳에만 집중하고 서 있었다. 우리나라에 시계 수리 명장이 탄생하는 순간이었다.

일찍부터 손재주가 남달랐던 그. 어릴 때부터 호기심이 많아 무엇이든 분해하고 조립해야 직성이 풀렸다. 시골의 발전기까지 뜯어보고, 철

세월의 태엽을 감는 손 **181**

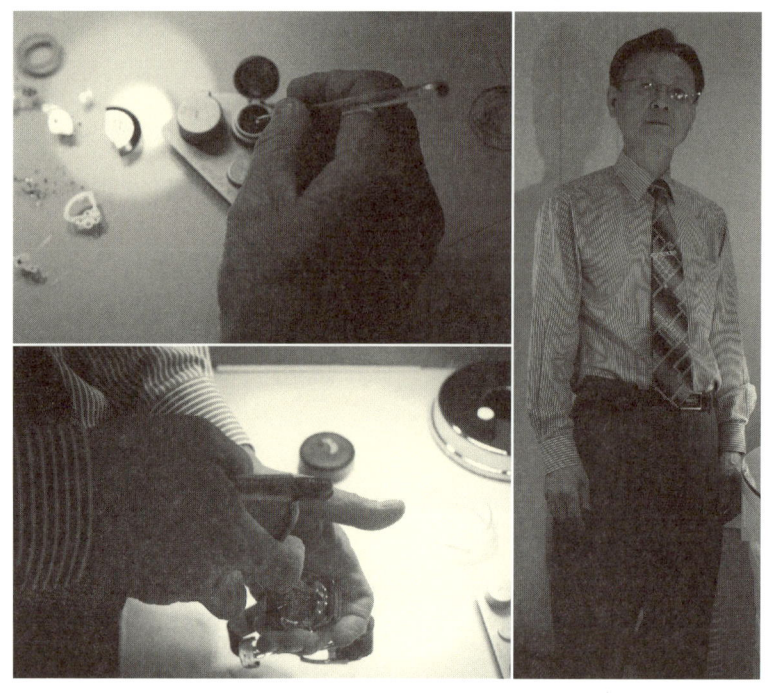

사 하나로 모든 자물쇠를 열 정도로 맥가이버가 따로 없었다. 그렇게 모든 물건을 섭렵하면서 그의 손은 마법사의 묘약을 움켜쥔 것처럼 빠르게 진화했다. 그중에서도 가장 구미가 당기는 것이 시계였다. 속이 알차고 복잡해서 더 욕심이 생겼다.

1960년대 당시는 먹고살기가 참 어려웠던 시기였고, 더군다나 시골은 형편이 더욱 좋지 않았다. 특히 아버지의 사업 실패가 잦았고 초등학교 3학년 땐 집까지 날려 이웃집 사랑방에 세 들어 살기도 했다. 유일한 낙이 만들기였다. 나무를 잘라 스케이트를 만들고 통나무로 세발자전거도 만들었으니, 동네에서도 손재주만큼은 알아줬다. 고등학교를 중퇴하고 곧바로 동네 시계점에 수리공 보조로 취직했다. 처음엔 하고 싶었던 일을 마음껏 할 수 있어 신나게 일했지만, 늘 쪼그리고 앉아 온통 신경을 곤두세우며 집중한다는 게 팔팔한 젊은 나이에 쉽지 않았다. 갈수록 힘들고 고달팠다. 여러 번 그만둘까 생각했지만, 좋아하는 일을 접으면 또 어떤 일을 할 수 있을지 고민도 되었다. 오직 시계에 대한 애정으로 꾹 참고 버텼다.

시계란 물건은 그 안에 들어가는 작은 나사 하나에도 이름이 새겨질 만큼 무척 세밀하다. 더욱이 반짝반짝 빛나는 깨알 같은 부속품들이 그의 손을 거쳐 맞물려 돌아가면서 시곗바늘이 톡톡 움직이는 것을 보면 답답했던 마음이 확 풀리는 게 희열 그 자체였다. 그렇게 그는 그곳에서 3년 동안 숱한 밤을 새우며 시계를 분해하고, 수리하고, 탐닉하면서 열정에 불을 살랐다.

그의 손은 고생이 많다. 남들에 비해 엄지도 짧고 가냘픈데, 벽시계를 고치다 베이기도 하고 손목시계의 태엽에 맞아 퉁퉁 붓기도 했다. 주로 핀셋으로 작업하다 보니 오른손 중지엔 굳은살이 박였고 여기저기 상처투성이다. 그래도 오래된 시계를 입수하면 눈에서 빛이 난다. 옛날 시계를 뜯어보면 시계의 역사를 볼 수 있기 때문에 더 흥미롭단다.

소문이 빠르게 퍼져나갔다. 무엇이고 뚝딱 고쳐내니 오는 손님마다 탄성을 질렀다. 서울 신촌에 점포를 열면서 시계에 대한 그의 열정이 새로운 전기를 맞았다. 또, 시계공이 혼자서 작업할 때 유용한 '마스터 펀치'와 '휴대용 시계의 압착식 조립 공구'를 개발해 특허도 받았다. 하지만 늘 행복한 순간만 있었던 것은 아니었다. 백화점 내에 시계점을 오픈하고 나서 한 달이 조금 지나자 IMF 사태가 발생한 것이다. 상황이 악화되어서 결국 눈물을 머금고 다른 곳으로 이전했다. 그렇게 아픈 세월을 딛고 현재는 서울에 있는 백화점에 점포 두 곳을 운영하고 있다. 타고난 솜씨 덕에 해외 명품 시계의 소유자들도 본사 수리 센터보다 그의 점포를

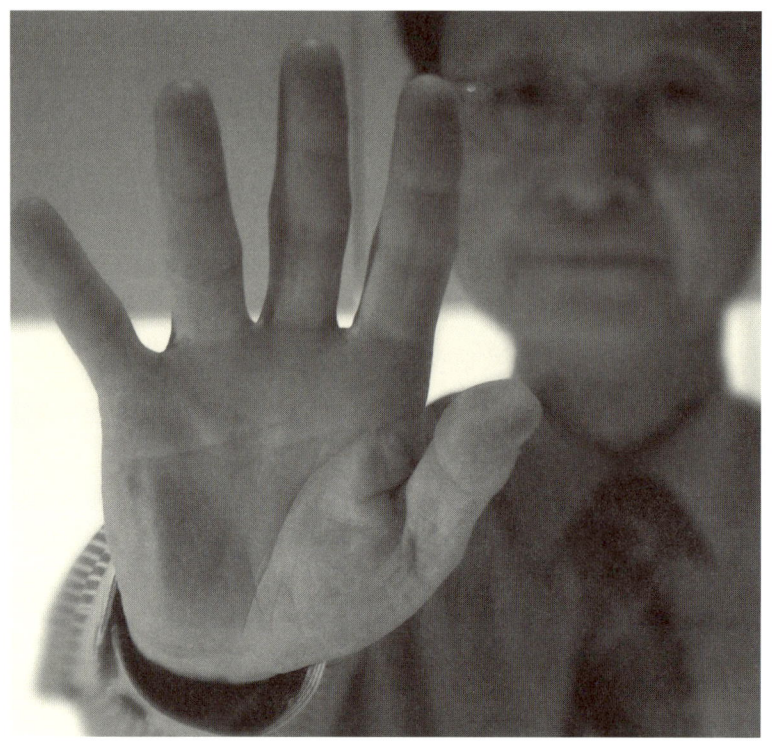

찾는 일이 잦아졌다. 이제는 두 아들이 건장하게 자라 그의 일을 돕고 있다. 믿는 구석이 둘이나 생기니 예전의 시름은 모두 달아났다. 아들들과 시계 인생을 써나가서 좋고, 더불어 제자들에게 자신이 가진 기술을 전수하니 최고의 기쁨이란다.

오래전엔 부속이 많지 않아 스스로 만들어서 활용하기도 했다. 벽시계 바늘이 없어서 태엽을 끊고 펴서 숫돌에 갈아 만들었다. 그래서 손에 지문이 남아날 일이 없었다. 그 생생했던 작업들이 지금은 따뜻한 추억으로 남아 있다. 가난했던 어린 시절을 떠올리며 남을 돕는 일에도 적극 나서고 있다. 심장병 환자 수술비를 지원하고 형편이 어려운 학생들에게 장학금을 지원하는 등 봉사 활동도 묵묵히 펼치고 있다. 세상엔 수많은

기술이 있지만, 어느 것 하나 쉬운 게 없다는 것이 그의 생각이다. 인내하고 노력해야 그 결실을 보게 되는데, 요즘에는 호기심에 잠시 해보고 아니다 싶으면 바로 접는 이들이 많아져서 안타깝다. 한 번 마음먹었으면 인내하면서 최소한 3년은 몰두해야 무언가 이루지 않겠냐고 조언하는 그. 마치 50년 베테랑이 세상의 모든 하수들에게 포용의 미소를 던지는 것 같다.

　쪼그리고 세월을 버틴 인내심, 꼼꼼히 관찰하는 디테일을 지닌 그를 통해 결국은 말 많은 입보다 열정의 손이 낫다는 것을 확인했다. 점점 더 세밀해지는 수백 개의 부속들을 예리하게 잇는 그의 손이야말로 세월에 태엽을 감는 최고로 디테일한 감동이다.

한 큐로 인생을 다루는 전설의 손

당구 명인, 양귀문

그의 손은 오래된 괘종시계에서 들려오는 초침 소리와 같다. 오랜 연륜으로 정확하게 다가오는 그 소리, 언제나 멈추지 않고 소신껏 자신의 길을 간다.

처음 만났을 때, 76세의 나이에도 40대 못지않게 매우 활기찬 모습이었다. 차분한 말투로 후배들에게 당구를 가르치고 있는 그가 바로 국내 당구계의 살아 있는 전설, 양귀문이다.

당구 좀 친다는 사람들에게 그 이름은 꽤나 익숙하다. 그만큼 우리나라 당구 역사에서 그가 차지하는 비중이 크다. 한 큐에 4구 최다 득점 1만 점을 기록해 기네스북에도 오른 그는 국내·외 각종 선수권 대회에서 수십 회 우승을 차지했다. 1970년대엔 당구 국가대표 선수를 했고, 그 후 아시안게임 국가대표 감독으로도 활동했다. 대한당구경기연맹 초대 회장도 맡았고, 그야말로 당구와 관련된 곳엔 언제나 그가 있었다.

본격적으로 당구와 연을 맺게 된 시기는 대학생 때다. 1960년대, 학생

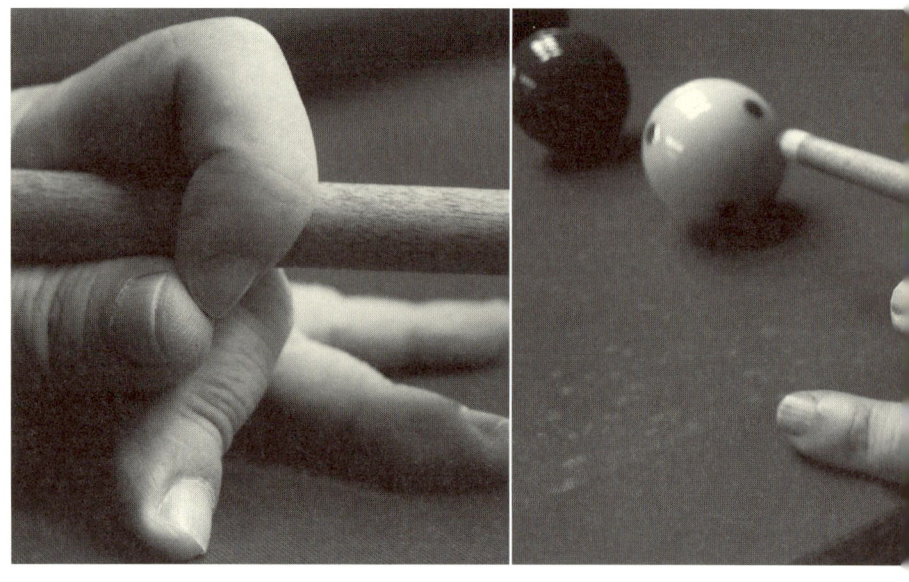

운동을 하다 징계를 먹은 그가 찾은 곳이 바로 명동의 당구장이었다. 그
때부터 당구 본색이 드러난다. 그 후 운명적인 만남은 1971년에 이루어진
다. 당시 서울 지역에서 우승을 차지한 그는 제1회 한일친선당구대회에
출전하게 되고, 그곳에서 재일교포 당구 명인 윤춘식 선생을 만난다. 일
본 단장이었던 윤 선생은 일본어와 영어를 유창하게 구사하는 그에게 일
본행을 제안한다. 자신이 꼭 가르치고 싶다고 했다. 하지만 그는 선뜻 답
하지 못했다. 윤 선생은 그와 아내를 앞에 두고 눈물로 호소했다. 조선
사람으로서 일본을 제패하고 일본 천황의 적극적인 지원도 받지만, 천황
의 요청대로 일본인을 후계자로 삼고 싶진 않다는 것이었다. 자신이 고생
한 사연부터 세계 제패 25년 만에 비로소 제자를 삼고 싶은 사람을 만난
기쁨을 토로하니, 두 내외도 눈물을 흘릴 수밖에 없었다.

드디어 일본 유학이 시작되었다. 한국인으로서는 최초로 정식 당구
수업을 받게 된 것이다. 기본 자세부터 스트로크stroke 훈련, 정확한 피니

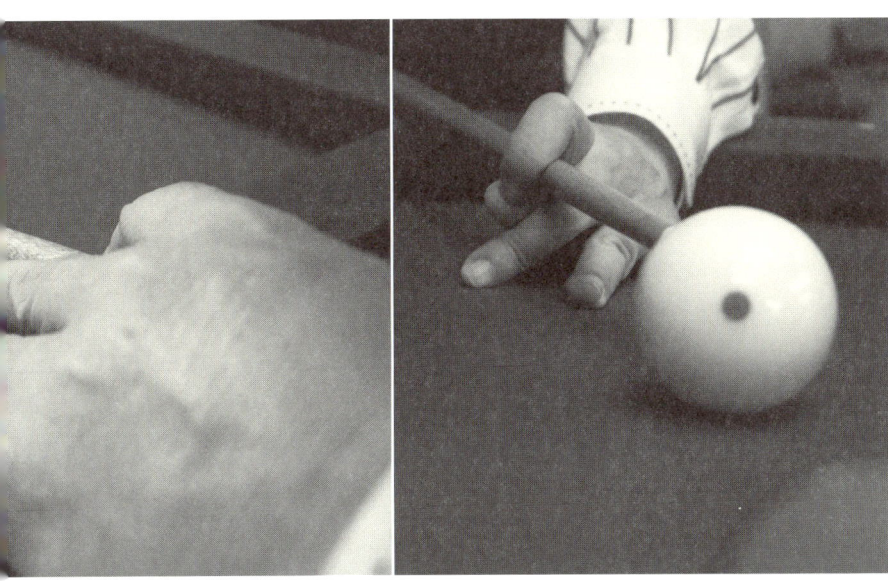

시 훈련까지 수차례 강행군을 펼치면서, 그는 차츰 고수의 길로 향했다. 얼마나 큐를 오래 잡고 훈련했는지, 손에 감각이 없어질 때도 많았다. 타고난 재능으로 스승이 가진 노하우를 여과 없이 흡수했다. 그때부터 각종 대회를 휩쓸며 고수로 군림한다. 50여 년 동안 전국 방방곡곡을 돌며 수천 번 대회에 출전하고, 각종 세미나를 통해서 당구의 대중화에도 힘썼다. 당시 서울대학교 출신인 수재가 당구계에 입문했다며 곱지 않은 시선으로 봤지만, 그는 의지를 꺾지 않았다. 동영상 강좌를 제작한 것도 수많은 당구 동호인들에게 당구를 널리 전파하려는 일념에서였다.

당구는 '인격'이다. 인생을 알아야 당구를 알게 되는 법. 일단 큐를 잡으면 매너 있게 행동해야 하고, 차분히 경기하면서 신중해질 수밖에 없다. 이러한 과정에 의해 자신을 객관적으로 볼 수 있는 습관이 생기는 것이다. 흔히 친구들끼리 떠들면서 당구를 치는데, 잘못된 습관이다. 당구를 치면 마인드도 바꾸어야 한다. 입을 닫고 조용히 플레이하다 보면,

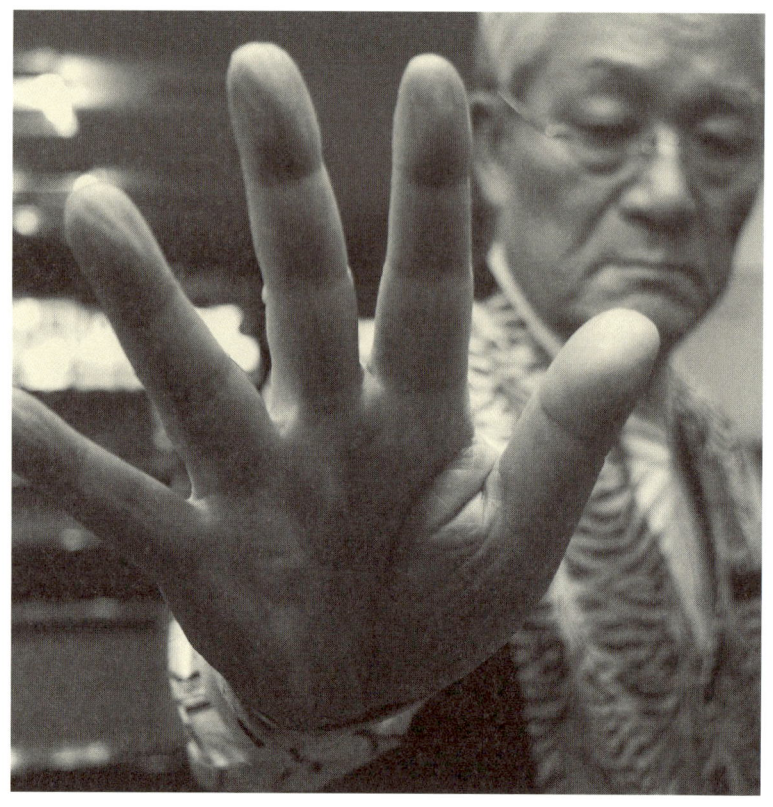

성숙한 행동들이 속속 드러난다. 건강에도 빼놓을 수 없는 게 당구다. 당구대 주변 한 바퀴는 10미터인데, 걸으면서 엎드렸다 굽혔다를 반복하니 허리 운동이 되고, 때론 강하게 당겨 치고 부드럽게 밀어 치면서 파워를 조절한다. 결국 전신 운동이다. 특히 계속적으로 상황을 분석하고 파악하다 보면 치매가 생길 틈이 없다.

　당구의 매력은 남성들에겐 고고한 인격 표출의 장이며, 여성들에겐 우아한 아름다움을 드러낼 수 있는 장이다. 그래서 가족이 모여 당구를 즐긴다면 인생도 배우고 가정의 행복도 찾을 수 있다. 어떻게 보면 늘 평온한 상태로 당구대 위에 인생철학을 쓰고 있는 그의 모습이 도를 닦고 있는 느낌이다. 국내 당구계의 선구자로서 늘 바쁘게 활동을 해왔지만, 행동을 함부로 할 수 없다는 부담도 있다. 후배들이 지켜보고 있어서 늘 조심하고 인격을 갖춰야 하니 말이다. 하지만 지금까지 걸어온 길이 충분히 귀감이 되고 있어서 모두가 박수를 보낸다.

민주주의 역사에 금자탑을 세운 역대 대통령들은 대부분이 당구를 즐겼다. 조지 워싱턴은 백악관에 당구대를 마련했고, 링컨은 당구를 통해 정치·경제·사회·문화를 깨달았다고 할 정도로 당구에 관심이 많았다.

그의 손은 하얗고 부드럽다. 당구로 인해 차분해진 그의 성향을 반영하는 것 같다. 손을 잡아보니 악력이 상당했다. 오랜 기간 큐를 잡으며 꾸준히 훈련하고, 수많은 경기를 겪으며 얻은 내공 탓일 듯. 실제로 그는 손을 소중히 다뤄서 무거운 것은 들지 않는다. 팔베개도 잘 안 할 뿐더러 오른손은 잘 쓰지도 않는다.

지금은 당구의 대중화를 위해 일반인들을 교육하고, 다양한 방식으로 홍보하고 있다. 그는 당구 안에 음악, 예술, 철학이 모두 담겨 있다고 말한다. 그의 손으로 몰아가는 당구공들이 다양한 모습을 만들지만, 이를 여유롭게 컨트롤하는 손에서 인생의 교훈을 얻는다.

녹아내리는 달콤함을 빚는 손

한과 명인, 최봉석

그의 손은 어두운 밤, 빈 바다를 비추고 있는 등대와 같다. 누구 하나 찾아오지 않고 누가 알아주지 않아도, 늘 그 자리에서 포용의 빛을 뿜는다.

500년 동안 강원도 강릉시 사천면 한터에서 전통의 맛을 빚는 소리가 이어져왔다. 6대조 할아버지 때부터 대물림된 전통 한과의 명맥은 그에 의해 빛을 발하고 있다. 자녀들에도 전수되고 있으니, 6대째 전통을 이어간다. 그가 바로 전통 한과 명인 최봉석이다.

기계 작업이 늘고 있지만, 아직도 100퍼센트 수작업으로 이루어지는 전통 방식의 한과 제조를 고집하고 있는 그의 모습이 유난스럽고도 존경스럽다. 그의 한과는 많이 부풀어 오르고 조직의 그물 구조가 빽빽해서, 맛을 보면 살살 녹는다. 동해안 지역에 전래되는 전통 조청을 사용해서 깊고 부드러운 맛을 더한다.

반죽은 15일 전후로 발효시킨다. 그래야 팽창하면서 크기가 커지고

포자가 잘 형성되어 부드러워진다. 이 과정 때문에 입에서 사르르 녹는
것이다. 이어 발효시킨 찹쌀 반죽(바탕)을 손바닥 크기로 만들어 끓는 기
름에 튀기면 순식간에 네 배로 부푼다. 표면에 뜨거운 조청을 듬뿍 묻
힌 뒤 쌀 튀밥을 재빨리 묻히면, 특별한 산자가 완성된다. 찹쌀 담그기와
통물 만들기, 방아 찧기, 꽈리 치기, 펼치기 등 무려 서른세 번의 섬세한
손길을 거치는 복잡한 공정이다.

　6대조 할아버지가 정2품 벼슬에 올랐을 때, 한양 상류층 사람들과 어
울리며 궁중의 산자 만드는 법을 익혔다. 그렇게 집안 대대로 내려오던

한과를 할머니 때부터 시중에 팔았다. 아버지가 늘 잡고 있던 것이 산자였으니, 숙명처럼 배웠다. 피는 못 속이는지 어릴 때부터 손재주가 좋았다. 바탕을 만들었더니 어르신들이 감탄하면서 점점 더 높은 수준을 요구했다. 어렵지 않게 일을 돕다 결국 20대부터 본격적으로 팔을 걷어붙이게 된다. 1970년대 산업화 바람에 모두가 도시로 떠났지만, 그는 자리를 지켰다. 장손으로서 조상의 기술을 거스를 수는 없었다.

'손주가 할머니만 못해서 욕먹진 말자!'

그 나름의 부담감과 책임감으로 성실하게 50여 년 동안 이 일에만 전념

해왔다. 누구든 지켜야 하는 게 우리네 먹거리라는 생각으로, 흑임자, 참깨 등 비싸긴 해도 몸에 좋은 우리 재료만을 고집했다. 선조들의 솜씨를 고집하려면 서너 배 비싼 원가는 감수해야 했다. 발효해서 만드는 과자인 한과의 효능은 탁월하다. 손이 많이 가긴 하지만, 과정마다 정성이 드니 어찌 몸에 좋지 않을까.

정부 시책으로 전통 식품을 쌀로 만드는 것이 허가되기 전까지만 해도 어려움을 겪었다. 한과를 알릴 방법도 많지 않았다. 또, 강릉과 서울을 오가다 보니 홍보하는 데 꽤 오랜 시간이 걸렸다. 그러나 한 번 맛을 본 고객들은 맛에 반해 계속 주문했다. 그래서 그는 시식회를 중심으로 선보였다. 갈수록 주문이 쇄도했다. 단골이 늘어서 명절 때면 밀려드는 주문을 다 소화하지 못할 정도다. 1990년대 초부터는 해외 수출도 하고 있어 더 보람을 느낀다.

그의 손은 두텁지만 상당히 부드럽다. 바탕을 만들다 보면 손으로 밀고 다듬게 되는데, 마치 갓난아기의 살처럼 말랑말랑해서 아기 다루듯

정성껏 하다 보니 손도 부드러워진 것 같다. 한때 200도의 기름에 손을 데어 위험한 때도 있었다. 이러한 과정을 거치면서도 지금까지 버틸 수 있었던 것은 특유의 끈기와 열정 때문이었다. 어린 시절, 그는 차분하게 맡은 일을 해내고, 매사에 성실함이 돋보이는 아이였다. 하지만 체육대회 때면 응원단장으로 나설 정도로 활달한 성향도 있었다. 한과를 접하면서는 묵묵히 한 길로 달리게 되었지만.

전통 한과를 빚는다는 것은 '약속'과도 같은 것이다. 선조와의 약속, 고객과의 약속, 자신과의 약속. 거기에는 전통을 지키고, 후대에 전수해 발전시키려는 긍지와 사명이 담겨 있다. 지금까지 배우려고 오는 이들도 많았지만, 사실 10년을 배워도 맛을 내기 어려운 게 전통 한과다. 앞으로 대한민국의 김치, 막걸리와 함께 한과를 더욱 세계적인 아이템으로 만들고 싶은 욕심이 있다. 또, 체험관을 규모 있게 마련해 한과를 만드는 여러 과정을 직접 체험하며 배워 갔으면 하는 바람이다.

전통 한과가 최근 웰빙을 선호하는 현대인들에게 알려지면서 인기가 확산되고 있어서 보람을 느낀다. 자녀들에 의해 세계 시장이 개척되고 있고 그의 아내도 내조하고 있으니, 더욱 행복한 가족이다. 숙명처럼 산자를 만져온 그의 손이 인정받게 되었듯이, 앞으로 한과의 세계화에 있어서도 그 손이 큰 역할을 할 것으로 기대한다.

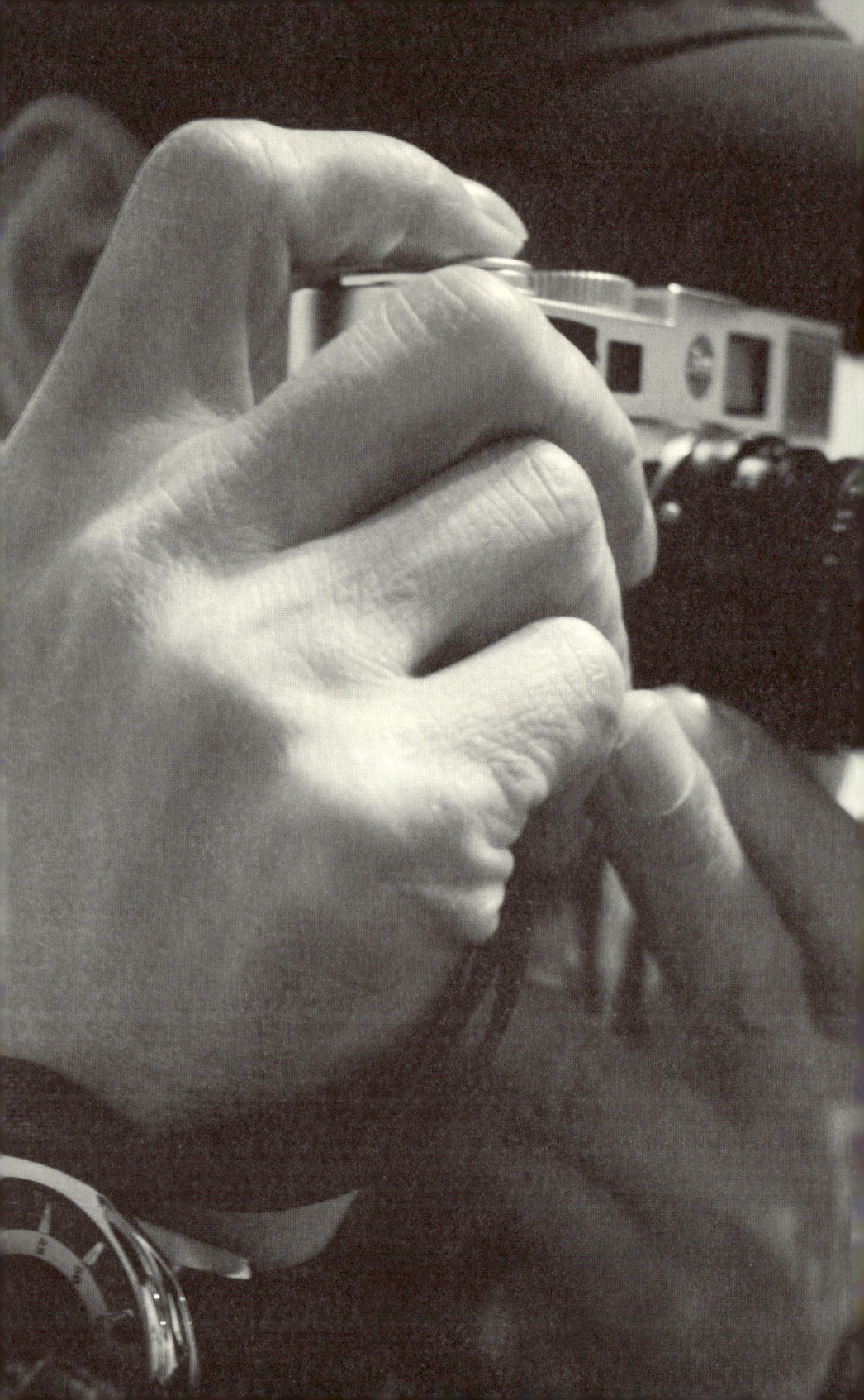

본질을 담아내는 감각적인 손

사진작가, 이상일

풀벌레 소리만 들려오는 어두운 밤, 광주 망월동 묘지. 누군가 카메라 셔터를 연신 누르고 있었다. 울부짖듯, 셔터 소리는 밤새 계속 들렸다.

평생 잊을 수 없는 밤, 생애 최초로 카메라가 몸속 깊이 들어온 순간 이기도 하다. 그렇게 그는 카메라를 업으로 쥐게 된다. 그가 바로 사진작 가 이상일이다.

그의 손은 거울처럼 맑은 호수에 비친 달의 느낌이다. 세상 모든 것에 자신을 투영하고 본질을 찾기 때문이다. 그의 삶은 인간 자신에 대한 목 마름을 뷰파인더를 통해 찾아가는 과정이다.

카메라를 잡기 전까지 그는 막 살았다. 시골에서 태어나 도시 빈민이 되기까지 세상을 바라보는 눈은 어둠 그 자체였다. 아버지도 일찍 세상 을 뜨고 나니, 뭐 하나 흥이 나질 않았다. 말수도 적어지고, 중학생 땐 가출까지 할 정도로 고달픈 삶의 연속이었다. 모든 걸 잊으려 입대했다. 특수부대 요원이 되면서 카메라를 처음 접했다. 군사 기밀 시설을 촬영하기 위해 사진 기술을 배워야 했지만, 사진이 운명의 축이 될 거라곤 상상도 못했다.

전역 후, 광주 망월동 묘지를 다시 찾았다. 군 시절, 광주 진압군으로 투입된 데 대한 죄책감이 계속해서 자신을 옥죄어왔기 때문이다. 목적도 모른 채 어떤 힘에 의해 소모품처럼 쓰였던 그 시절의 슬픈 현실……. 모두 다 털어내고 싶었다. 그 후로도 매주 습관적으로 그곳을 찾았다. 그때 세상에 대한 인식이 필요하다고 절실히 느꼈다. 사진이 단순한 촬영이 아닌 세상을 보는 관점이라는 것을 실감했다.

막상 사회에 나오니 할 게 없었다. 당장 어린 친구들과 경쟁할 수 있는 자신만의 것이 없었다. 할 수 있는 건 운동 혹은 사진이었다. 2년제 대학을 마치고 사진관이라도 하나 차리면 밥은 먹고살 수 있을 것 같았지만, 그것도 경제적으로 여의치 않자 후배들에게 사진 기술을 가르치면서 생활했다. 그의 사진 인생이 펼쳐진 것이다.

그는 사진을 '찍어낸다'고 표현한다. 대상 속에 숨어 있는 본질을 끄집어내는 것이다. 그의 손은 감각적으로 움직인다. 거대한 촉수를 날카롭게 뻗듯이 순식간에 일상적이지 않은 핵심을 담는다. 단순히 농부를 촬영하는 게 아니다. 그들의 삶과 동화되어 농부의 숨소리까지 끌어내는 것이다. 그래서 세상을 인식하는 깊이가 중요하고, 끊임없이 자신을 연마해서 숙성시켜야 했다.

1987년에 첫 번째 개인전인 〈인간 탐구〉로 시작하여 〈어머니 그 이름〉〈망월동〉 등 다양한 전시를 통해 사회와 소통해왔다. 또 올해의 작가상 등 각종 상을 수상했다. 어쩌면 그보다 더 중요한 부분일지도 모를, 자신을 투영한 사진들로 모두의 마음에 무언의 메시지를 전파하는 데 몰두하고 있다.

그의 손은 지금도 필름 카메라를 고집한다. 뷰파인더를 통한 대상과의 아날로그적 교감, 그리고 활시위를 당기듯 신중한 정적 후의 셔터 한 방, 하나의 생명을 탄생시키듯 어두운 암실에서 가슴 졸이며 서서히 사진을 인화하는 순간들을 즐긴다. 이 과정들은 모든 감각의 촉수가 집중된 손을 통해 이루어진다. 그는 스스로 감을 잃지 않기 위해 끊임없이 다그친다.

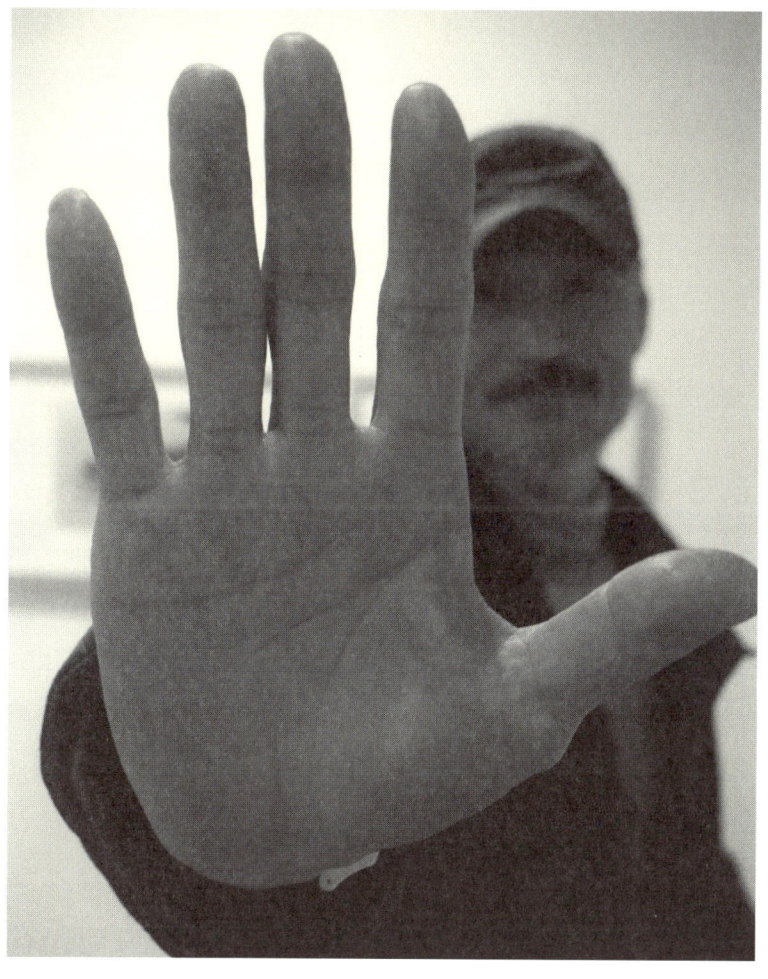

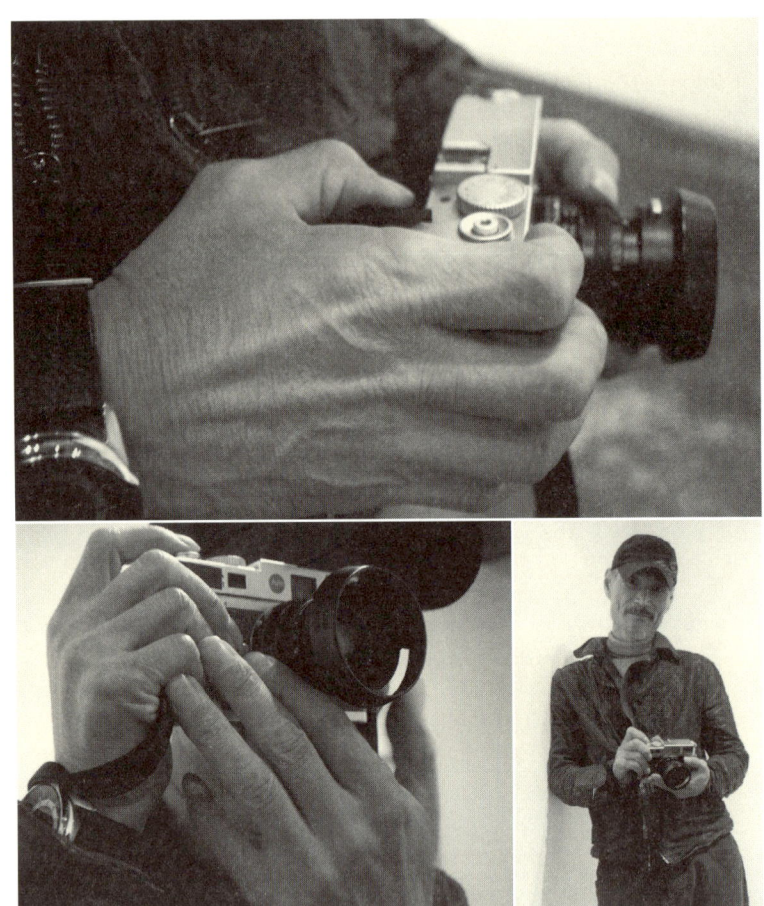

사진은 눈으로 보지만 손으로 만지면서 보는 게 더 감칠맛이 난다. 마
찬가지로, 그는 언제나 손으로 전해지는 느낌을 즐긴다. 교수 생활 10년
동안 컴퓨터 대신 분필을 사용했다. 손으로 끊임없이 만지면서 자신의
세계관을 찾도록 인도하는 게 그의 몫이라고 말한다. 기술이야 3년 가르
치면 끝나지만, 세상에 대한 안목을 기르는 것이 중요한 만큼 그 일에 더
열을 올린다.

　이제 카메라는 그와 한 몸이다. 떼려야 뗄 수 없는 운명. 운명론을 믿

는다면, 더욱 절실한 만남을 위해 어린 시절 그토록 수많은 풍파를 거쳤다는 생각이 든다. 결국 암울했던 과거가 사진에 의해 승화되고, 그의 존재감을 만들었다. 그는 생각이 바뀌는 건 순간이지만, 몸이 바뀌는 건 쉽지 않은 일이라고 말한다. 그래서 늘 성찰해야 한다. 더 나아가 인류 문명의 편의성으로 인해 우리가 느껴야 할 심오한 부분이 가려진다는 사실을 직시하라고 덧붙인다.

요즘 그는 부산에서 미술관을 운영하면서 또 다른 희열을 느끼고 있다. 자신의 사진과 다른 이들의 작품도 전시하고, 그들과 만나면서 새로운 세계와 감응하니 즐겁다. 그는 자신의 내적 관계와 상처를 반성하고 끌어내 보편적인 의미를 부여할 줄 안다. 결코 외부 대상을 통해 자아를 드러내는 데 인색하지 않다. 세상의 본질을 향해 끝없이 대면하고, 감각의 본성을 잃지 않기 위해 쉼 없이 집중하는 그를 보면서, 장인의 숨결이 참으로 위대하다는 것을 새삼 느낀다.

그의 손, 그의 셔터 소리가 우리를 돌아보게 만든다.

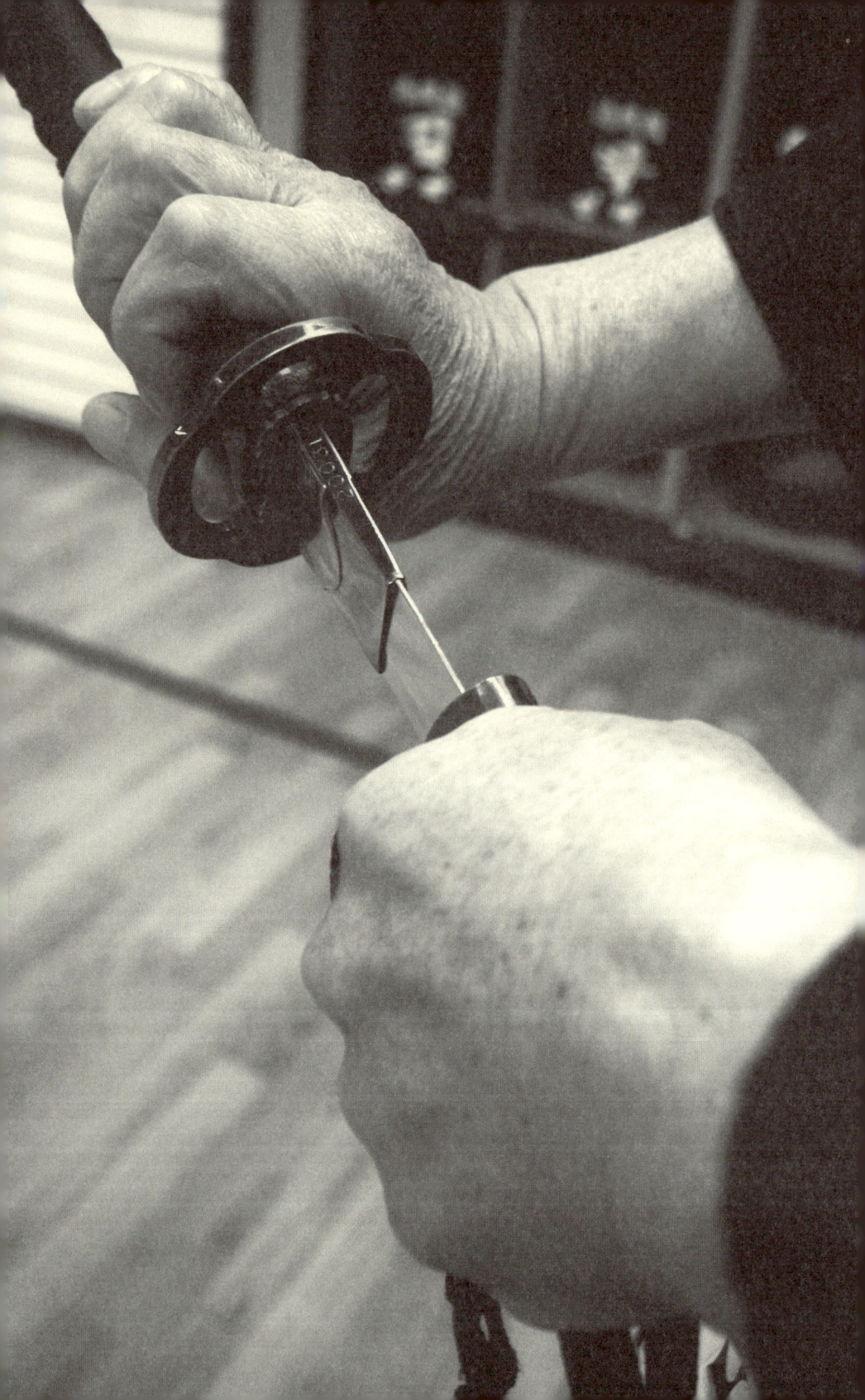

도道를 위해 도刀를 잡은 손

검도 범사, 남승희

그의 손은 거센 강물의 흐름을 거꾸로 거슬러 오르는 물고기와 같다. 역경 속에서 뒤도 안 돌아보고 그렇게 계속 앞만 보고 달린다. 그 앞에 그 길이 있기 때문에 본능적으로 끊임없이 나아간다. 삶 자체가 수련 과정인 셈이다.

무려 60년 넘게 검도의 삶을 살았다. 거짓과 위선과 탐욕과 오만이 판을 치는 순간에도, 정직과 성실, 겸손으로 받아치며 호구를 잡았다. 그가 바로 우리나라 검도의 전설적 인물, 범사 8단 남승희다. 범사範士란 검도 8단 이상의 유단자 중에서도 일정한 자격을 갖추었을 때 부여되는 것으로, 국내엔 몇 명 없다.

3대째 검객이다. 거합검법의 최고수로 통하는 아버지 남정보, 한국 검도계의 산증인인 그, 그리고 아들 남상화. 3대를 통해 100년을 훌쩍 넘기며 외길을 걷는 흔치 않은 장인 가족이다.

1953년, 그의 나이 열네 살 때 처음으로 검도에 입문했다. 당시 검도

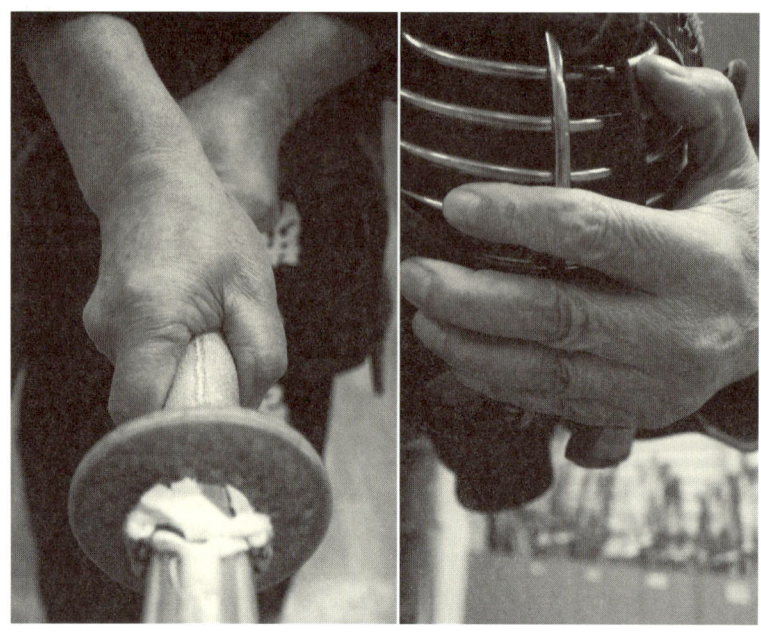

에 다양한 창 기술까지 연마한 어머니의 권유였다. 중학생 때 몸이 왜소해서 자주 맞고 들어오는 그를 본 어머니가 결단을 내린 것이다. 늘 예의를 강조하던 어머니의 카리스마는 남달랐다. 하늘이 뒤집어질 듯 호통치는 어머니의 기에 눌려 어쩔 수 없이 시작했다.

그 후 어머니의 혹독한 스파르타식 훈련이 강행되었다. 가장 무서운게 반복 연습이었다. 머리, 손목, 허리, 목 부위를 각각 최소 몇 만 번씩내리치며 매일 단련해야 했다. 소리나 속도, 타이밍까지 정확한 결과물이 나왔을 때 비로소 어머니는 "합격!"을 외쳤다. 지금 생각하면 그가 검객으로서 한 시대를 풍미하게 된 것도 어린 시절의 기초 훈련이 본능적으로 체화된 탓일 듯. 어머니의 훈련 방식도 대를 물려 그의 아들에게 전수되었다.

젊은 시절엔 호구를 짊어지고 전국을 순회하며 강호의 고수들과 대련

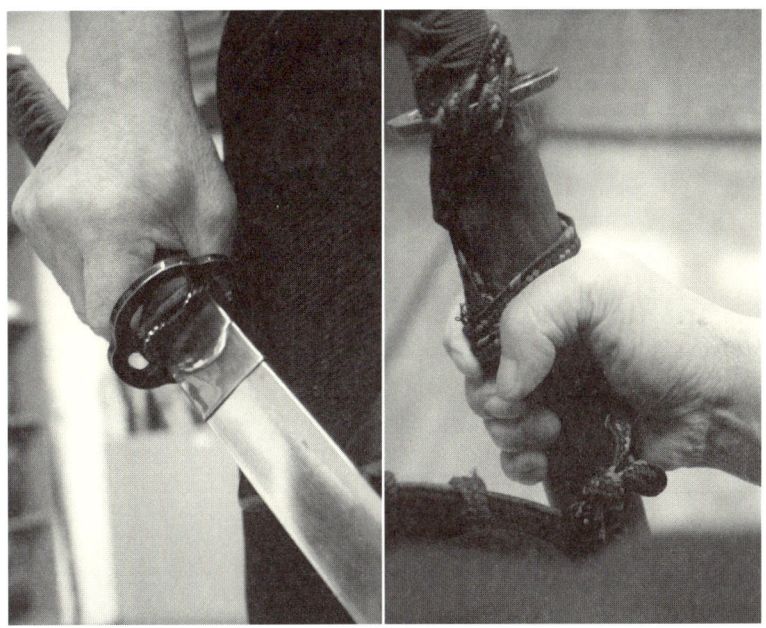

을 벌이기도 했던 풍운아였고, 각종 국제 대회를 석권하며 최고 검객의 명성을 얻었다. 하지만 개인적인 신조에 따라 검도로 돈을 벌면 안 된다는 생각을 늘 가슴속에 품고 있었고, 승부를 위해 돌진한다기보다 마음을 비우고 도를 닦는 수행의 길로 받아들였다. 그가 펼치는 숙달된 기술들은 정말 오랫동안 그의 몸에 쌓여 필요한 순간 본능적으로 발산된다. 한번은 대회 결승에서 한 방을 쓰는 친한 후배와 맞붙게 되었는데, 그 후배가 자신도 꼭 한 번 우승하고 싶다며 져달라고 당부했다. 그는 알았다고 하고 져주고 싶었지만, 그게 쉽지 않았다. 상대방의 공격을 막고 받아치는 그의 손을 스스로 말릴 재간이 없었기 때문이다. 본능적으로 움직이는 그의 손은 오랜 기간 동안 독한 단련을 통해 이미 제어할 수 없는 상황이 되어버렸다.

어린 시절에는 그렇게도 하기 싫던 검도가 인간의 도를 찾는 과정이라

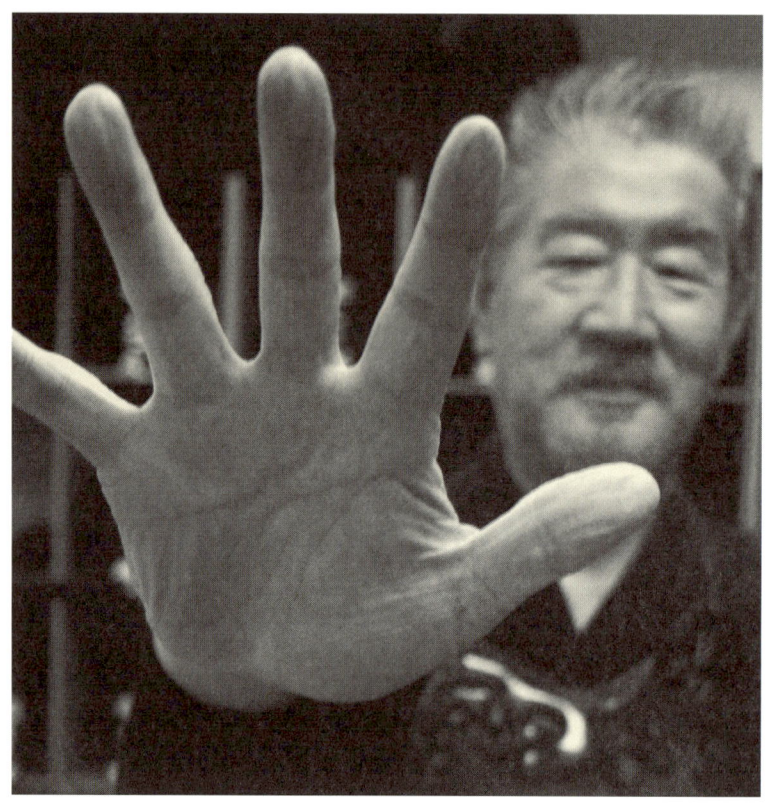

고 생각하니 매력으로 다가왔고, 계속 하다 보니 정이 들어 지금에 이르렀다. 한창 단련할 땐 다른 이들보다 두 배 이상 연습했고, 항상 기본기의 힘을 믿고 늘 초심을 잃지 않으려고 노력했다. 그의 60년은 말로 표현하기 어려운 집념이자 열정의 결정체라 할 수 있다. 반세기 넘는 세월 동안 그의 손은 계속되는 훈련으로 굳은살이 박이고, 자주 맞아서 퉁퉁붓고 상처투성이였다.

검도는 단순 무술이 아니다. 신체적인 단련은 물론, 정신적으로도 상당한 도움이 되어 자신을 성찰할 수 있다. 사회생활을 하다 보면 때론 상대방의 빈틈을 발견하고 부대끼며 옥신각신하기도 하는데, 이러한 모든 과정이 고스란히 검도 안에 담겨 있다. 자신을 성숙시키듯 꾸준히 연마하고, 상대의 장점을 보는 안목을 키워 발전시켜나가는 것이다.

많은 검도인들을 가르치며 한 마리의 호랑이처럼 묵묵히 걸어온 그. 운동에 일가견이 있어서 어린 시절엔 스피드 스케이팅 선수 활동도 했고, 육상 선수로 대구에서 우승도 차지했다. 고등학생 땐 농구부 주장을, 대학생 시절엔 복싱도 하고, 전국 스포츠댄스 대회에서 우승 트로피를 거머쥔 적도 있다. 한때 주먹 세계에서 그를 영입 영순위로 지목했다는 소문도 있었다.

그는 앞으로 세계 고단전 검도대회에 나가 우승하고 싶다. 75세 이상의 검객들이 참여해 자웅을 가리는 이 대회에서 한국인이 가장 우수하다는 것을 몸소 보여주고 싶은 것이다. 현재 일본엔 100년 이상 된 검도 가족이 1만 이상인 반면, 우리나라는 전무한 상태다. 수많은 장인들의 묵묵함이 일본에 있다면, 한국에서는 10년 내리 한 우물을 파는 사람조차 찾기 어려우니 얼마나 아쉬운 일인가. 하지만 그는 우리나라가 곧 일본을 능가하리라는 확신이 있다. 한국인의 타고난 우수성을 믿기 때문이다. 또 하나의 소신으로 늘 값싸고 질 좋은 한국 칼만 손에 쥐었다. 사실 한번이라도 써본 사람들은 알겠지만, 일본 칼보다 한국 칼이 훨씬 더 매끄럽고 잘 베어진다.

남들의 말에 현혹되지 않고 60년 넘게 소신껏 걸어온 그는 이 시대 최고의 검객이다. 그의 손은 우리나라 검도 역사상 가장 뜨거웠고, 가장 따뜻했으며, 스스로를 비울 줄 아는 손이었다. 앞으로 그의 손이 또 어떤 전설을 만들지 기대된다.

냉혹한 인생에 훅을 날리는 손

권투인, 홍수환

50전 41승 5패 4무.

권투에 살고 권투에 죽었던 그는 1970년대 한국을 뜨겁게 달궜던 전설이었다. 나이 좀 있는 이들에게 권투 이야기를 꺼내면 십중팔구 그를 떠올릴 만큼, 그는 그 시절 최고의 스타이자 어려웠던 시절의 국민 청량제였다. 바로 권투 선수 홍수환이다.

그의 손은 로빈 후드의 화살을 닮았다. 쾌속으로 날아가는 활처럼 속전속결, 거침 없이 돌진해 정확하게 꽂히기 때문이다.

사람들은 그를 4전 5기 신화의 주인공으로 많이들 기억하지만, 정작 그는 최초로 세계 타이틀을 손에 쥐던 순간을 최고로 꼽는다. 1974년 남아프리카공화국, WBA 밴텀급 타이틀 매치 도전자 홍수환과 챔피언 아놀드 테일러의 경기였다. 챔피언은 이름 없는 그가 우연히 세계 랭킹 2위에 올랐다며 만만하게 보고, 쉽게 타이틀을 방어하려고 그를 초청했다. 그러나 그는 거침없는 불도저였다. 작정하고 달려드는 그에게 챔피언은 속수무책이었다. 뻗는 주먹에 챔피언이 네 번이나 나가떨어졌다. 계속 몰아붙였고, 결국 최초로 세계 타이틀을 따낸다. 다음은 익히 알고 있는 유명한 대화다.

"엄마, 나 챔피언 먹었어!"

"그래, 수환아! 대한국민 만세다!"

권투 선수라면 공부와 거리가 있겠거니 생각하겠지만, 그의 아버지는 일본 와세다 대학교를 졸업할 정도로 수재였으며, 그 또한 어린 시절부터 공부 잘하는 똘똘한 아이였다. 아버지가 가장 좋아하던 스포츠가 권투였다. 늘 어린 홍수환을 복싱 경기장에 데리고 다녔다. 초등학교 4학년 땐 동창의 아버지였던 김준호 선생이 마침 동네에서 복싱장을 운영하고 있어서 권투를 배웠다. 첫 글로브는 미제 군용 장갑이었다. 어린 그에

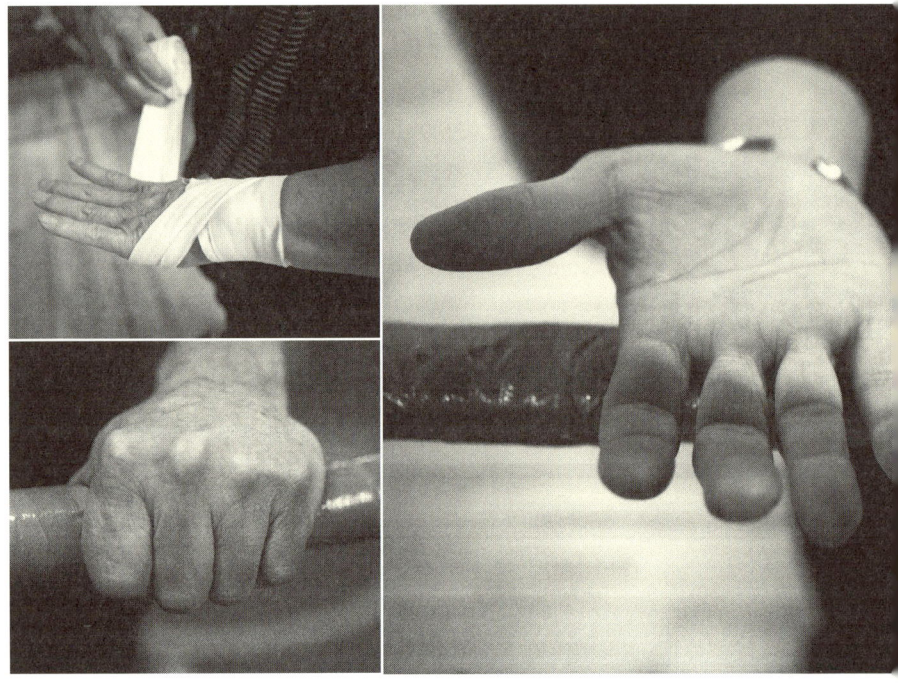

겐 장갑이 무거웠지만, 김기수 선수가 카퍼레이드하는 것을 보고 꼭 자신도 그렇게 되겠노라고 다짐했다.

그러다가 그가 중학교 2학년 때 아버지가 심장마비로 갑자기 세상을 떠나는 바람에 더 이상 장갑을 끼지 않았다. 하지만 보지 않으려고 해도 벽에 붙어 있는 복싱 포스터가 눈에 들어왔고, 아버지의 얼굴이 떠올랐다. 결국 그는 아버지를 생각하며 링에 다시 오르기로 결심했다. 그때가 고3 때였다. 본격적인 권투 선수로서의 길이 열렸다. 1969년 5월, 첫 공식 대회에 참가했는데 무승부를 기록했다. 친구들이 응원하러 와서 멋진 모습을 보여주고 싶었지만, 1승을 따내기가 쉽진 않았다. 6월에 마침내 첫 승을 따냈다. 전율 같은 짜릿함이 일더니 그때부턴 승리의 연속이었다. 결코 지고 싶지 않았다.

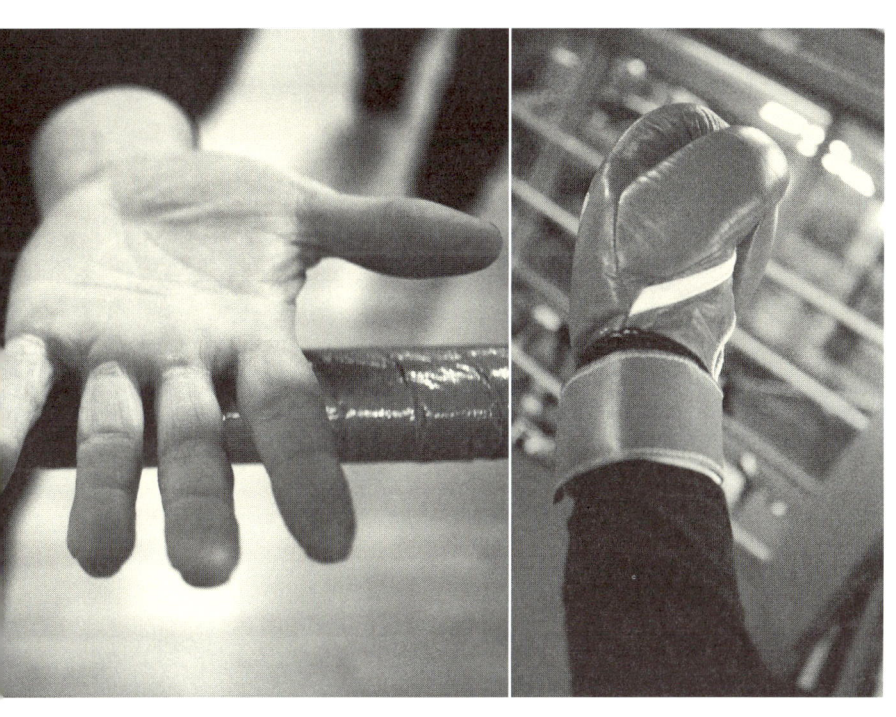

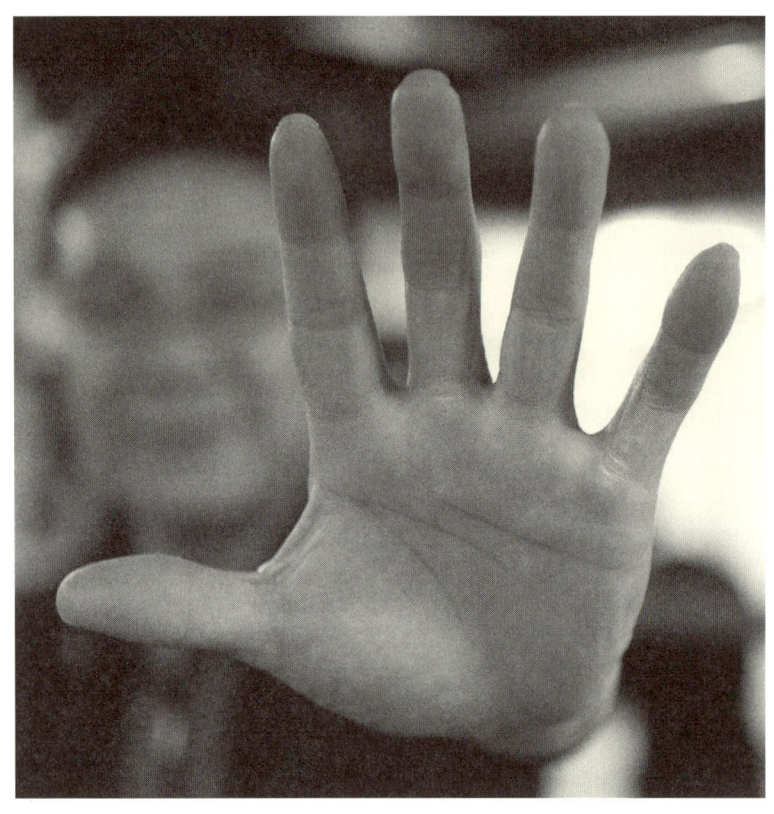

아마추어는 상대방의 손이 나오면 피하지만, 프로는 나올 것 같으면 피한다. 그만큼 육감이 발달한다. 미친 듯 피나게 연습을 하다 보면 눈과 육감이 발달해서, 마치 권법을 부리듯 웬만한 공격은 빤히 보인다. 그는 시작한 지 2년 뒤에 그 느낌을 이해할 수 있었다. 의외로 그는 손이 약해 펀치도 힘이 없었다. 상대방의 주먹이 이마를 강타하면 어깨까지 울려 아플 정도였다. 이를 극복하기 위해 아침마다 철도 침목 위를 뛰고, 도끼질을 하면서 체력을 키웠다. 손에 물집도 잡히고 거의 하루 종일 땀범벅이 되어 살았다. 승리를 못 따내 권투를 포기할까 하는 시점엔 어머니가 한 번은 이겨보고 관둬야 하지 않겠냐며 오히려 불을 붙였다.

가장 힘든 게 체중 조절이었다. 운동으로도 여의치 않아서 어떤 이들은 침을 뱉고, 관장까지 했다. 세계 타이틀이든 1등이든 무언가 꾸준히 유지한다는 게 쉬운 일이 아니었다. 승부욕이 있고 성격이 꼼꼼해서 모든 경기를 철저히 준비했다. 그는 자신을 포함해서 복싱 선수들이 대부분 인텔리 복서라고 말한다. 권투는 주먹으로만 하는 것이 아니라 두뇌 회전이 빨라야 하기 때문이다. 거기에 기본 연습량만 철저히 지킨다면 승리 확률은 높아진다.

늘 묵묵히 걸어왔고, 드라마틱한 승부사로 우리의 새벽잠을 깨웠다. 하지만 은퇴하고 나서 오히려 험한 길을 걸었다. 이민 가서 택시 운전을 하고 신발 장사를 하면서, 크고 작은 악재를 겪었다. 오히려 링 밖에서 잽을 맞고 다운당한 셈이다. 지금은 귀국해서 안정적으로 제2의 인생을 살고 있다. 방송 해설자와 강사, 권투 지도자로서 다시 행복을 느끼고 있다. 탤런트 이시영도 성공적으로 데뷔시킨 그는 자신보다 더 훌륭한 후배가 나올 날을 고대하고 있다.

권투는 할수록 자신감이 생기고, 의지를 다질 수 있는 최고의 스포츠다. 특히 리듬을 타고 스텝을 밟으면서 할 수 있어서 여성들에게도 좋고, 땀을 쫙 빼고 나면 스트레스가 달아나는 맛이 일품이다.

그의 주 무기는 스트레이트도 훅도 아닌, 긍정적인 마인드였다. 어려운 순간마다 늘 물러서지 않고 긍정적으로 돌파했고, 항상 열정이 있었다. 냉혹하고 차가운 현실이지만, 스스로를 믿는 이들은 굳건히 살아남는다. 노력과 땀이 자신감임을 본인이 알고 하늘이 알기 때문이다. 환갑을 넘긴 나이에도 세상을 향해 예리한 눈빛으로 자신 있게 나아가는 그의 모습에서 그 옛날 상대방의 턱을 향해 거침없이 잽을 뻗었던 그의 주먹을 발견한다.

유토에 생기를 불어넣는 손

클레이 애니메이션 감독, 정연동

그의 손은 몽당연필을 쥔 아이의 손을 닮았다. 순수하고 자유로운 영혼에 천진난만한 아이의 동심까지 담고 있기 때문이다.

시대가 발전하다 보니 첨단 그래픽디자인 효과를 활용한 화려하고 디테일한 3D 애니메이션 영화가 쏟아진다. 이와는 반대로 클레이 애니메이션에는 투박하고 아날로그적인 느낌이 담겨 있다. 디지털처럼 매끈하진 않지만, 점토의 질감을 살려 자연스럽게 표현되는 모습은 다듬지 않은 멋이 무엇인지를 잘 보여준다. 이런 소탈한 맛에 빠져 오랫동안 클레이를 만져온 이가 바로 우리나라를 대표하는 클레이 애니메이션 감독 정연동이다.

초등학생 때부터 장난감보다 찰흙으로 무언가 만드는 걸 좋아했다. 문구점에서 만난 고무찰흙에 반해 당장 질렀다. 만져보니 원하는 모양대로 쓱쓱 작품이 나왔다. 그때부터 시간만 나면 찰흙에 손이 갔다. 아이들 몇 명을 모아 액션 영화를 찍는다고 손을 맞추고 여기저기 옮겨 다

니며 부산을 떨었다.

   그의 길은 어릴 때부터 점지된 것인지도 모른다. 한때 세공 기술자였던 아버지의 손재주를 그대로 닮았다. 외할아버지는 사진사로 색소폰을 즐겨 불었다. 그 끼도 그대로 받았다. 하지만 아버지가 돌아가시고 나서는 가세가 기울기 시작해 어려운 나날을 보내게 된다. 누나가 일하던 매점에서 유통기한 지난 빵을 가져와 연명할 정도였다. 그렇게 오래전부터 쪼들린 삶을 살다 보니 그의 삶에서는 무엇보다 생계를 위한 것이 우선시되었다. 타고난 그림 솜씨와 손재주로 돈이 된다면 닥치는 대로 다 했다. 콘티 그리는 아르바이트부터 원형 모델 만드는 작업, 인테리어에 필

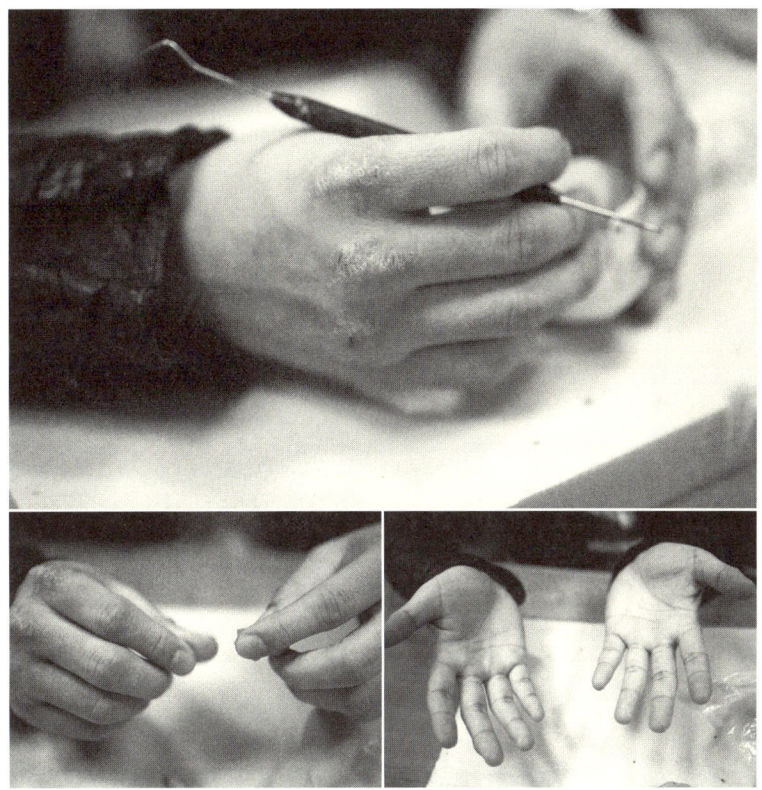

요한 그림 작업, 방송국 삽화 작업 등 가리지 않고 아르바이트를 했다. 그렇게 치열한 삶을 살면서도 특유의 쾌활한 성격으로 남들을 행복하게 만드는 사람이었다.

대학교 재학 중에도 등록금과 생활비가 필요했기 때문에 무슨 일에든 달려들었다. 사정을 안 교수님이 작업을 시키고 아르바이트 비용을 줄 정도였고, 교내에선 '조각의 천재'라고 불릴 정도도 모두가 인정하는 능력자였다. 대학교를 졸업하자 시간이 많아지고 일을 더 많이 할 수 있었다. 광고와 방송을 통해 그의 작품들이 쏟아졌고, 많은 돈을 벌었다. 그만큼 쉬지도 않고 눈만 뜨면 클레이를 만지고 책상에 엎드려 자기 일쑤였다. 방송국과 광고 대행사에서 서로 오라고 손짓했지만, 쉬고 싶었다.

그러던 차에 어떤 사람이 그를 찾았다. 그를 눈여겨봤던 유명 광고 회사의 국장이었는데, 새롭게 회사를 차렸다는 것이었다. 길게 할 생각은 없었지만, 그를 따라서 3분 데모 영상을 만들다 보니 매주 1분짜리 클레이 애니메이션을 만들게 되었다. 살인적인 스케줄이었다. 갈수록 입소문을 타면서 그를 찾는 이들은 더 많아졌다. 5년 동안 정말 쉴 새 없이 클레이만 만졌다. 유토를 오랫동안 만지다 보니 피부병이 생기고, 어느샌가 지문이 밀려나가기도 했다.

혹독한 작업량에 질려 회사를 나온 그는 대학교 애니메이션과 선배의 추천으로 다른 회사로 면접 가는 길에 지인의 사무실에 들르게 된다. 그때 자신이 좋아하는 클레이 애니메이션으로 제2의 인생을 펼치기로 마음먹고, 면접도 포기하고 그곳 지하실에서 홀로 사업을 시작한다. 추운 겨울, 난로도 없었다. 전 회사 동료들이 몰래 가져다주는 클레이로 작업하고, 조금씩 돈을 모아 장비를 마련했다. 홀로 하다가 인원이 세 명으로 늘고 제대로 된 데모 영상을 만들어 선보였더니, 방송국에서 요청이 들어오기 시작했다. 이렇게 인정을 받게 되면서부터 다시 일복이 터졌다. 주요 애니메이션의 경우 주당 두 편씩 총 480여 편을 제작할 정도였으니 말이다.

일본, 미국 등 내로라하는 애니메이션 회사의 작가와 부사장이 그에게 관심을 보였고, 스카우트 제의도 많았다. 그 후로도 부침이 있었지만, 그는 클레이를 만들고 애니메이션을 만드는 것이 최고의 낙이었다. 몸은 힘들어도 한시라도 안 하면 좀이 쑤셨다. 그의 또 다른 능력은 손이 빠르다는 것. 남보다 훨씬 빠르게 만들면서도 정교하니 작업 요청이 쇄도했다. 아이들을 위해 만드는 것이라서 색감과 디자인에 있어서도 더

아름답고 순수하게 표현할 수 있
도록 노력한다. 작은 인형 하나도
최고의 작품이 될 수 있도록 최선
을 다하는 것이 그의 신조다. 천재
와 같은 그의 손놀림은 옆에서 보
면 상당히 놀랍다. 미리 계획된 구
성 없이도 머릿속에서 자연스럽게
새어 나오는 대로 쓱쓱 만들어가
는 모습이 대단하다.

늘 붙들고 살아온 클레이를 손에
서 뗀다면 아마도 금단 현상을 일
으키는 사람처럼 불안해할 듯하다.
그는 클레이를 사랑하고, 사랑스럽게 만져 영상으로 보여준다. 그의 아
들도 그와 비슷하다. 어린 나이에도 레고로 스톱모션 애니메이션을 만
들면서 논다고 하니 말이다.

어려운 시절, 생계를 위해 클레이를 빚던 손이 이제는 제대로 된 한국
의 클레이 애니메이션을 보여주기 위해 바삐 움직인다. 유토의 성질 때
문에 각질이 생기고 지문이 없어질 정도로 닳고 닳은 그의 손이 독특한
질감을 지닌 개성 있는 인형을 만들어내듯이, 그의 삶도 굴곡을 거쳐온
만큼 행복으로 달려가고 있다. 해외의 대형 회사에서 선보여 승승장구
하고 있는 애니메이션들보다 더 뛰어난 클레이 애니메이션이 그의 손을
통해 빚어지기를 기대한다.

명작에 최고의 가치를 입히는 손

미술품 경매사, 박혜경

모두가 그녀의 손을 주목한다. 지휘자의 손끝을 놓치지 않으려는 오케스트라 단원처럼 시선은 그녀의 손만 따라간다. 음지에 있던 작품이 양지로 올라와 가치를 얻는 순간이다.

그녀의 손은 겨울밤에 떨어지는 눈꽃을 홀로 비추는 가로등과 같다. 눈꽃 속을 훤히 비추어 세상을 더욱 빛나게 하기 때문이다. 그녀가 바로 국내 1호 미술품 경매사인 박혜경이다.

사실 미술품 경매사의 머릿속은 손만큼이나 바쁘다. 불쑥 올라오는 번호 패를 빠르게 확인하면서 망설이는 응찰자들의 미묘한 심리를 간파해야 하고, 밀고 당기는 고도의 심리전을 펼쳐야 한다. 수시로 전광판에 표시되는 금액도 순발력 있게 확인하면서 최대한 공정하게 가치를 끌어올려 낙찰가를 올려야 하는데, 그게 맘처럼 쉽지 않다. 이 같은 팽팽한 신경전이 보통은 두 시간 정도고 길면 네 시간까지도 이어지니, 마치면 마라톤을 뛴 듯 녹초가 된다. 경매가 끝나도 잠이 잘 오지 않고 긴장이

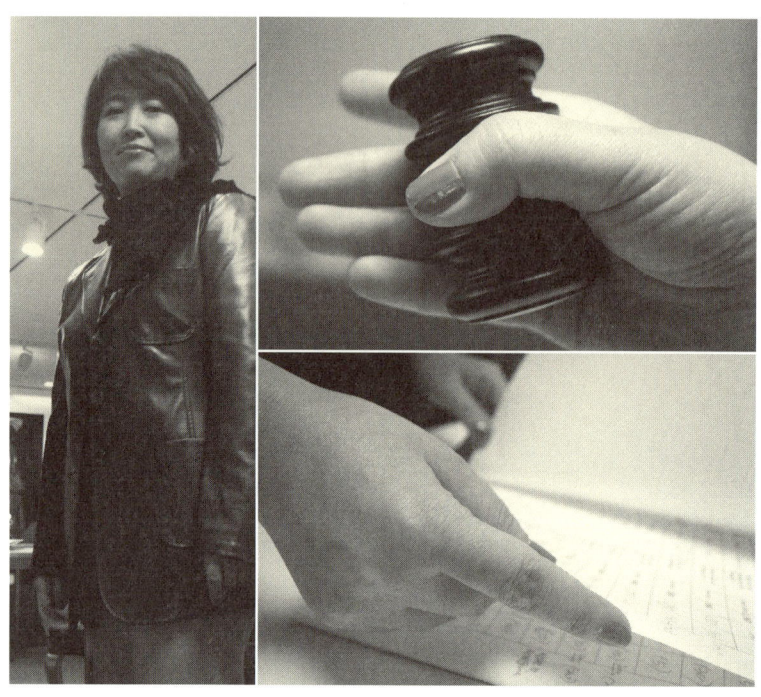

여전하다고 하니 이 일에도 시차 적응이 필요한 듯하다.

　손을 보니 마치 아기 손처럼 작고 통통했다. 하지만 그 손이 바로 국내 미술품 유통 시장의 '큰손'으로 불리는 거대한 손이다. 한국 미술 시장의 의미 있는 현장에는 늘 그녀가 있었고, 다양한 신기록이 모조리 그 손끝에서 나왔다. 국내 최초의 미술품 경매사라는 타이틀로 시작해서 한 해 500억 원어치를 판매한 장본인이기도 하고, 박수근 작가의 〈빨래터〉를 45억 2000만 원에 낙찰시켰으며, 그 최고가 기록은 아직까지도 깨지지 않고 있다.

　일찍이 그녀의 능력을 알아본 한 회장이 경매 회사를 설립한다며 경매사를 제의하자, 그녀는 도망 다니기에 바빴다. 그도 그럴 것이 당시로서는 국내에 전무했던 분야였고, 참고할 자료도 없고 어떻게 해야 할지

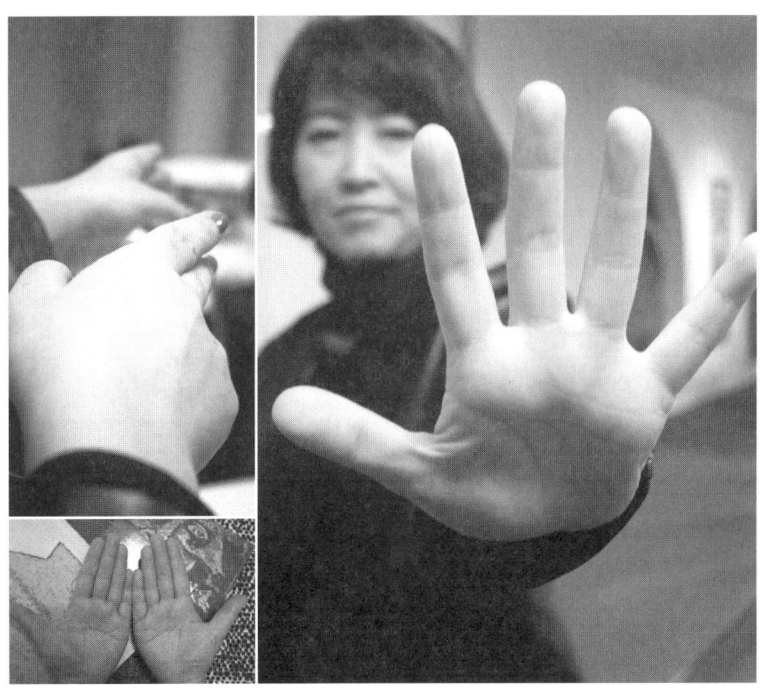

잘 몰랐기 때문이었다. 석 달간 고집을 피우고 나니 슬슬 도전 의식이 생겼다. 당시엔 미술 시장이 폐쇄적이어서 그만큼 산업화될 요소가 많았고, 그 안에서 작가와 콜렉터, 애호가를 연결하여 인문학적 소통을 돕는 것이 바로 자신의 몫이라는 생각이 들었다. 그것이 바로 국내 최초 미술품 경매사의 탄생 배경이다. 아트 디렉터로서의 능력, 케이블 TV 미술품 해설자로서의 능력, 대학교 아나운서 경력 등이 조화를 이루고 있었지만, 누구도 밟지 않았던 길을 걷는다는 게 쉽지만은 않았다. 공부할 자료가 없어서 스스로 작가와 작품 공부를 하고, 동네 비디오 가게 아저씨한테 소더비나 크리스티 등의 경매 장면이 등장하는 영화를 추천받아 밤새 닳도록 봤다. 동료들을 모아 모의 경매도 하면서 훈련했다.

1998년, 대망의 첫 경매에 올랐다. 미술품 경매사로서 첫 번째 출발

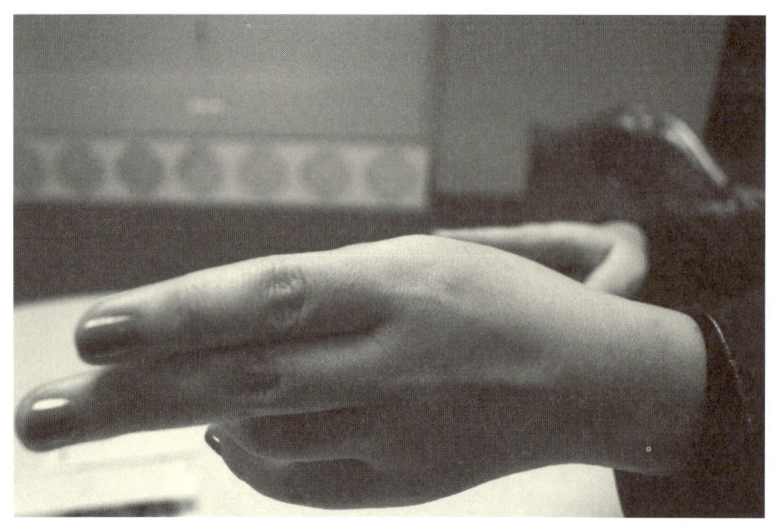

이자, 무대 공포증으로 인해 극도로 긴장한 그녀의 첫 번째 무대였다. 오르기 전에 다짐했다.

'망신은 당하더라도 호가경매 진행에 있어서 실수하진 말자.'

막상 오르고 나니 아무것도 안 보였다. 좌충우돌 화려한 신고식이 끝나고 나니, 서서히 그녀의 이름이 알려지기 시작했다. 60회쯤 지나니 이제 슬슬 흐름을 탈 수 있겠구나 싶었고, 100회가 지나자 이게 바로 소명임을 깨달았다. 굵직한 것들만 추려도 200여 차례의 경매를 진행한 베테랑이지만, 아직도 무대에 오를 때면 긴장이 된다는 그녀. 그녀는 단순한 진행을 넘어 경매 작품의 수집부터 판매까지 아우르는 멀티 플레이어가 되어야 했다. 귀찮아할 정도로 작가와 미술 평론가, 고미술품 전문가들을 따라다니면서 전문 지식을 쌓았고, 미술품 콜렉터를 일일이 찾아가 작품을 사게 된 경위부터 구입 가격까지 꼼꼼히 물어보며 30대를 치열하게 보냈다. 지금도 꾸준히 외국 경매장을 찾아 분위기와 경매사의 제스처, 심지어 농담까지 머릿속에 담아 온다. 경매 전날부터 술이나 커피는 입에 대지 않고, 과로하지 않도록 자기 관리를 철저히 한다.

어린 시절, 역사와 지리에 관심이 많았다. 특히 선생님 흉내를 잘 내서 자율학습 시간에 선생님이 그녀를 시켜 아이들을 복습시키기도 했다. 토론과 논리적으로 말하기를 즐기고, 남에게 더 맛깔나게 전달하는 스토리텔링의 능력은 지금 그녀의 일에도 도움이 된다. 미술품은 인간이 만든 가장 복잡한 아이템이다. 그래서 그 가치를 수치화하기 힘들지만, 희소성이 있는 만큼 작품을 알아가는 과정이 즐겁다. 나이가 더 들어도 연륜과 내공으로 능숙하게 진행하는 경매사로 남길 희망한다. 인류의 취미 중 오래된 '컬렉션'의 매력을 통해 시대에 맞는 이슈를 전해서 좋고, 국경을 초월해 미적 가치를 승화시킬 수 있다면 더 큰 행복이다.

"전례가 없어? 그러니까 당신이 해야겠네."

이렇게 조언해줬던 남편의 말처럼, 아무도 하지 않은 일을 잘 해냈고 길을 잘 닦아놓은 것은 그녀 자신의 자산이자 한국의 자산이다. 이제 좀 더 가치 있는 일에 도전하고 싶어서 민간 최초의 문화 예술 교육 기관을 설립했다. 문화 예술 분야의 비즈니스와 관련된 직업에 종사하는 사람들에게는 전문적이면서도 실무적인 프로그램을 제공하기 위해 발로 뛰고 있는 것이다.

언젠가 만삭의 몸으로 경매 단상에 오르기도 했던 그녀. 꿈속에서도 잠꼬대로 경매가를 외치고, 아파트 경비 아저씨한테도 사장님, 선생님이라고 부르기 일쑤다. 오랫동안 예술적 감성에 현실적 감각을 담아온 그녀의 손이 이제 당신의 눈을 향해 가고 있다.

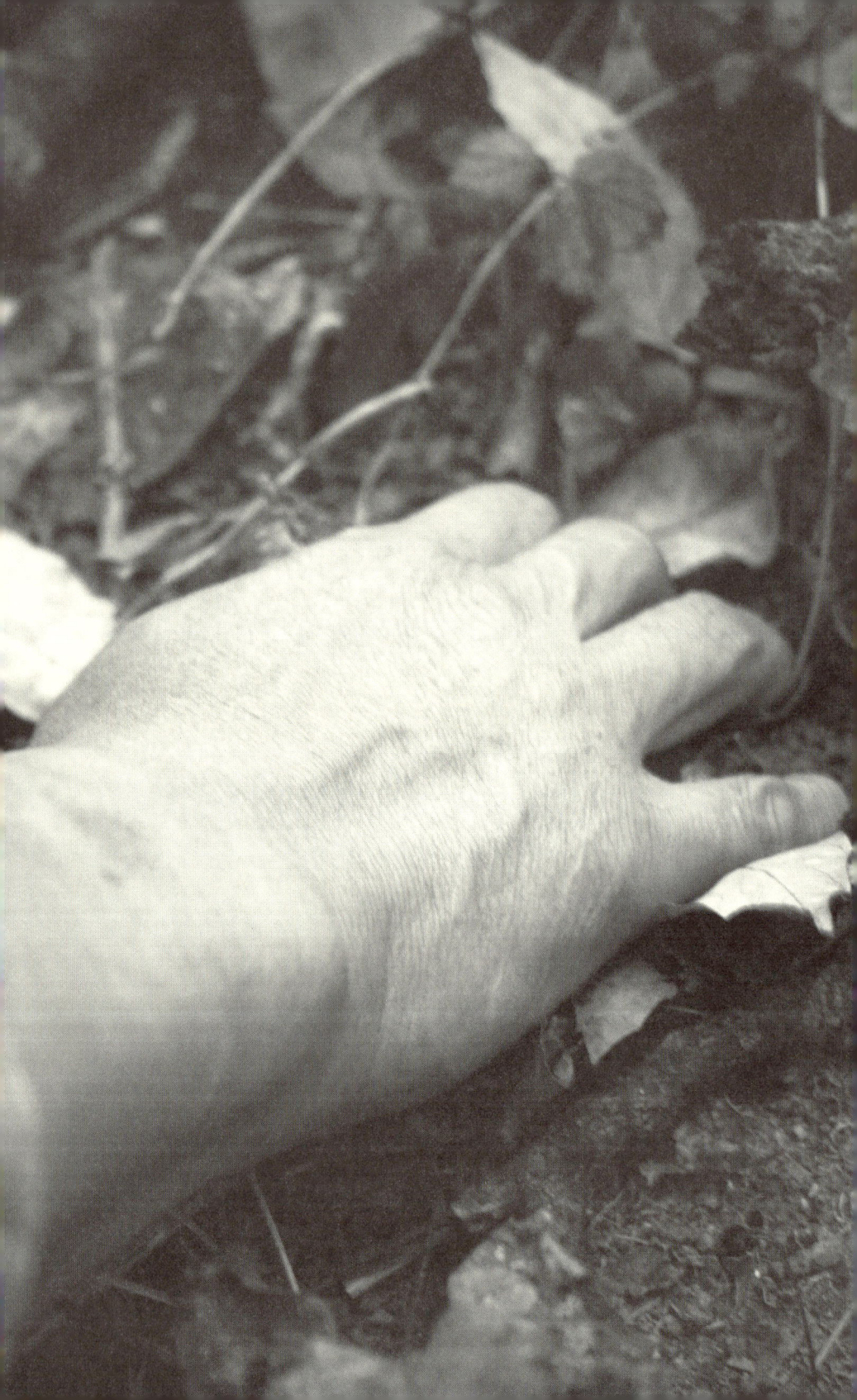

잠자는 천연의 보물을 캐는 손

심마니, 서민석

그의 손은 겨울 햇살에 눈부시게 빛나는 고드름과 같다. 친근하면서
도 맑은 자태가 눈길을 머물게 하고, 그 속에 세상을 투영하듯 훤히 비
치는 것이 순수함의 절정이기 때문이다.

전남 광양시 광양읍 옥룡면, 일명 심마니 마을. 어쩌면 그가 태어난
마을부터가 그를 심마니로 점지한 조물주의 뜻이 아니었을까. 열일곱
살 때부터 본격적으로 삼을 캐서 지금까지 30년 넘게 활동하고 있는 그
가 바로 우리나라에 대중적인 삼 바람을 일으킨 서민석이다.

한국전문심마니협회 회장, 한국심마니동호회 회장, 한국산삼감정협
회 감정위원 등 그의 타이틀이 말해주듯 삼과 평생을 함께해왔다. 원래
심마니들은 조용히 삼을 찾고 캔 삼을 개인적으로 거래하는 게 보통이
지만, 그는 달랐다. 2000년대에 국내 최초로 심마니 동호회를 만들었다.
기존 심마니들은 탐탁해하지 않았지만, 3년 만에 5만 명이 가입할 정도
로 대중적인 붐을 일으켰다.

산에 다니는 사람들은 대부분 심성이 착하고 예쁜 마음씨를 갖고 있다. 그들에게만 보이는 게 바로 삼이다. 그렇듯 삼은 진솔하고 늘 감사하는 마음을 지닌 이들에게 선물처럼 발견된다. 요즘은 시산제도 떠들썩하게 하는 경향이 있지만, 예전엔 막걸리 한잔 떠놓고 소박하게 했다. 삼을 발견하면 그 자리에 100원짜리 동전 하나를 묻어주는 잔정도 있었다.

조용하고 묵묵한 아이였던 그는 자연스럽게 심마니의 길에 들어섰고, 최초로 서너 명의 팀을 짜서 산에 올랐다. 1000원짜리 한 장만 발견해도 기분이 좋은데, 삼을 발견하면 오죽 좋을까! 더군다나 돈을 줍기 위해선 눈치를 봐야 하지만, 삼은 눈치 안 보고 편하게 가질 수 있어 좋다. 힘들게 살던 사람이 다시금 재기할 수 있는 힘이 되는 것도 바로 삼이다. 그토록 오랫동안 이 일을 하고 있는 것이 그런 풍류와 희열이 있기 때문이다.

그만큼 발품을 많이 팔고 정성을 쏟는 사람에게 삼이 잘 발견되는 걸 보면 인생이 공평한 것도 같다. 처음 삼을 발견했을 때의 감동은 환희 그 자체였다. 조심스럽게 흙을 제치고 삼을 들어 올리는 순간엔 그 손이 비단보다 더 고와진다. 누구나 쉽게 만날 수 없는 귀중한 삼에 대한 예의랄까. 그래서 삼을 캐는 10분이 1년과도 같이 소중하다. 예전엔 심마니에게 때 묻지 않은 순수함이 있었다. 초기엔 캔 삼을 대부분 주변 사람들에게 나눠주기도 했다.

사건도 숱하게 생겼다. 수만 명을 산행시키면서도 안전교육을 철저히 해서 사고는 적었지만, 강원도 산행 당시 산에서 자는데 갑자기 경찰들이 몰려와 당황한 적도 있다. 주민들이 간첩으로 오인하고 신고했던 것이다. 자살하려던 사람이 동호회 회원으로 활동을 시작하면서 생각을 고쳐먹기도 했다. 삼 캐는 일에 몰두하고 산의 정기를 마시다 보니 의욕

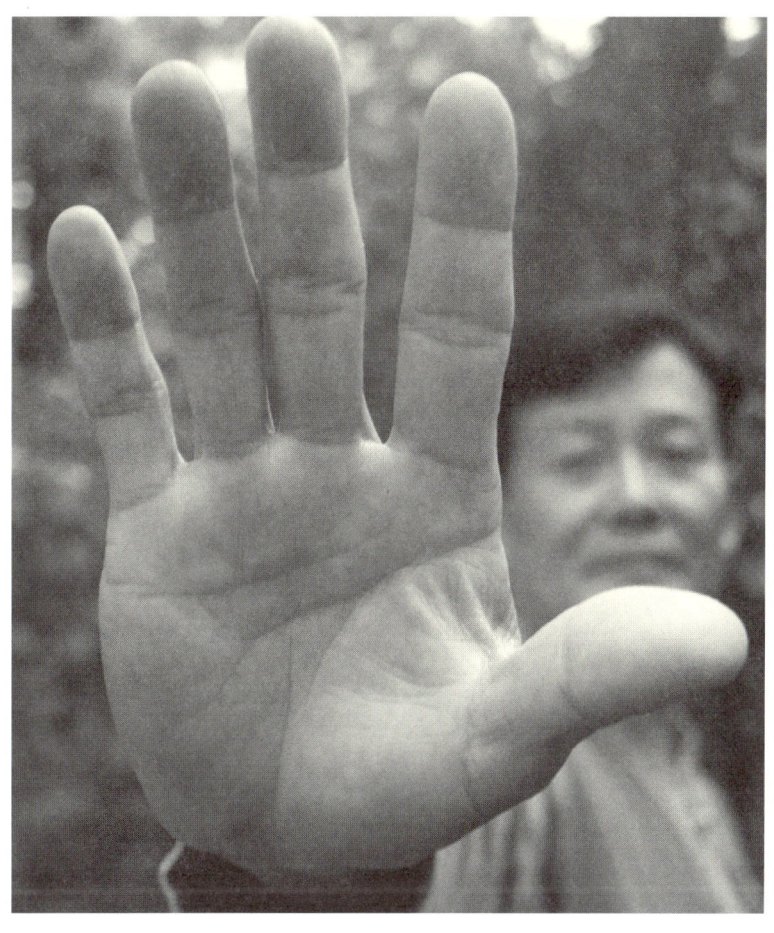

이 충만해져서 지금은 정신 차리고 잘사는 사람들도 많다. 삼 하나만을 위해 모든 걸 포기해서도 안 된다. 산행을 하면서 건강도 챙기고 운이 좋아 삼까지 발견하면 금상첨화이겠지만, 그렇지 않다고 해도 행복하다. 자칫 잘못해서 나쁜 물이 들고 헛바람만 잔뜩 들어서 처지가 더 악화된 사람들도 여럿 보았기 때문이다. 너무 욕심 부리지 말고 마음을 비우라는 말이다.

그의 주장은 일반인도 삼을 볼 줄 알아야 한다는 것이다. 중국 장뇌

삼이나 인삼을 속여서 팔 수도 있고, 50년 삼을 100년 삼이라고 속여 팔 수도 있기 때문에 모든 판단을 스스로 내릴 수 있어야 한다. 한때 중국 산삼을 가져와 유통하는 사기꾼들도 많았다. 그는 우리 농산물을 지키기 위해 수입산은 취급하지 않는다. 일반인들에게 도움을 주기 위해 인터넷에 삼을 볼 때 필요한 상식을 올리기도 했다.

　그는 요즘 산삼 재배 연구에 몰두하고 있다. 전국의 산을 돌며 산삼을 캐던 것에서 한발 더 나아가 재배에 적합한 산에서 산삼을 직접 키운다. 인삼도 산삼 씨가 밭으로 내려온 것이며, 인삼 씨를 산에 뿌려 오랜 기간에 걸쳐 자생시키면 산삼에 가깝게 회귀한다. 특히 인삼 씨종이라도 자연 상태에서 발아해 산의 정기를 받고 오랜 기간 자랐다면 산삼만큼 가치가 있다.

대중에 삼 바람을 일으킨 주인공이지만, 지금은 뒤에서 조용히 챙겨주는 입장이다. 재능 있는 후배들을 위해 뒤에서 넉넉하게 그들을 받쳐주고 힘을 북돋아주는 것이다. 앞으로도 꾸준히 활동하면서 자신이 발견한 삼을 함께 나누고, 무료 급식 같은 봉사를 하고 싶다. 지금은 아들이 일을 돕고 있어 함께 삼 문화를 발전시키기 위해 노력 중이다. 그래서 지금이 그의 황금기란다. 실제 삼을 만지는 그의 섬세한 손에서 산삼 이상의 강한 향취를 느낄 수 있었다. 안주하지 않고 세상에 그 향취를 뿌리고 있는 위대한 손이다.

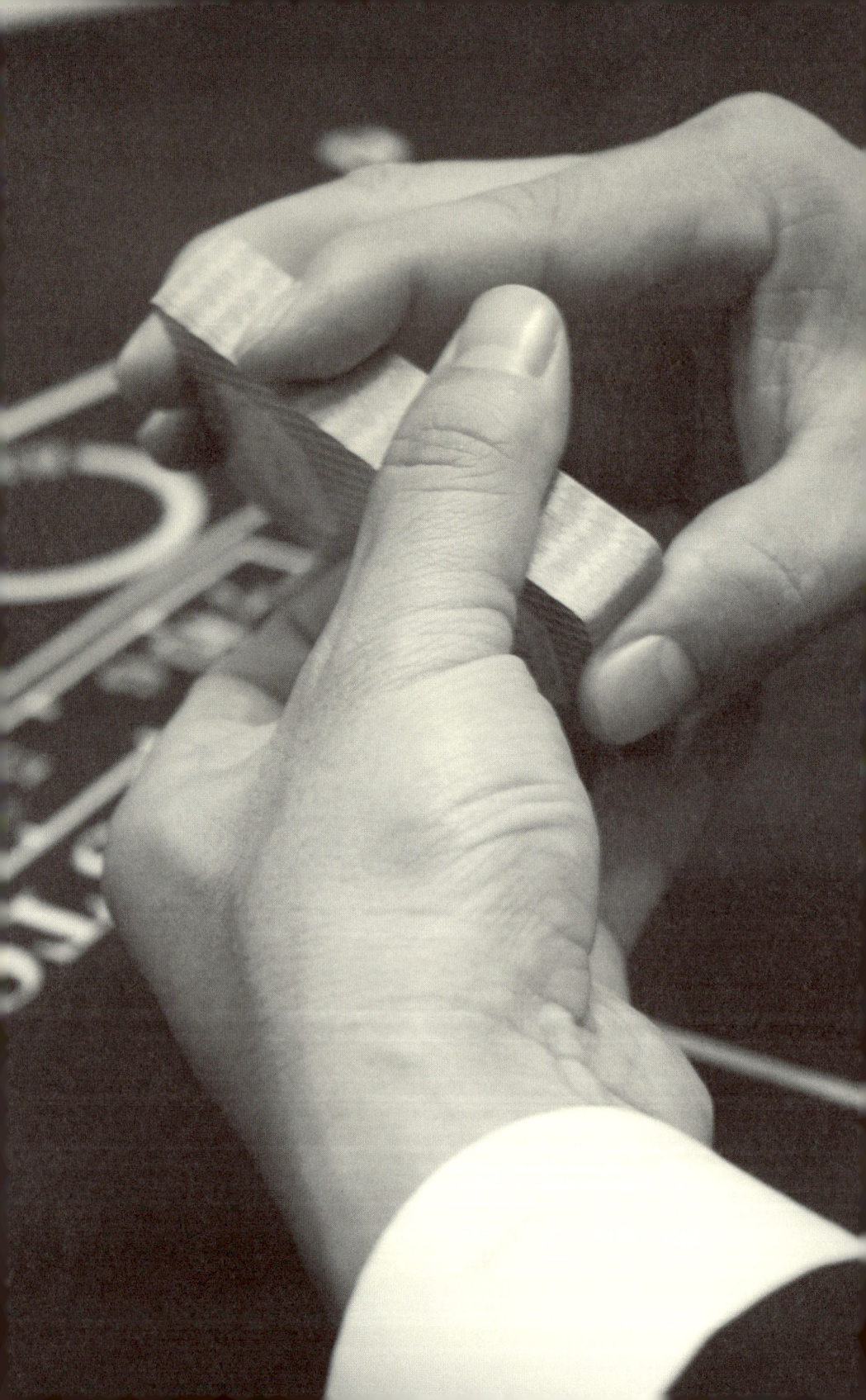

바카라에 매너를 뿌리는 손

카지노 딜러, 남일우

　그의 손은 강바람에 흔들리되 결코 꺾이지 않는 갈대와 같다. 어떠한 상황에도 유연하며 자신의 중심을 잡고 있기 때문이다.

　처음 만났을 때도 반듯한 자세와 부드러운 미소가 어우러져 자연스레 몸에 밴 매너의 소유자임을 직감할 수 있었다. 더욱이 말할 때마다 은은하게 드러나는 품성은 듣는 이를 매우 편안하게 만들었다. 자타 공인 베테랑 카지노 딜러 남일우다.

　그는 운동선수 출신이다. 선수였던 어머니의 영향으로 대학생 때까지 테니스 선수로 활동했다. 그도 자신이 카지노 딜러가 될 줄은 꿈에도 상상하지 못했다. 하지만 테니스가 그를 카지노의 세계에 입문하게 만든 일등공신이다. 1993년 어느 날, 갑자기 중학교 스승님이 그를 찾아왔다. 아는 사람이 카지노에서 일하는데, 테니스 선수 중 카지노 딜러를 할 만한 사람을 추천해달라고 했다는 것이다. 생각지도 않았던 카지노 딜러라는 말에 당황스러웠다. 사실 스승님은 선수 시절에 평소 성실했던 그의

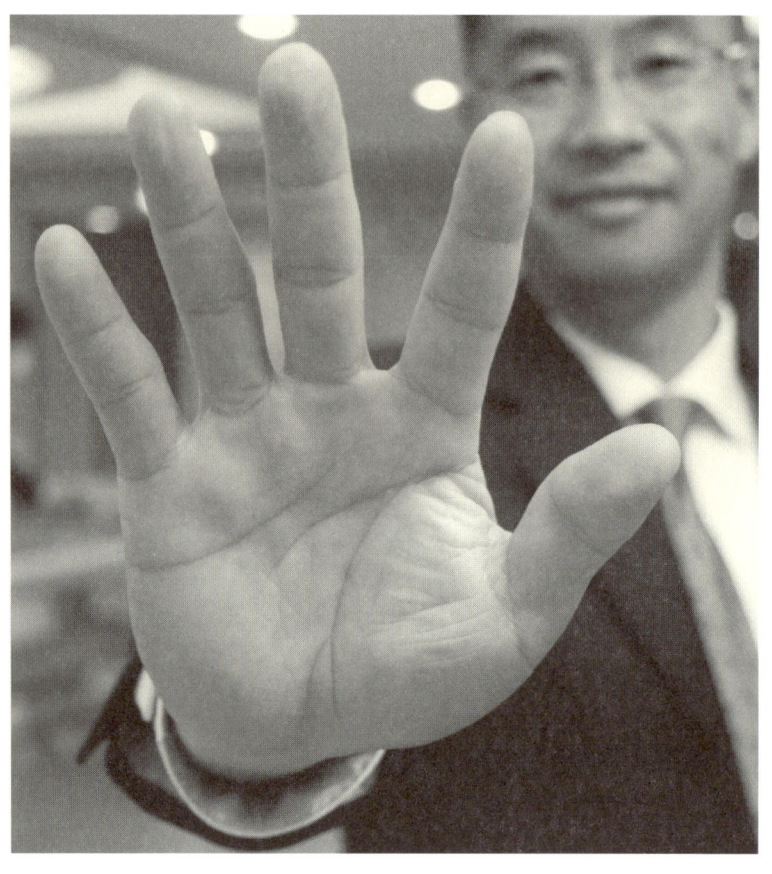

모습에 반해 추천한 것이다. 그가 지닌 체력, 성실성, 책임감이라면 카지
노 딜러로서도 확실할 것이라는 판단이었다.

　고민, 또 고민. 지금까지 테니스만 해왔는데 새롭기만 한 '카지노 딜러'
란 단어가 갑자기 인생에 끼어들었으니 말이다. 하지만 왠지 구미가 당
겼다. 해본 적은 없지만 잘할 수 있을 것만 같았고, 은근히 끌렸다. 며칠
후, 그는 결국 카지노 딜러의 세계로 뛰어들게 된다. 그렇지만 화려한 모
습 이면에 여러 난관이 있었다. 기본적으로 카지노 딜러는 칩(현금 대신 사
용되는 동그란 모조 화폐)을 잘 다뤄야 하는데, 그게 보기만큼 쉬운 게 아니었

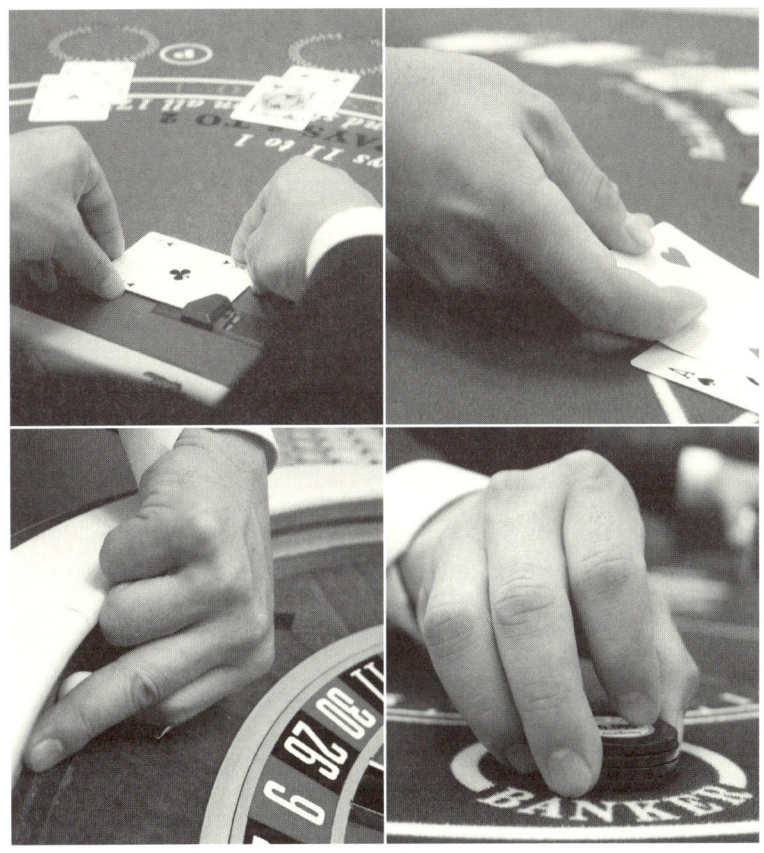

다. 더군다나 전직 테니스 선수의 강인하고 굳은살 박인 투박한 손으로 섬세한 딜러의 손놀림을 감당해내려니 여간 어려운 일이 아니었다.

연습밖에는 길이 없었다. 시도 때도 없이 꾸준히 익히고 잠잘 때도 쥐고 잤다. 시간이 지나면서 칩을 손에서 자유자재로 다룰 수 있게 되고, 점점 카지노 딜러의 손으로 변해가는 것을 느꼈다. 전혀 해보지 못한 일을 그의 것으로 만들려다 보니 도전의 연속이었고, 점점 더 열정이 생긴 것이다. 이제 칩 스태킹(칩을 잡는 방법)이나 커팅은 눈 감고도 척척 한다. 그는 아직도 손님들에게 자신이 할 행동을 예령으로 알려주는 '콜링'을 생활화한다. 어느 정도 실력이 무르익었다 싶으면 대개 하지 않지만, 그는 초심 그대로다. 다소 딱딱해질 수 있는 분위기를 부드럽게 하기 위해서라도 꼭 한다. 딜러들은 보통 게임을 마치고 테이블을 빠져나올 때 '핸드 클리어'를 한다. 손님들에게 딜러의 손을 보여주어 확인시켜주는 과정인데, 음식점에서 밥을 먹고 테이블에서 일어날 때 핸드 클리어를 하려다 멋쩍었던 적도 있다. 하루 이틀도 아니고 이미 몸에 익어서 생긴 직업병이다.

그는 자신으로 인해 고객들의 기분이 좌우되는 만큼, 항상 그 테이블의 분위기를 최고조로 살리기 위해 노력한다. 한마디로 순간적이면서도 난해한 서비스를 해야 하는 엔터테이너. 한 테이블에 최대 열두 명이 앉는데, 정말 성격도 다양하다. 상황에 따라 각자 기분이 다르고 성향 자체도 다르니, 그 모두를 동시에 만족시키기란 쉽지 않은 일이다. 한번은 술에 취한 VIP 고객이 번번이 게임에 지고 돈도 잃자 화가 나서 돈을 다시 내놓으라며 말썽을 부렸다. 다른 손님과 싸움까지 붙어 테이블 분위기도 험악해졌다. 몇 시간 동안 으름장을 놓는 고객에게 그는 급기야 무릎을 꿇는 초강수를 둔다. 그렇게 누그러진 고객이 지금은 단골이자, 그의 팬이 되었다. 오랜 신뢰 덕분인지 사건이 일어날 때마다 잘 해결되는 걸 보면, 고객들과의 정을 두텁게 쌓는 그만의 장점이 새삼 눈에 띈다.

그의 손은 상당히 건조한 편이다. 그러면 카드를 돌리기 위해 케이스에서 빼려고 해도 잘 빠지지 않아 애를 먹게 된다. 그래서 항상 땀을 내려고 손을 허벅지 밑에 넣거나 주먹 쥐고 있는 버릇이 생겼다. 하지만 너무 땀이 나도 카드가 손에 들러붙어 난감해진다. 이를 수시로 조절하는 게 딜러의 몫이다. 심지어 고객들에게 손을 항상 보여줘야 하기 때문에 네일 아트까지 받고 있다니, 철저한 자기 관리에 혀를 내두르게 된다. 신

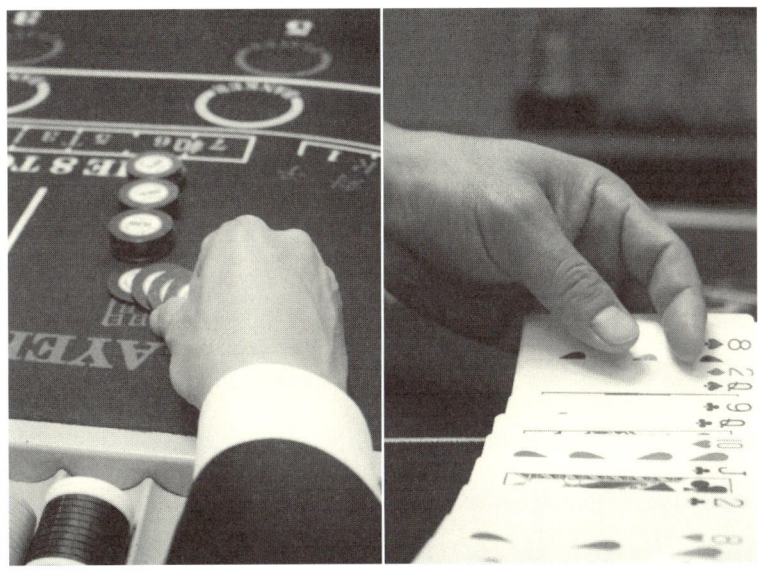

입 후배들의 교육도 맡고 있어서, 갓 입사한 예비 카지노 딜러들의 수준을 끌어올리기 위해 최선이다. 자신이 초기에 힘들었던 부분을 참고하여 그보다 더 나은 카지노 딜러로 양성시키기 위해 노력한다. 이렇게 20여 년 동안 카지노 딜러로서 살아온 그의 인생이 무르익고 있다.

바른 생활 사나이로 불리는 그는 카지노 딜러를 환상적인 세계라고 표현한다. 순간적인 판단으로 다양한 개성을 지닌 사람들에게 최대한 큰 기쁨을 줄 수 있도록 조절하는 게 쉽진 않지만, 그렇게 되면 본인 또한 최고의 기쁨을 만끽할 수 있기 때문이다. 더불어 정이 쌓인 고객들이 자신을 알아줄 때면 그 기쁨은 배가 되고 자부심도 더 생긴다고.

매일매일 그의 손에 행운을 걸어보는 수많은 사람들. 그의 손끝은 오늘도 그들에게 행운과 기쁨을 전달하고자 바카라에 매너를 한껏 뿌리고 있다.

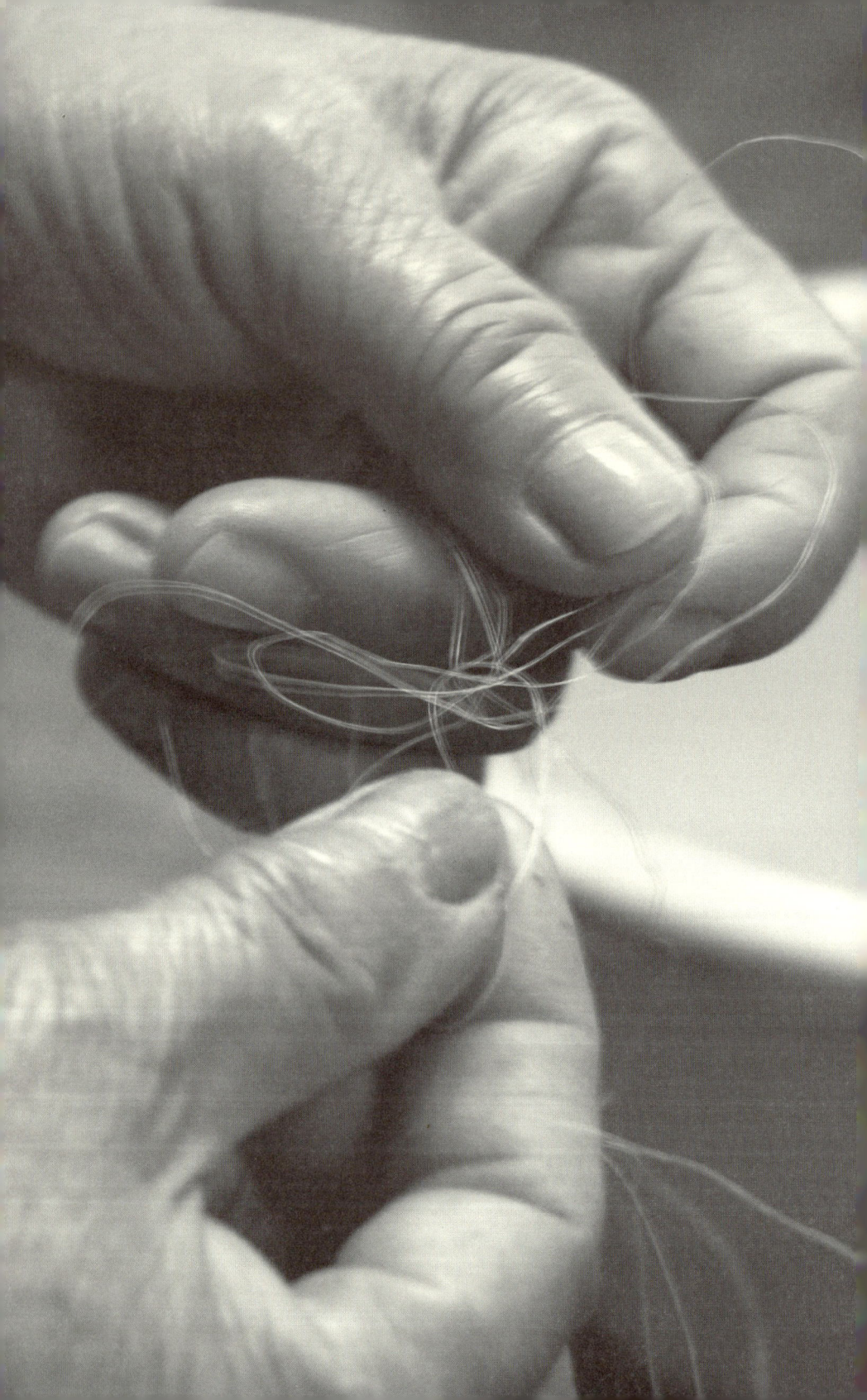

베틀로 정성을 모으는 손

한산 세모시 짜기 무형문화재, 나상덕

습도에 민감한 모시는 찬바람이 나면 짜질 못한다. 한여름에도 바깥 바람이 들어오지 못하도록 문을 꼭꼭 닫고 짜야 해서 땀으로 멱을 감는다. 그야말로 정성이 하늘 끝에 닿을 듯하다. 팔순이라고는 짐작이 가지 않을 정도로 베틀을 능숙하게 다루는 손놀림이 인상적이다. 한산 세모시를 60여 년 동안 짜온 그녀가 바로 전통의 맥을 잇고 있는 나상덕이다.

그녀의 손은 줄기차게 쏟아져 내리는 폭포수를 닮았다. 한곳으로 세차게 쏟아지는 모습이 한 길을 끈기 있게 걸어온 그녀의 삶을 투영한다.

모시는 대한민국의 미를 상징하는 전통 옷감이다. 역사적인 가치가 높아 국가에서 중요무형문화재로 지정했다. 특히 한산 모시 짜기는 유네스코에 인류무형유산으로 등재될 정도로 세계가 주목하고 있다. 한산 세모시는 올 수가 많을수록 그 질이 뛰어난데, 백옥같이 희고 우아하며 섬세하고 가늘어서 '잠자리 날개'라고 불릴 정도로 품질이 우수하다.

혼자서 작업을 다 하면 모시 한 필을 완성하는 데 석 달이 걸린다. 여

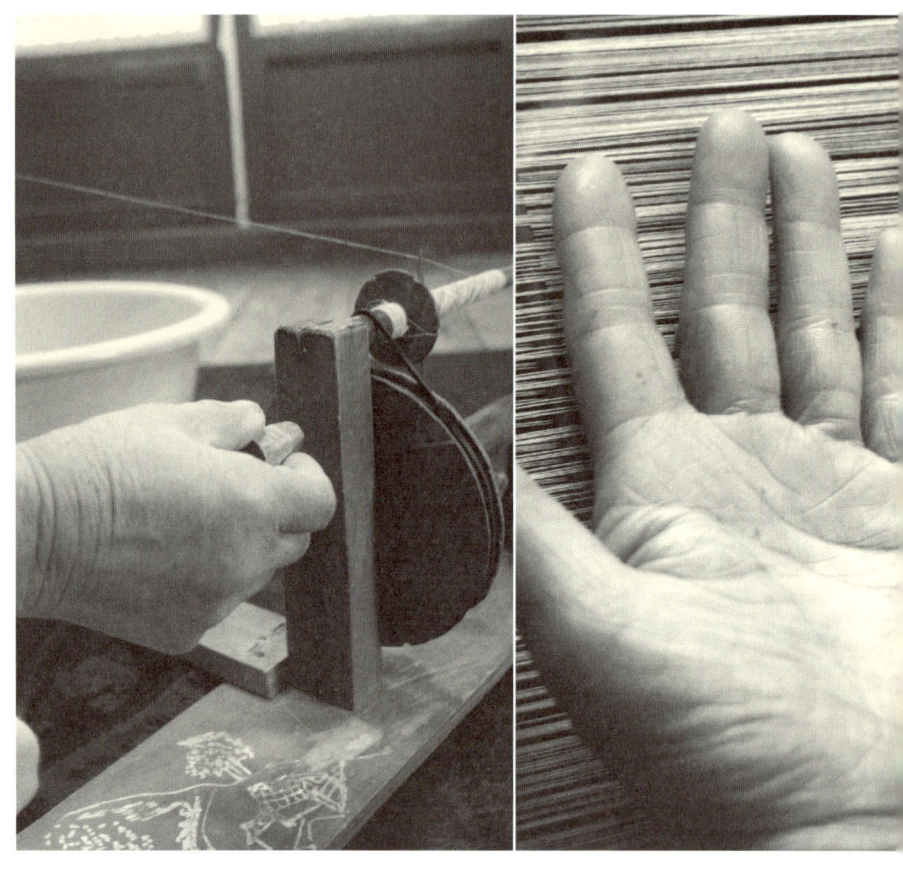

럿이 거든다 해도 꼬박 보름이 걸릴 정도로 정성과 시간이 든다. 모시를
수확한 후, 가장 먼저 모시를 훑고 껍질을 벗겨 태모시를 만든다. 이를
물에 담가두었다가 올을 하나씩 쪼개는 모시 째기를 한다. 치아로 쪼갠
모시 올을 입술로 이어 붙이는 모시 삼기가 그다음 과정이다. 그 뒤엔
실을 체에 일정한 크기로 담아 모시 굿을 만들고, 모시 한 폭에 몇 올이
들어갈지 정하는 모시 날기를 한다. 그게 끝나면 실에 풀을 먹여 베틀로
모시를 짜게 된다. 이렇게 만든 모시는 햇볕에 말려 표백하는 마지막 과
정을 거친다. 손이 많이 가는 만큼 혼이 담긴다.

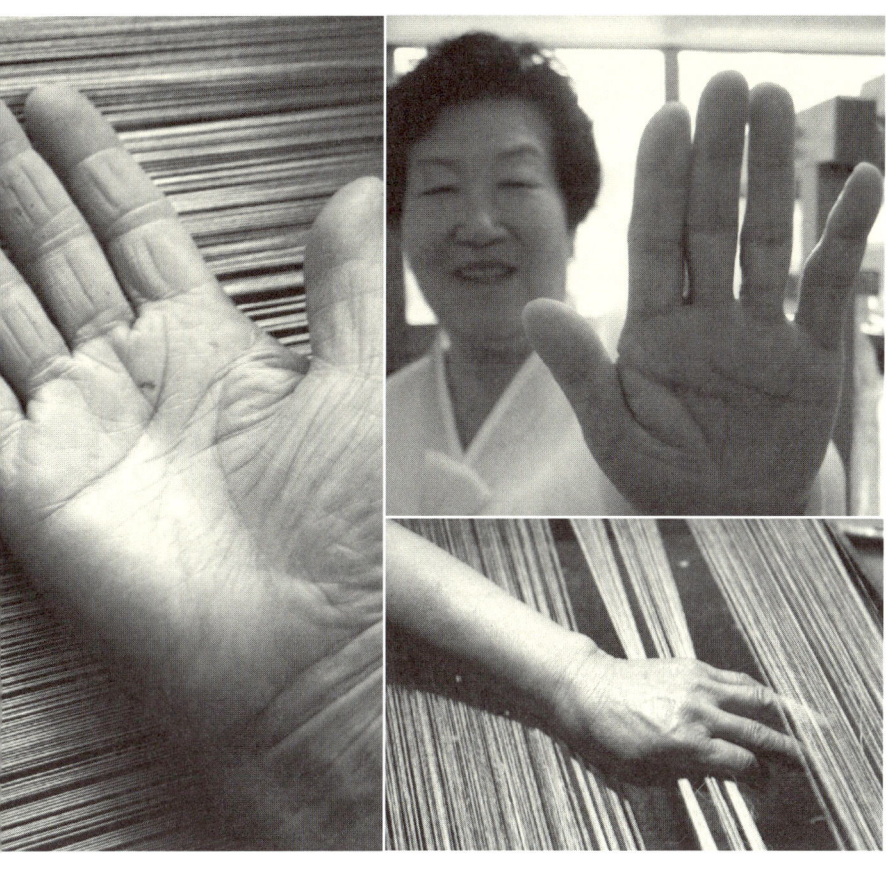

일찍이 조부모의 품에서 자랐다. 순진하고 조용한 성격에 아름다운 것 보기를 좋아했다. 예쁜 꽃이라도 발견하면 몇 시간이고 감탄하며 보는 게 어린 시절의 취미였다. 차분히 무엇이고 야무지게 처리하던 그녀는 열여덟 살 때 이 일을 업으로 삼는다. 할머니 어깨 너머로만 보다가 처음으로 스스로 이모 앞에서 한 필을 짜봤는데, 실력이 너무도 뛰어났다. 이모의 칭찬이 끊이질 않았고, 그녀도 이 일이 좋았다. 할수록 재미가 붙어서 결혼하고 나서도 이 일에 전념했다. 타고난 끈기로 묵묵하게 짰다. 장날에 내다 파니 소문이 자자했다. 1970년대 초, 한 백화점의 팔

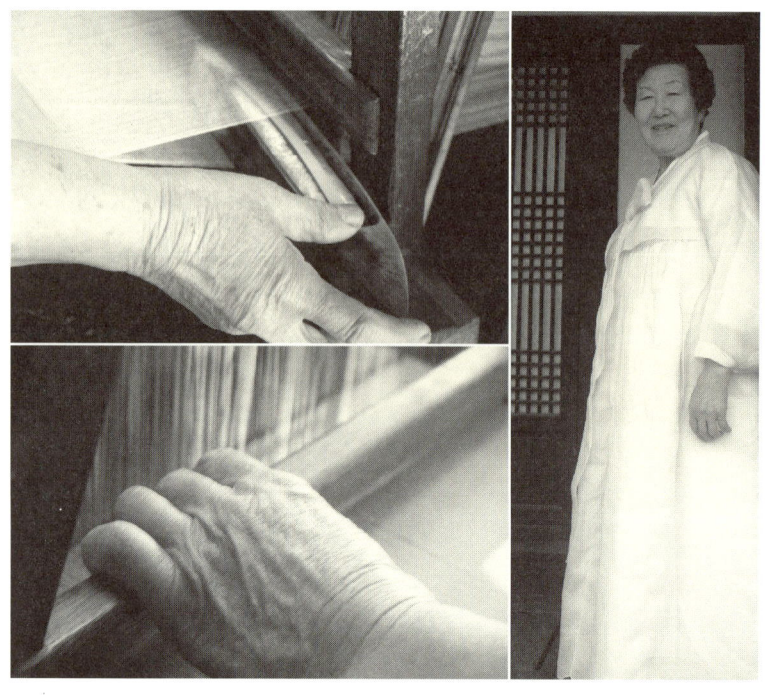

도유람전람회에서 모시 짜기를 선보인 후 실력을 인정받아 충남 무형문화재로 지정되었고, 지금은 서천군 한산면의 한산모시관에서 직접 만들며 전수 교육도 하고 있다.

남이 볼 때 매끄럽고 좋아만 보이는 모시이지만, 만드는 과정은 고행의 연속이다. 한 필 짜는 데 손도 많이 갈 뿐더러, 폭염에도 방문을 꼭꼭 닫고 땀으로 멱을 감으며 모시를 짤 땐 수행에 정진하는 수도승이 따로 없다. 습기가 많아야 실이 튼실하고 잘 끊어지지 않기 때문이다. 그녀의 손은 마디가 모두 솟아 있다. 섬세한 모시를 만드느라 손이 거칠고 투박해졌다. 요즘이야 개량이 되어서 좀 낫긴 하지만, 옛 베틀은 짤수록 어깨도 아프고 무릎도 아프고 온몸이 쑤셨다. 처음엔 입술이 갈라져 부르트고 피가 나서 밥도 잘 삼킬 수 없었다. 나중엔 입술에 굳은살이 박일

정도였다. 신사의 일이라고 말하는 이를 보면 속으로 밉기도 했다.

하지만 요즘은 첫째 딸, 며느리와 함께 일을 하고 있어 행복하다. 언제라도 누구든지 오면 모두 다 전수해줄 수 있지만, 10년은 족히 배워야 자신이 생긴다. 모시는 한국, 중국, 일본 3국에서 모두 만들지만, 우리 모시를 으뜸으로 친다. 모시 실이 매우 곱고 질기면서도 촘촘하기 때문이다. 예로부터 한산 모시는 전국에서 으뜸으로 쳤고, 한산 5일장은 모시로 유명했다. 지금은 화학섬유에 밀려나 아쉬움이 많지만, 일각에선 한산 모시의 아름다움이 재조명되고 유네스코에 등재되면서 세계화하려는 움직임도 활발해져서 좋다.

1년에 세 번 모시풀을 베고 모시를 짜느라 시간이 없지만, 이를 알아주고 기대하는 이들이 있어 힘이 난다. 몸은 힘들지만 명성을 얻은 만큼 그 자신감으로, 또 한국 전통의 미를 잇는 자부심으로 베틀을 놓지 않는다. 숨죽이고 한 올 한 올 짜는 그녀의 손이 우리 조상들의 혼과 얼을 전하는 손이다. 나일론이 아무리 형형색색 자신을 뽐낸다 해도 우리 것이 제일 좋은 것이다. 모시옷을 입고 있는 여인네의 자태를 떠올려보라. 은은하면서도 깊이를 더해주는 맛이 최고다. 모시로 만든 부채는 또 어떠한가. 단순하지만 격조가 느껴진다. 공장에서 찍어내듯 쉽게 만들 수 없는 한산 세모시의 명맥은 앞으로도 묵묵히 이어질 것이며, 바쁘게 움직이는 그녀의 손도 늘 함께할 것이다.

베틀에 거칠어진 그녀의 손, 땀이 송골송골 맺힌 그 손에서 고고한 민족의 혼을 보게 된다.

벽을 춤추게 하는 손

그래피티 작가, 알타임 조

그의 손은 용이 불을 뿜는 모습을 연상시킨다. 자유롭게 날아올라 불
을 뿜어내듯 열정의 색깔을 뿌려 거대한 작품을 만들어내기 때문이다.

그래피티는 글로 영역 표시를 하던 것에서 기원되었기 때문에 '그래피
티 아티스트'라기보다 '그래피티 라이터graffitti writer'라는 표현을 쓴다. 그
만큼 메시지가 강하게 전달된다. 해외까지 넘나들며 자신의 메시지를 전
하고 있는 그가 바로 그래피티 작가 알타임 조다.

본명 유인준. 그의 엄지와 검지 사이 근육은 일반인보다 훨씬 발달되
어 있다. 오랫동안 스프레이 페인트를 사용해왔기 때문이다. 스프레이를
칙칙 뿌려대며 벽을 화려하게 변신시키는 손놀림은 날카로우면서도 부
드럽고, 요술을 부리듯 화려하면서도 담백하다. 어머니는 미술학원 원
장이었고, 그는 미대생으로 만화에 관심이 많았다. 친구들에게 만화를
그려서 인기를 얻던 그가 처음 그래피티를 접한 곳은 군대였다. 군대 벽
에 그려져 있는 그래피티를 보고 따라 그려보고 싶었다. 사실 군대에 가

기 전까지만 해도 인생이 그리 즐겁진 않았다. 딱히 '필'이 꽂힌 목표도 없었고, 그러니 성취감도 제로였다. 군대에선 그래피티가 뭔지도 모르고 그저 좋다는 느낌만 받았다. 자꾸만 끌렸다.

전역하고 나서 본격적인 탐구가 시작되었다. 친구와 함께 그래피티에 대해 죽어라 공부했다. 최초로 출격했던 새벽, 심장은 이미 그의 것이 아니었다. 심장이 쿵쾅쿵쾅 사정없이 뛰었다. 조금만 더 심했으면 동네 사람들을 모두 불러 모을 정도였다. 공릉동 대학교 부근 벽면이 첫 번째 캔버스였다. 어떻게 겨우 스프레이를 뿌리고 사경을 헤매듯 무슨 그림인지도 모르게 그리고 돌아왔다. 다음 날 가보고 나서 차마 고개를 들 수가 없었다. 비율도 엉망이고 색도 이상하고 그저 창피하고 벌거벗은 느낌이었다. 그렇게 첫 번째 미션을 졸작으로 망치고 나니 오기가 생겼다. 처음부터 다시 공부했다. 스케일 잡는 노하우도 배우고, 개성을 살릴 수 있는 색채도 공부했다.

그는 적당히 그리지 않는다. 프로라면 늘 그 이상의 디테일이 필요하며, 적당하게 하느냐 선을 넘느냐의 차이로도 수준이 확 달라진다. 완성했다고 생각하는 순간 더 달려서 선을 넘어섰을 때 궁극의 작품이 나온다. 그러려면 철저한 준비가 필요하다. 돌이켜보면 준비를 많이 해서 여유가 있을 때 만족스러운 작품을 얻었다. 사실 그는 그리기 며칠 전부터 머릿속으로 그리고 있다.

그래피티만큼은 누구에게도 뒤지고 싶지 않았다. 부천 오정대로 벽면을 그릴 땐 나흘이나 걸렸다. 높이 5미터, 길이 20미터 벽에 친구와 경쟁하면서 열정을 뿜어냈다. 완성하고 나니 가슴속이 후련했고, 땀 흘려 만든 보람이 느껴졌다. 지금까지 그의 손을 거쳐 간 작업만 500개에 가깝다. 몇 해 전 유럽의 여섯 국가, 열다섯 도시를 돌면서 한국의 그래피티

실력을 선보인 것도 기억에 남는다. 외국인들의 호응을 받으며 자신의 메시지를 마음껏 피력할 수 있어서 흥분도 되고 짜릿한 순간이었다. 태생적으로 그래피티는 자기 파벌, 홍보 의식이 강하다. 그래서 기본적으로 메시지를 담고 있지만, 점점 캐릭터가 생기고 배경도 생긴다. 실제로 외국에선 그림으로 경쟁하며 싸움도 많다. 룰은 이렇다. 저 벽에 그려진 오래된 그림보다 잘 그릴 자신이 있을 때 덮어 그려라. 누구에게나 적용되는 룰이지만, 아무나 할 수는 없다. 그림에 알타임 조라는 이니셜이 박혀 있으면 덮으려다 주춤한다. 그의 실력을 인정한다는 뜻이다.

　그가 전달하고 싶은 메시지는 꽃이나 나무 같이 예쁜 것이 아니다. 하지만 폭력이 아닌 신선한 소재에 사람들이 막혀 있다는 생각이 들어 그런 부분을 그린다. 늘 문화의 다양성에 대해 생각하며 스프레이를 든다. 처음엔 아무도 몰라줬지만, 실력이 드러나면서 기업체에서 후원도 해주었다. 덕분에 해외 투어도 다녀왔다.

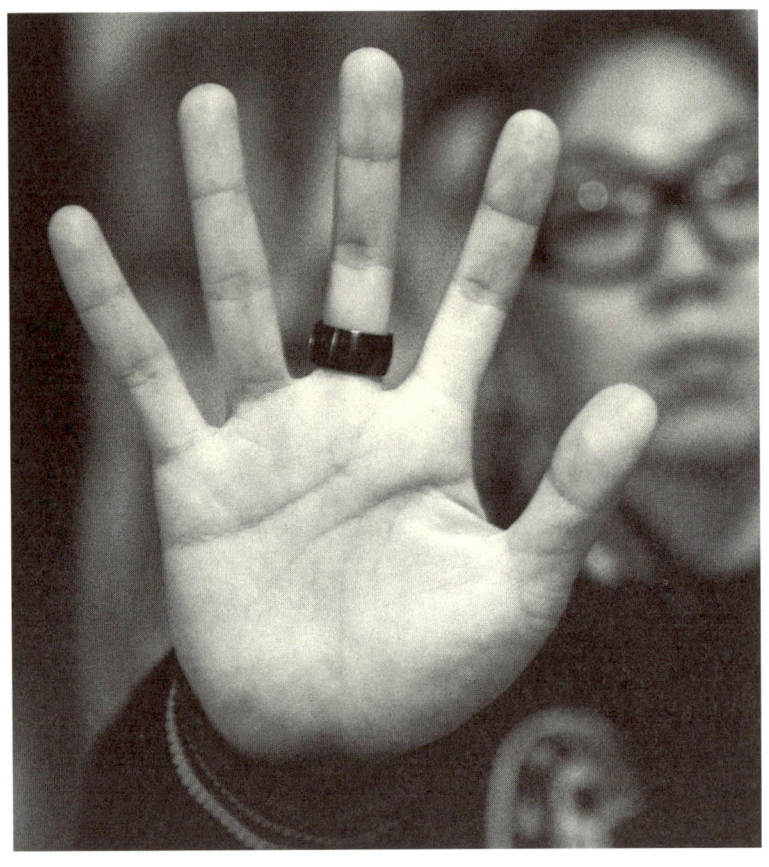

    차량 유동 인구가 많은 대형 벽면에 작품을 선보이고 싶다. 또 나중엔 아들과 함께 작업하고 싶다는 꿈도 꾼다. 그래피티의 메카인 미국의 뉴욕이나 LA에서 전시해보고 싶은 욕심도 있다.

    그의 손은 너무도 지저분하다. 요즘엔 장갑을 착용하지만, 맨손으로 그릴 땐 더욱 심했다. 손톱에 낀 페인트가 잘 지워지지도 않아서 난감할 때가 많았다. 특히 식당에서 밥을 먹을 때면 뭘 하기에 지저분하냐며 핀잔 준 이도 있었다. 늘 서서 팔을 고정하듯 작업을 하다 보니 팔꿈치에 무리가 가기도 한다. 몸은 좀 힘들어도 작품이 원하던 대로 완성되면 입가에 미소가 번진다.

그의 작업을 신기하게 보는 이들이 많다. 어떤 이는 음료수를 건네기도 하지만, 어떤 이는 딴죽 걸기 바쁘다. 아무 벽면에나 시도 때도 없이 그리기보다는 지정된 장소에 그리는 성숙함이 필요하다고 그는 말한다. 또한 허름했던 벽이 화려한 옷을 입고 동네 자체가 밝은 분위기로 변화되는 모습을 지켜보려면 순수한 마음이 필요하다고 덧붙인다.

그의 손에 의해 벽이 춤추고, 그 동네가 춤추고, 세상이 춤추는 것을 보고 있으니 그래피티 하나가 소중한 메시지를 전하는 것은 분명한 듯. 스프레이를 잡은 그의 손에서 또 어떠한 이야기가 뿜어질지 기다려진다.

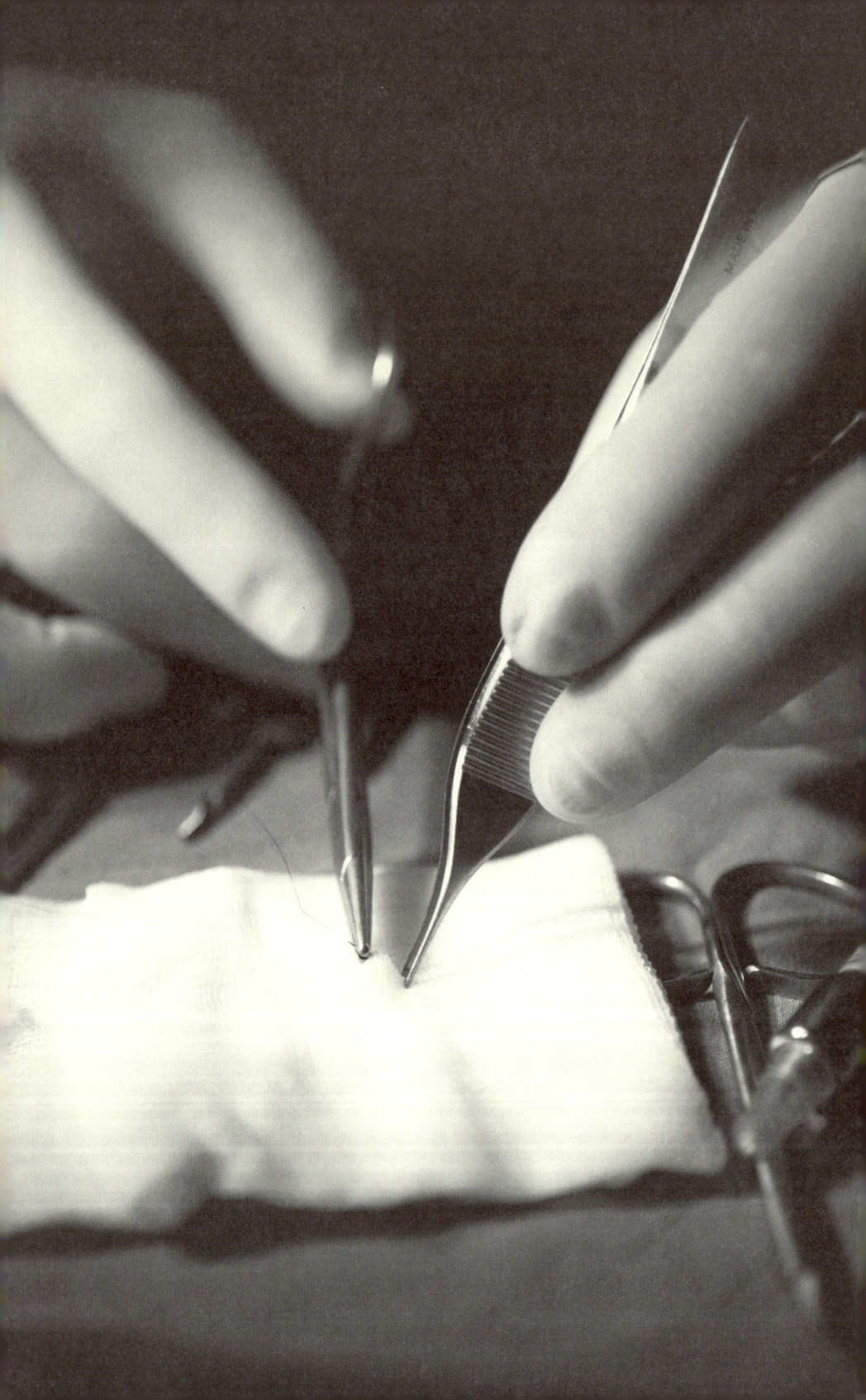

손 이야기
041

심신心身을 재건하는 손

성형외과 의사, 김수신

그의 손은 농구 경기의 버저비터를 닮았다. 짜릿한 역전 골로 낙담을
환희로 바꾸어놓듯, 최악의 상황에 희망을 던져주기 때문이다.

그는 우리나라 성형 수술의 대가다. 성형외과 의사 1세대로 국내 성형
수술을 발전시킨 장본인이기도 하다. 환갑의 나이로 30여 년 동안 한 길
을 걸어왔고, 그를 거쳐 간 환자만 해도 수만 명이나 된다. 일명 '신의 손
神手'이라고도 불리는 그가 바로 성형외과 의사 김수신이다.

1986년, 제지업을 하던 박씨가 병원으로 급하게 실려 왔다. 사고로 손
가락 열 개가 잘려 있었다. 간호사들도 참담한 상황에 눈을 못 뜰 지경.
게다가 사고가 발생한 지 48시간이나 지난 상황이었다. 보통 24시간 이
내에 수술을 해야 가망이 있다. 하지만 그의 눈빛은 빛났다. 도전 정신
이 발동했다. 그런 상황이라면 의사들 대부분이 포기했을 텐데, 그는 달
랐다. 장장 스물여섯 시간 동안 수술실에서 치열한 전쟁이 치러졌다. 시
간이 많이 흘렀음에도 불구하고 그의 눈은 잠시도 깜빡이지 않았고 손

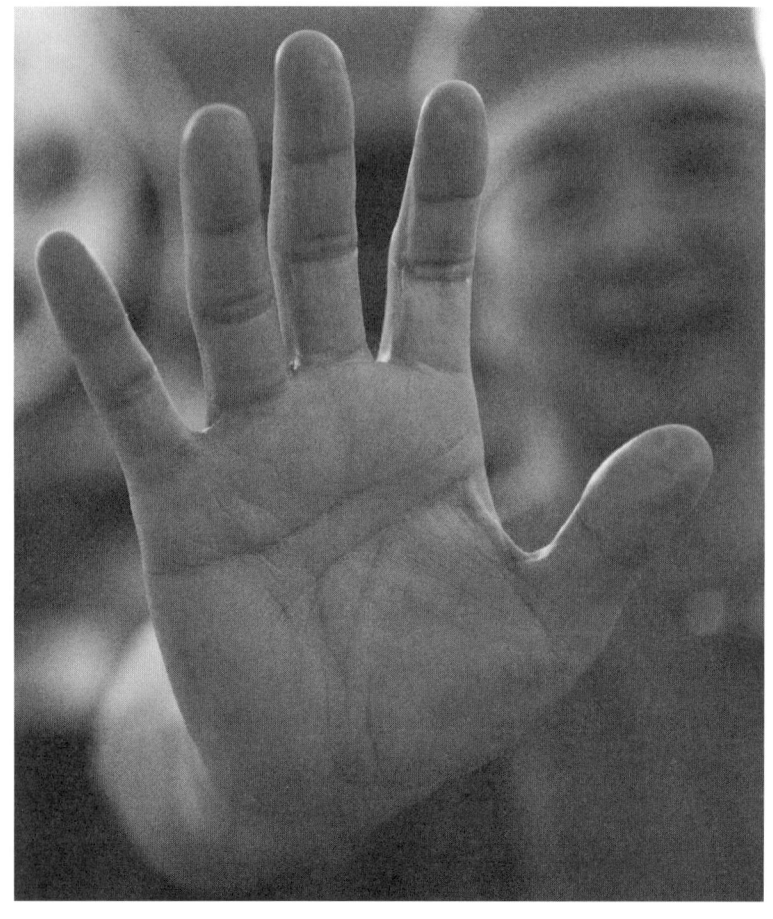

은 빠르고 정교하게 움직였다. 대성공이었다. 이 수술은 세계적으로도 두 번째로 성공한 케이스였다. 박씨와는 그 일을 인연으로 아직도 살갑게 지낸다.

한때는 미용 성형이 싫어서 소록도에서 근무하면서 재건 성형에 빠져 있었다. 지금이야 미용 성형 위주지만, 초반엔 재건 성형에만 몰두했다. 재건 성형은 선천성 기형, 화상, 교통사고 등으로 인한 신체의 변형을 기능적으로 복원하는 수술이다. 그는 그 분야에서만큼은 최고였으며, 특히 미세 접합 수술의 세계적인 권위자로 인정받고 있다. 수술용 미세 현미경을 이용해 절단된 뼈와 힘줄, 혈관은 물론 신경을 하나씩 이어 붙이는 일은 고도의 집중력과 정교함을 요한다. 1밀리미터의 오차도 허용치 않는 테크닉이 필요하다. 또 다양한 재건 성형 수술 경험을 바탕으로 입안 절개를 통해 '사각 턱 축소술'을 개발해 국내·외에서 비상한 관심을 받았다. 발표한 논문도 크고 작은 것까지 치면 100편이 넘는다. 최초로 거머리를 이용해 정맥을 빨아들이는 수술도 그의 손에서 만들어졌다.

강화도 시골 출신의 개구쟁이로, 연줄에 사기 가루를 먹여 날리기도 하고 썰매를 만들어 타며 어린 시절 자연 속에서 놀았던 추억이 생생하다. 미꾸라지라도 잡다가 친구가 넘어지면 의사인 양 나서서 진단을 내리기도 했다. 사람에 대한 애정은 그때부터 시작되었다. 직물업을 하시던 부모님의 손재주를 그대로 타고난 것도 큰 장점이었다. 레지던트 시절, 현미경과 미세 실이 제공되지도 않고 진료할 기회도 없었던 게 답답했던지 사비를 털어 해외에서 미세 실을 사 와서 연습했다. 그러던 어느 날, 응급실 당직을 서던 그에게 첫 번째 기회가 왔다. 환자를 직접 치료할 기회가 생긴 것. 그렇게 성공하고 나니 자신감이 생겼다. 병원마다 돌면서 미세 접합이 필요한 환자가 오면 꼭 연락을 달라고 당부했다.

그의 손도 고생이 많다. 수술을 하다 보면 잔근육을 많이 사용하게 된다. 굉장히 섬세한 작업이다 보니 손가락 마디마디가 아프고 쑤신다. 점심을 거를 때가 많다. 환자로서는 일생일대의 중요한 순간이므로, 스스로 긴장을 늦추지 않으려 한다. 무리한 수술이 환자를 망친다는 사실을 알면서도 환자를 돈벌이 수단으로 생각하는 순간부터 의사로서의 가치는 사라진다고 그는 말한다. 그는 스스로 치료의학 시대의 의사라고 말한다. 그래서 오히려 치료의학보다 미용의학이 더 어렵다. 치료의학에

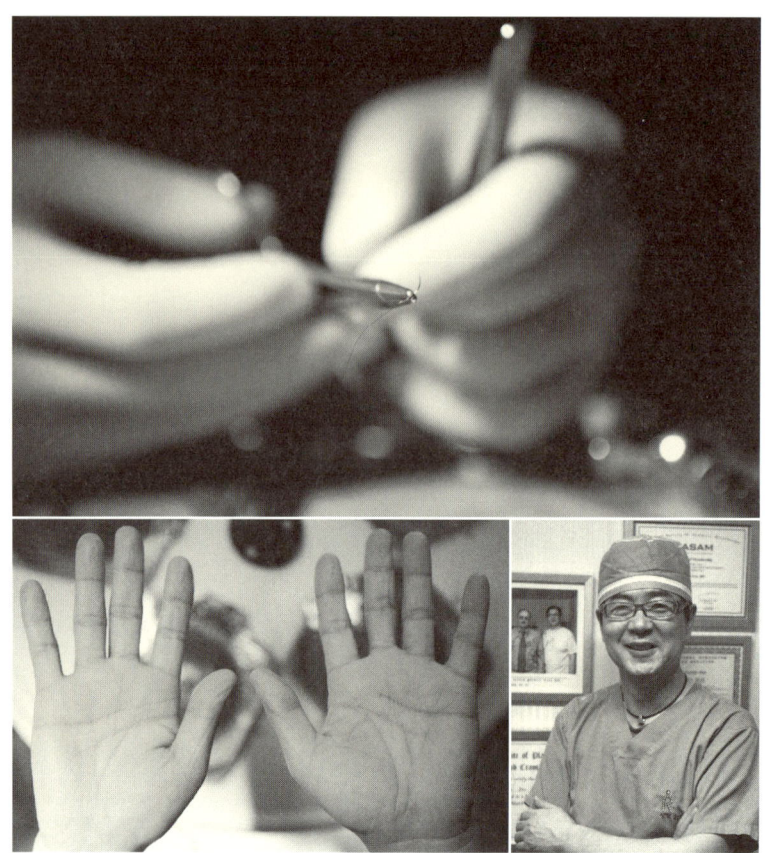

서 환자와 의사의 공통된 적은 암 같은 질병이지만, 미용의학에서의 적은 예뻐지고자 하는 주관적인 시각이라서 오히려 더 어렵다는 것이다.

그는 거의 하루 종일 수술에 임한다. 잠시도 쉴 틈이 없다. 그만큼 그를 찾는 환자가 많다. 바쁜 일정 속에서도 틈틈이 시간을 내서 조깅과 근력 운동을 하는 이유도 장시간의 수술에 대비해서 스스로 체력을 관리하기 위해서다. 원래부터 손에 대해 관심이 많아서 수지침도 배웠다. 새로운 것에 관심이 많고 호기심도 왕성해서 최첨단 기기들도 대부분 직접 사용하고 있고, 미술 작품도 좋아해서 초상화도 배우러 다닐 정도다.

그뿐이 아니다. 드럼도 배우고, 스키도 배우고, 수석도 모은다. 이렇게 다양한 취미와 새로운 것에 대한 관심이 환자들과의 거리를 좁혀주는 일등공신이 되고 있다. 스스로 환자들을 편안하게 해주고 나서야 수술에 임하는 그의 성향과도 일치한다.

한때 반공법 위반으로 6개월 동안 감옥 신세를 진 적도 있다. 유신 치하에서 마음 고생이 심해 머리카락도 빠지고, 의사 생활을 다신 못 할 줄 알았다. 그러한 시련을 겪으면서 교만했던 자신을 돌아보고, 새롭게 태어났다. 실제로 감옥에 있을 당시에도 간수를 치료했던 기억이 잊혀지지 않는다. 정치라는 것을 떠나 한 사람 한 사람을 치료하는 것이 의미 있고 소중하다는 것을 깨닫게 되었다.

앞으로의 목표는 특별하지 않다. 조물주가 자신을 이렇게 인도했으니, 최선을 다해 환자들을 치료하는 것이 숙제다. 즐겁게 하고 싶은 일을 하는 것이 그에겐 특별하지 않겠지만, 그 혜택을 받는 사람들에겐 매우 귀중한 경험일 것이다. 오늘도 환자의 몸과 마음에 에너지를 심어주는 그의 손이 바삐 움직인다.

무딘 세상 흥으로 빛내는 손

칼갈이 장인, 이귀향

전국 어디든 무딘 칼날이 있는 곳이면 그가 등장한다. 퇴물도 그의 손을 거치면 금세 번쩍이는 새 칼이 된다. 초라했던 과거를 벗고 새롭게 탈바꿈하는 모습을 보면 그간의 고생이 정화되는 느낌이다. 그가 바로 30여 년 동안 만인을 울고 웃게 한 칼갈이 이귀향이다.

그의 손은 김삿갓의 미소를 닮았다. 특유의 여유와 산전수전 다 겪은 내공에서 비롯되는 풍류가 묻어나기 때문이다.

1970년대 동네 어귀에선 "칼 갈아요!" 하는 소리가 흔했다. 일단 그가 자리를 잡으면 무딘 부엌칼이며 가위며 한 아름 들고 몰려온다. 사람 사는 세상, 별스러울 것도 없이 인사차 한두 마디 툭 뱉고 능숙하게 칼을 갈면 '쓱쓱' 정겨운 소리가 이어진다. 고급 직수입 칼갈이가 넘쳐나는 요즘엔 좀처럼 볼 수 없는 풍경이다.

그가 칼 가는 모습은 오랜 고생을 기쁨으로 승화시키려는 몸짓이랄까, 흥이 담겨 있다. 전국 어느 칼이고 변신시켜주는 해결사이지만, 인간

사 수도 없는 근심에 울면서 갈다 보니 모든 일이 싫어졌다. 그래서 이왕 하는 것 흥겹게 갈아보자 싶어 음악 볼륨을 높이고 신바람나게 칼을 간다. 이제 그가 쟁반을 두드리면 약속이나 한 듯 사람들이 칼을 들고 달려 나온다.

사실 20대 때 서커스단에서 낭랑 쇼를 하는, 흔히 말하는 딴따라였다. 아직도 그때 생각이 나면 색소폰을 불어젖히고 노래 한 소절을 뽑는다. 그것만이 아니었다. 구두닦이, 막걸리 배달 등 고생이란 고생은 다 했다. 천성이 착하다 보니 남들 안쓰러운 꼴 못 보고 늘 퍼주는 사람이었다. 그래도 알뜰살뜰 한 푼 두 푼 모아 한때 여관도 크게 운영하면서 황금기를 맞았다. 하지만 한번에 나락으로 떨어졌다. 정이 많다 보니 빚 보증으로 하루아침에 길거리로 내몰리는 신세가 되었다. 잘나갈 땐 찾아오던 사람들이 하나둘 떠나더니, 나중엔 아무도 남지 않았다. 열 가지 재주를 갖고 태어났지만, 팔자가 드셌다. 칼날 같은 세상, 갑자기 칼을 갈고 싶었다. 무디고 볼품없어 보이는 칼날이 때 빼고 광내면서 매끈하게 빛나는 모습으로 환생하는 과정에서 자신의 모습을 보았다.

어린 시절부터 쇠꼴도 베어보고 벼도 베어봤으니, 칼 가는 것만큼은 자신이 있었다. 가족을 위해 비가 오나 눈이 오나 1년 365일 하루도 거르지 않고 숫돌을 잡았다. 처음엔 자신을 알린다는 게 쉽지 않았다. 가방에 숫돌을 챙기고 전국 식당을 돌며 다녔다. 서두르지 않고 최선을 다했다. 동지섣달 추운 겨울엔 특히 고생이 심했다. 손이 얼어 있는 상태에서 칼을 갈다 보면 칼이 손인지, 손이 칼인지 구분이 안 될 때가 많다. 가끔은 칼에 베어 상처가 날 때도 있고, 휘어진 칼 수평을 잡다가 뚝 부러지는 경우도 있다. 그럴 땐 고스란히 물어줘야 한다.

이가 빠진 칼도 수평을 잡고 섬세한 손길을 쏟아 붓고 나면 마치 공장

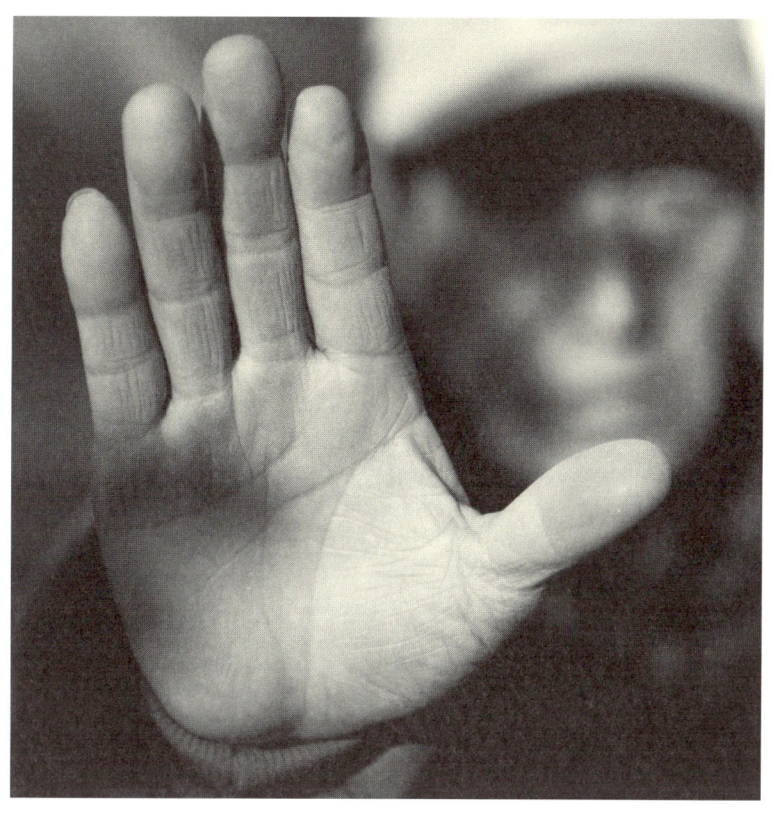

에서 바로 나온 것처럼 깔끔해졌다. 미용실의 가위들도 그의 손맛에 날카로운 새 가위로 변신했다. 한번은 식당에서 열다섯 개의 칼을 가는데, 상할 대로 상한 상태라서 난감했다. 그래도 정성을 들이니 완벽하게 변신했고, 주인은 그걸 보고 최고의 칼잡이라며 칭찬을 아끼지 않았다. 그럴 땐 대통령도 부럽지 않다. 입소문이 순식간에 퍼졌다. 이제 그는 칼을 보면 국산인지 중국산인지, 대장간에서 나온 것인지 공장에서 찍어낸 것인지 단박에 안다. 칼 가는 것을 천직으로 알고 충주에서 출발해 제천으로, 수원으로, 단양으로 팔도를 돌다 보니 알아주는 이가 많다. 특히나 요즘 칼을 가는 사람이 많지 않다 보니 그가 더 소중해진 것이다.

　칼 잘 간다는 소문이 퍼지고 나니 전국에서 제자가 되고 싶다며 연락이 많이 온다. 제대로 마스터하려면야 끝이 없겠지만, 대략 1주일여가 지나야 어느 정도 갈 수 있다. 빠른 경우엔 하루 이틀 사이에 습득하는 제자도 있다. 이 역시 단순하게 가는 게 아닌 만큼 머리가 좋아야 빨리 터득할 수 있다. 덕분에 그의 제자들은 전국에 퍼져 있다. 청주, 대전, 부산, 대구, 광주 등 다양한 지역에서 그의 손을 거쳐 간 제자들이 활약하고 있어 흐뭇하기도 하다. 두 아들은 아빠의 직업이 맘에 들지 않았는지 예전에만 해도 시큰둥했는데, 요즘 매스컴까지 타며 유명해진 아빠에게 존경의 눈빛을 보낸다. 그는 칼 아저씨, 칼 박사, 칼 선생 등으로 불린다.

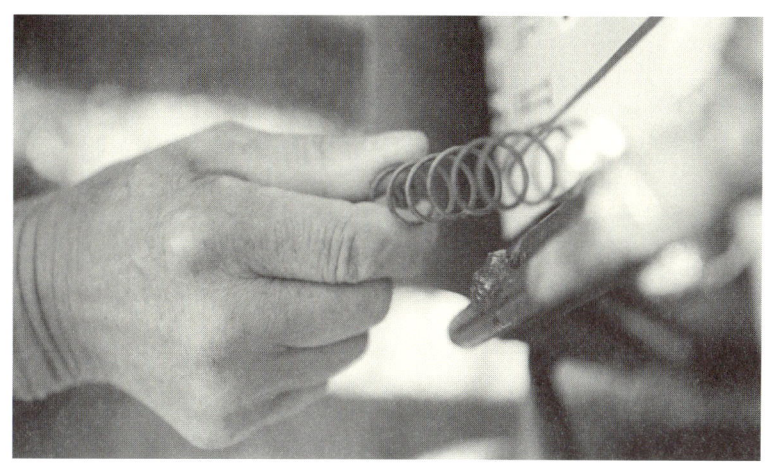

　빈손으로 태어나, 기쁨이 서 말이었다면 슬픔은 열 말이었으리라. 칼 갈이는 피눈물 나는 고생을 해보지 않은 사람은 할 수 없다. 그만큼 인생의 쓴맛을 본 사람들이 빛을 내고 광을 낼 수 있다는 말이다. 흔히 훗날을 기약하며 칼을 갈고 있다고 표현하지 않는가. 이를 악물고 의지를 다잡으면서 칼과 숫돌의 섬세한 터치가 이뤄질 때 불꽃이 일면서 제대로 된 본모습을 보여줄 수 있는 것이다.

　그는 지금까지 최악에서 최고까지 모두 경험한 것을 교훈으로 삼아, 욕심 없이 묵묵히 이 일을 계속할 수 있으면 좋겠다고 말한다. 그의 손이 무뎌진 칼날을 쓱 만질 때 머릿속엔 이런 생각이 스쳐 지나갈 것이다.

　'너도 참 고생 많이 했구나. 내가 힘을 줄 테니, 오늘 새롭게 태어나서 세상 좋은 곳에서 활약해라!'

　비단 칼에게만 하는 소리는 아닐 것이다.

재미를 프로그래밍하는 손

게임 프로그래머, 송재경

그의 손은 성 안의 미로에서 번뜩이는 성기사의 칼을 닮았다. 빛을 향해 오롯이 가며 새로운 세상으로 통하는 길을 찾아나서는 도전 정신이 있기 때문이다.

그에 관한 수식어가 참 많다. '천재 개발자', '게임 업계의 신화', '온라인 게임의 대부'. 하지만 그는 자신이 그저 게임을 좋아하고, 새로운 게임 만들기를 좋아하는 평범한 게임 프로그래머란다. 많은 이들이 그를 다양한 수식어로 부르는 이유는 그만큼 게임계에 전설 같은 일들을 남겨놓았기 때문일 것이다. 그가 바로 최고의 게임 개발자로 불리는 송재경이다.

처음 만나보니 꾸불꾸불한 헤어스타일에 편안한 차림이 꽤 인상적이었다. 안경 너머로 장난기가 가득한 어린아이의 순수함이 배어나와 흥미로운 매력이 톡톡 튀어나올 것만 같았다. 중학교 2학년 때 친구 집에서 처음으로 만난 8비트 컴퓨터 MZ-80에 반해버린 이 아이는 훗날 머드게임Multi-User Dungeon game에 그래픽을 입힌 게임 〈바람의 나라〉를 만

들어 돌풍을 일으킨다. 또 그가 만든 〈리니지〉란 게임은 게임계에서 공전의 히트작으로 알려져 있다. 그를 한국 온라인 게임의 산증인이라 부를 수밖에 없는 이유다. 현재 자라나는 젊은 게임 개발자 세대들은 대부분이 그를 보며 꿈을 키우고 있다.

고등학교 때 친척 형 집에서 애플2 컴퓨터를 처음 접했다. '필'이 꽂힌 그는 주말이나 방학 때만 되면 열심히 놀러 갔다. 애플 베이직으로 프로그램도 짜고, 〈팩맨〉〈로드러너〉와 같은 게임들을 즐겼다. 마침내 그가 컴퓨터를 손에 입수한 것은 대학교 입학 당시. 청계천에서 애플을 베끼던 사람들이 16비트로 만든 컴퓨터 IBM PC XT였다. 당시 가격이 100만 원 정도였으니, 집안 형편상 그에겐 귀하디귀한 보물 1호였다. 전공도 전산과였고, 자신의 컴퓨터를 손에 넣은 그는 이제 제대로 나래를 폈다. 대학교 1학년 때 생애 첫 게임을 만든다. 터보파스칼이라는 프로그램 언어를 이용해 제작한 자동차 경주 게임이었다. 오락실에 있던 게임을 본떠

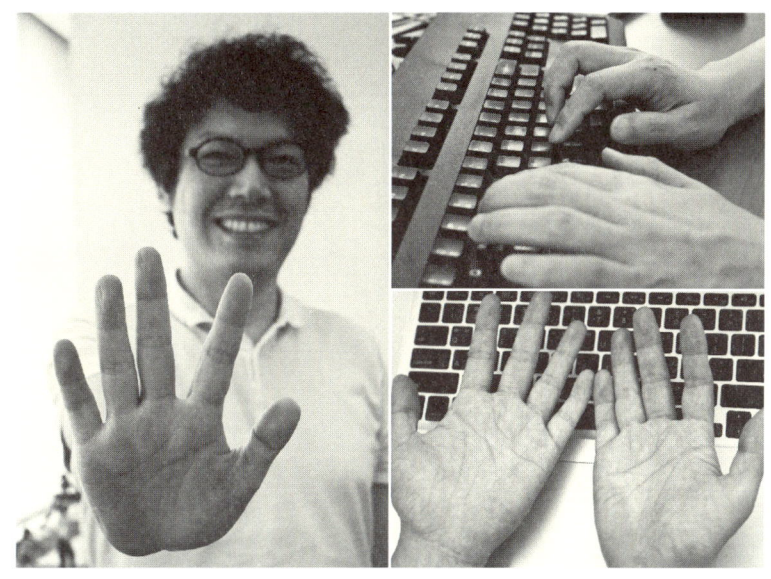

도트로 찍어 자동차도 만들고, 숫자도 직접 그렸다. 왼쪽에서 흘러내리는 자동차를 피해 조종하면, 점수와 흘러간 자동차 수가 표시되는 식이었다. 첫 번째 게임의 흥행은 절반의 성공이었다. 신기해하는 친구들 반, 시큰둥한 친구들 반이었다. 대학원에 진학한 그는 전산실에서 〈넷핵〉이란 게임에 빠지게 된다. 친구들이 수업을 마치고 "아직도 하고 있네" 하고, 하룻밤 자고 와서 "어, 아직도 하네!" 할 정도였으니 당시로선 잘 만든 게임으로 통했다. 연구실 사람들끼리 멀티 플레이가 가능하다면 정말 엄청날 거라는 이야기를 나누기도 했다.

진로에 대한 생각이 없었다. 원래 정상적인 고등 교육을 받고 대학교에 오면 인생을 고민하고 존재에 대해서도 고민할 법한데, 모범생이었던 그는 점수 잘 받는 공부만 했던 터라 진로 고민은 안중에도 없었다. 오로지 학교 공부만 하게 했던 당시 한국 교육 제도의 아쉬운 현실이었다. 하지만 어머니의 압박 때문에 취업을 생각했다. 대기업은 가기 싫었

고, 소프트웨어 업체에 들어갔다. 그곳에서 게임과 관련 없는 일을 하다가 한 회사 대표의 요청으로 LP 머드 게임을 고쳐 〈주라기공원〉이란 게임을 만들었다. 1994년, 천리안에서 서비스를 시작한 이 게임이 바로 국내 최초의 상용 머드 게임이다. 이후 자신의 노하우를 바탕으로 꿈에 그리던 〈바람의 나라〉를 히트시켰고, 회사를 옮긴 후 〈리니지〉를 만들어 MMORPG의 꽃을 피웠다.

한창 프로그램을 짜던 시절, 그의 손은 쉴 새가 없었다. 머리만 빠른 게 아니라 손도 빨랐다. 평균 하루 100줄, 1년 동안 3만 줄 정도를 짰다고 하니, 남다른 수준이었다. 현실적인 트렌드를 고려하더라도 본질적으로 자신이 즐겁고 원하는 게임을 만들어야 한다는 소신이 있다. 내놓는 게임마다 성공했다는 부러운 시선을 받고 있지만, 사실 역경도 있었다. 몇 해 전, 첫 창업으로 출시했던 레이싱 게임이 기대만큼 빛을 보지 못했다. 마음고생도 많았지만, 이제 본인이 정말 좋아하는 분야로 다시 출사표를 던진다. 그가 회사 대표로 나서서 만든 신작 MMORPG다. 이 게임은 특유의 자유도를 살려 또다시 게이머들을 흥분시키고 있다.

어린 시절부터 말수 적은 모범생이었다. 조용히 학교만 오가던 학생이었다. 블록으로 무언가 만드는 것을 좋아해서 요즘도 시간만 나면 사랑하는 두 아들과 즐긴다. 천재 개발자라고 부르면, 그는 학창 시절 자신이 찌질한 범생이 쪽에 가까웠다며 겸손한 모습이다. 그의 큰아들은 어린 나이에 벌써 프로그램을 짠다고 하니, 역시 피는 진하게 이어진다. 그는 스스로 호기심 많고 원하는 게 많은 '애'라고 표현한다. 게임을 만드는 과정에서도 어린아이처럼 떼를 쓰는 일이 많다고. 하지만 그 모든 것이 그가 원하는 게임을 완성하기 위한 노력이며, 완벽한 게임을 향한 도전이다. 앞으로도 꾸준히 게임을 만들고 싶단다. 늘 쉴 새 없이 바쁘지만, 게임이 좋고 게임 만드는 것이 좋으니 누가 말려도 계속할 생각이다.

그의 손은 지금까지 게임계에서 굵직한 획을 그었다. 앞으로 세상의 재미가 진화하는 데 뜨거운 그 손이 열정적으로 힘을 더할 것이라 믿으며, 그 손에 늘 '게임심心'과 '동심心'이 함께하기를 기대한다.

손 이야기
044

볼트 하나로 생명을 지키는 손

자동차 정비 명장, 박병일

심증은 있지만 물증이 없었다. 갑자기 그의 눈빛이 반짝거렸다. 그 기종의 차량 다섯 대를 구매했다. 본격적으로 분석해볼 참이었다. 이것은 이 분야 최고로서 피할 수 없는 자신과의 싸움이었다. 밤잠을 설치면서 급발진에 관한 다양한 실험을 계속했다. 어느 날, 그의 손에 급발진 마수가 덜미를 잡혔다. 특정한 신호를 넣자 바로 급발진했다. 아날로그 기계와 달리 최첨단 디지털 시스템은 거짓말을 할 수 있다는 것을 확인하는 순간이었다. 이렇게 세계 최초로 자동차 급발진 사고 원인을 규명해 낸 그가 바로 자동차 정비 명장 1호 박병일이다.

그의 손은 에메랄드빛 투명한 바다 속에 거대한 모습을 드러내는 산호초를 닮았다. 섬세하게 어우러져 인상적인 풍경을 자아내듯이 디테일한 모습의 절정을 보여주기 때문이다.

사람의 병을 고치는 이는 의사요, 자동차의 병을 고치는 이는 정비사다. 의사는 병자 한 사람만 살리지만, 정비사는 한 가족 전부의 목숨을

볼트 하나로 생명을 지키는 손 **271**

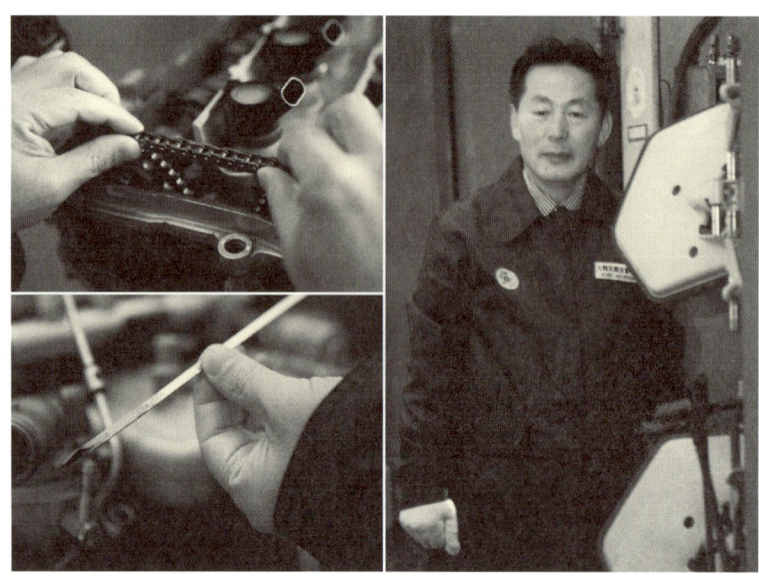

살린다. 그가 수만 개의 부품에 집중하고 작은 볼트 하나에도 그토록 열
정을 쏟는 이유다.

어린 시절, 화가를 꿈꿨다. 각종 미술 대회에서 수상하며 꿈은 이뤄지
는 듯했다. 하지만 전통 기와장이었던 아버지의 일감은 줄어들고 집안
형편이 갈수록 어려워졌다. 대학교는 나중에 돈 벌어 가겠다며 중학교를
중퇴하고 버스 정비 공장 견습공으로 들어갔다. 그런데 허드렛일만 하다
보니 기술을 배우고 싶었다. 자재과 형에게 하소연을 하니 《자동차대백
과사전》을 구입해 이론을 익히면 남들보다 빠르게 배울 수 있을 거라고
귀띔해주었다. 배움을 갈망하던 터라 숨어서 틈틈이 완벽하게 마스터했
다. 이제 이론과 원리만큼은 누구보다 자신 있었다. 그래도 실무가 너무
하고 싶었다. 한 기술자 형과 비밀리에 '빅딜'을 했다. 그가 이론과 원리를
알려주면 그 형은 그에게 실무 기술을 전수해주기로 했다.

정확히 2년 후 기회가 찾아왔다. 공장장이 차 두 대를 맡아서 정비를

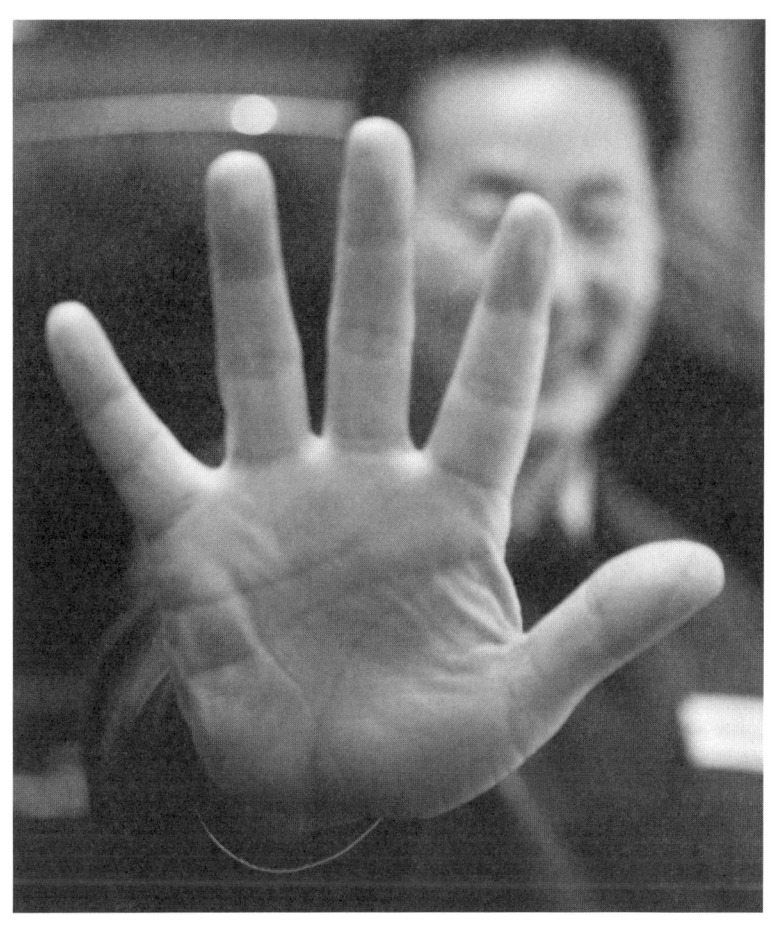

할 수 있냐고 물었다. 남들은 10년이 되어야 할 수 있는 일을 2년 만에 이루어낸 쾌거였다. 축하해주던 형들은 내친김에 자격증에도 도전해서 국내 최고의 기술자가 되어보라고 격려했다. 자동차 정비 기능사 시험에 응시해서 단번에 합격하고 그 여세를 몰아 1급 자격증까지 취득하자, 주변에서 매우 놀랐다. 군대 수송부에서도 각종 면허를 줄줄이 취득하니 더 자신감이 생겼다. 군대 제대 후 동부고속의 정비사로 합격해서 기술자로서 나래를 펼 생각에 가슴이 벅찼지만, 예전에 자신을 아껴주던 공장장을 우연히 만나 작은 회사이지만 일을 도와달라는 부탁을 받고 거절하지 못한다. 최고의 직장인 동부고속을 포기하긴 싫었지만, 의리를 택했다.

늘 최선을 다했고, 결국 자신의 사업을 운영하게 되었다. 뭐든 빨랐다. 아주 훗날에나 나올 것이라던 전자 제어 차량에 대해서도 일찌감치 공부했다. 예상 밖으로 국내에 전자 제어 차량이 훨씬 빨리 도입되어 정비 공장들은 비상이 걸렸다. 정비사들은 뚫어져라 바라보기만 할 뿐 전혀 손을 쓰지 못했다. 그가 주목받을 수밖에 없는 순간이었다.

어린 시절 그의 별명은 샌님. 내성적이고 전형적인 모범생 타입이었다. 하지만 사회생활을 하면서 공장에서 여러 사람들과 생각을 나누다 보니, 점점 자신의 마음을 열고 소통하게 되었다. 올곧게 걸으며 정비 업계 최초로 자동차 정비 명장이 되었고, 30여 권의 전문 서적도 출간하며 대학교 교수로, 칼럼리스트로 보람찬 나날을 보내고 있다. 열여섯 개의 국가 기술 자격과 아홉 건의 특허를 보유하고, 20여 만 명에게 무료로 기술을 전수했다. 고장난 차는 뭐든 고쳐내는 실력을 인정받아 기능인 최초로 은탑산업훈장까지 받았다.

예상 외로 그의 손은 깨끗하고 단정하다. 스승 박재규로부터 의사가 피를 묻히고 다니면 되겠냐며, 정비사 손이라는 티가 나지 않게 관리하라고 배웠다. 수만 개 부품을 만지더라도 안 다치는 게 기술자의 자세라고 말이다. 그 손으로 모든 차량을 다독여왔다. 제자들에겐 학력 콤플렉스를 주기 싫어서 학비를 대주면서 야간대학을 보내고, 민간 기능 경기 대회를 만들어 후학 양성에도 힘쓰고 있다. 바빠졌지만, 오랫동안 해온 봉사 활동만큼은 멈추지 않는다. 몇 해 전 50명으로 시작한 봉사단이 지금은 480명으로 늘었다.

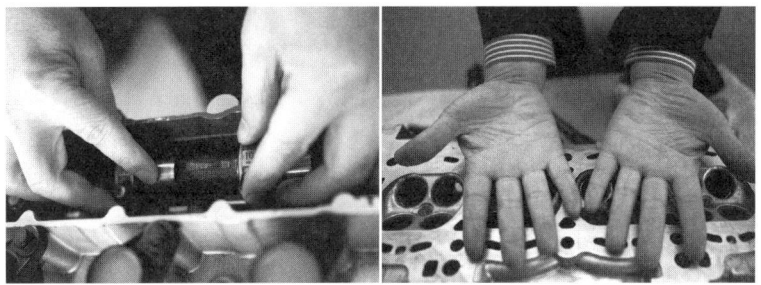

　거북선은 나태용이 만들고 화차는 변이중이 만들었지만, 아는 사람은 드물다. 아직도 조명받지 못한 기능인들이 많다. 한국은 기능올림픽에 20여 차례 나가 열 번 이상 우승했는데도 체육올림픽만큼 조명이 안 되고 있다. 그래서 그는 거대 프로젝트를 계획 중이다. 기능회관을 만드는 것이다. 다양한 회관이 많지만 아직 기능인들을 아우르는 회관이 없기 때문이다.

　요즘 그는 정말 행복하다. 아들도 자동차과를 나와 같은 길을 걷고 있기 때문이다. 정비사의 길이 힘들긴 하지만, 두 부자가 한 길을 가고 있다는 것 자체가 즐겁다. 그의 손은 오늘도 자동차 작은 나사를 들고 수만 가지 확률에 대해 진지하게 고민하고 있다.

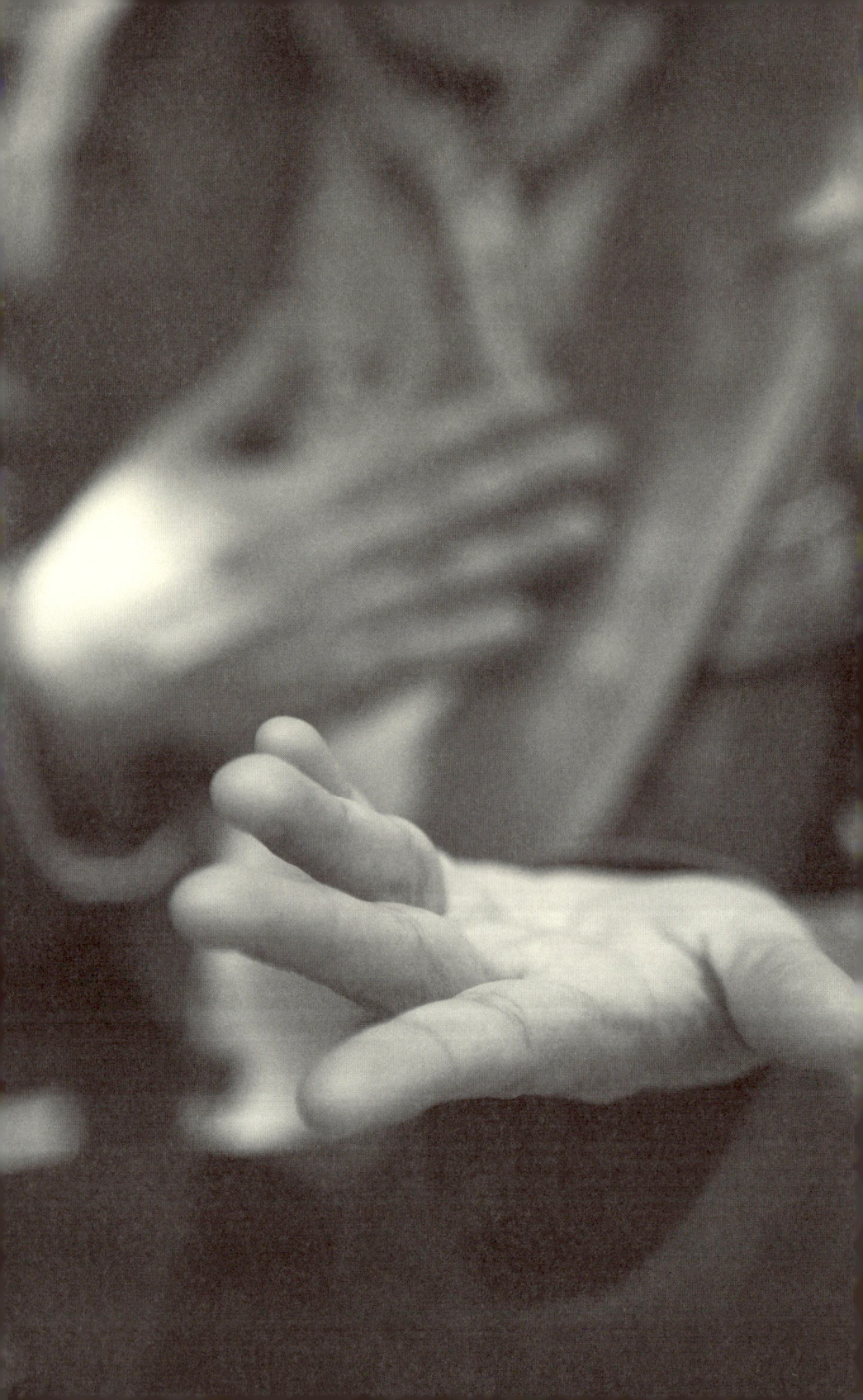

대화 그 이상을 나누는 손

수화 통역사, 이경례

그녀의 손은 오래된 LP판에서 들려오는 따뜻한 소리를 닮았다. 깔끔한 디지털 CD 음악 이상의 감동을 전하듯, 가슴 깊은 곳으로부터 정이 마구 솟구친다.

40여 년 동안 따뜻한 손짓을 이어왔다. 많은 농아인들과 따뜻한 정을 나눴고, 오늘도 심장에서 끓어오르는 뜨거운 사랑으로 수화를 전파하고 있는 그녀가 바로 수화 통역사 이경례다.

신은 그녀가 이 길을 걷게 하기 위해 언니를 내려주었다. 세 살 위인 친언니가 청각 장애였던 탓에 자연스럽게 수화를 운명으로 받아들었다. 두 자매는 어렸을 때부터 극성스럽게 붙어 다녔다. 골목에서 언니의 기괴한 음성이 들리면 아이들은 모두 기겁하며 달아났고, 그녀는 그런 언니를 내세워 동네를 주름잡았다. 쌍둥이처럼 손짓으로만 대화하는 자매를 보며 어른들은 내심 걱정스러워서 떼어놓으려고 했지만, 그럴수록 둘은 그림자처럼 찰싹 달라붙었다. "나중에 커서 시집갈 때 어떻게 하

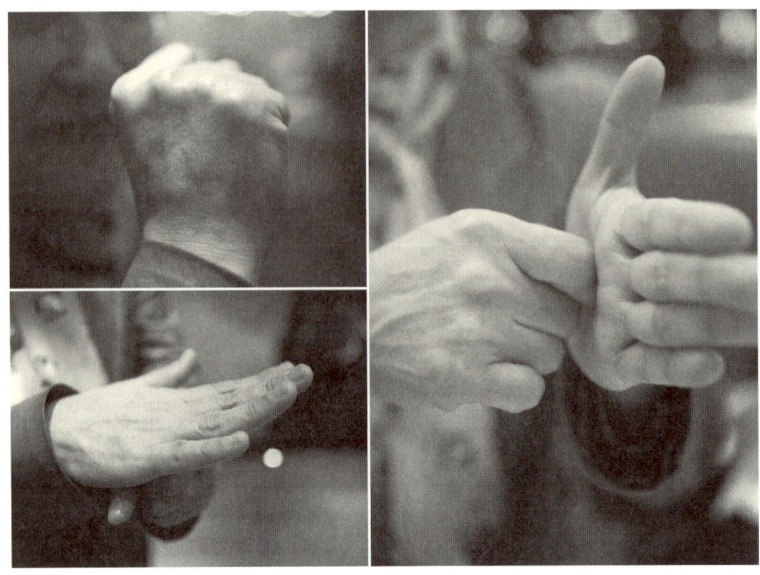

려고 그래?" 하는 어르신들의 말이 씨가 되었는지, 그 후로도 둘은 오랜 세월 동안 함께 살았다.

둘이서 잠도 안 자고 수화로 대화하는 모습이 안쓰러웠는지 엄마는 불을 꺼버렸지만, 그러고 나서도 둘은 키득거리며 천진난만하게 대화를 나눴다. 언니의 말문을 트이게 하려고 "동생. 따라 해봐, 동생. 동생" 하며 노력했다. 언니는 그런 동생이 예뻐 손수 발을 씻겨줄 정도였으니, 두 자매의 정은 그 누구도 말릴 수 없었다. 그렇게 가족으로 인해 가슴 깊은 곳에서부터 출발한 그녀의 수화 능력은 언니 친구들의 요청으로 통역하러 다니면서 폭풍처럼 성장한다. 언니와 함께 농아 교육 시설에 다니던 친구들이 수시로 밤중에 찾아와서 손을 끌며 요청했지만, 그게 싫지 않았다. 그렇게 다니다 보니 동네에서 수화 잘하는 아이로 소문이 났고, 여기저기에서 그녀의 손길을 애타게 기다렸다. 그녀가 공식적으로 맡은 첫 번째 통역은 농아인들의 결혼식. 떨리기도 했지만, 여러 청중 앞

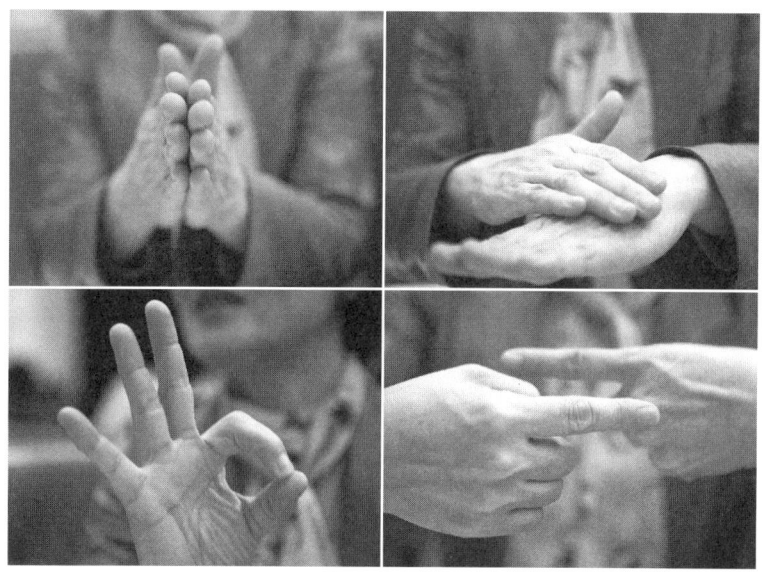

에서 수화하는 자체가 행복했다.

그녀의 수화는 단순한 통역 이상이었다. 가족 된 입장에서 수화를 하다 보니 듣지 못하는 사람들의 입장을 이해하는 것은 당연했고, 그 사람이 어떻게 해결되길 바라는지를 이해하고 도움을 주고자 노력했다. 오히려 해결사에 가까웠다. 그래서인지 한번 그녀를 만난 농아인들은 무슨 일이든 꼭 그녀가 통역해야 한다고 강조한다.

한번은 농아인의 가정에 문제가 생겨서 그녀가 통역을 맡게 되었는데, 사정을 알고 보니 새엄마의 거짓말과 매도로 농아인이 억울한 상황에 놓이게 된 것. 결국 농아인의 사정을 그녀가 그 가족의 어르신께 사실대로 알리면서 가족들의 오해가 풀렸고, 그 농아인도 다시 일어설 수 있었다. 혹시 그녀가 단순히 통역만 했다면, 그 농아인은 아직도 억울함에 치를 떨고 있을지도 모른다.

아는 농아인이 좋지 않은 일에 연루되어 스스로 통역에 나섰을 때 공

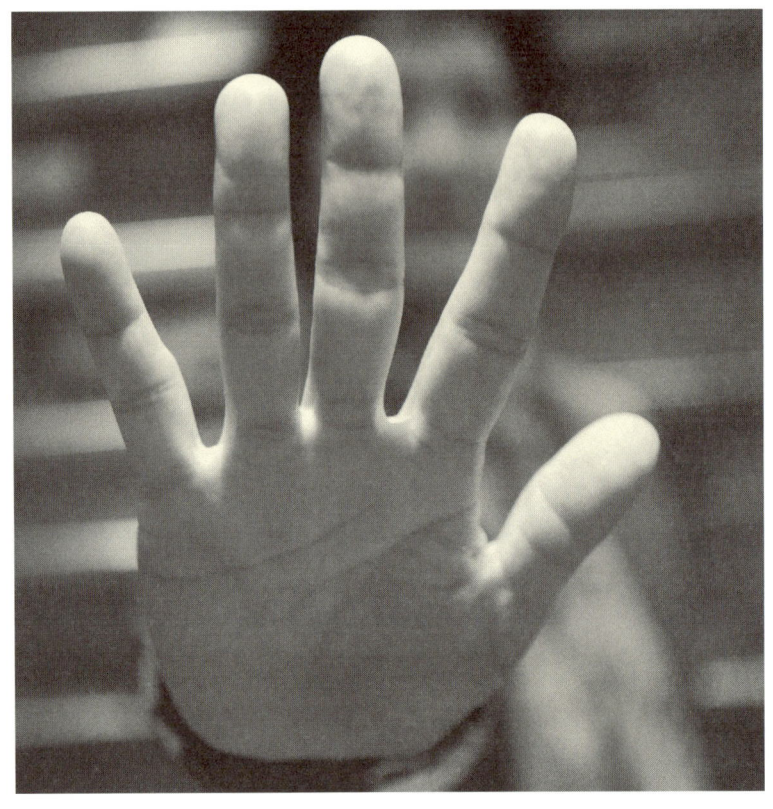

범으로 취급당한 적도 있다. 하지만 수화 통역을 그만둘 생각은 하지 않
았다. 1993년엔 큰 교통사고로 대퇴부 골절상을 당해 1년간 누워 있어야
했다. 병원에 입원해 있을 당시에도 윗층과 아랫층에 농아인이 있어서
바쁘게 오가며 수화 통역을 했다. 그나마 손을 다치지 않은 게 행운이라
며 안도의 한숨을 쉬는 그녀. 도저히 못 말리는 프로다.

사실 수화라는 것은 웰빙 운동과 같다. 뇌를 가장 발달시킬 수 있는
운동이 손 운동이기 때문이다. 손을 많이 쓸수록 뇌 운동이 촉진되는
셈이다. 그녀의 손은 그리 크지 않지만, 오랜 세월 동안 큰 사랑을 만들
어온 손이다.

그녀의 스승이자 친구였던 언니는 2년 전 세상을 떠났다. 형제 중에서 가장 사랑했던 언니를 보내면서 만감이 교차했다. 언니로 인해 수화를 알게 되었고, 많은 걸 경험했고, 아름다운 손짓으로 사람들의 해결사 역할을 했다. 수화통역센터와 농아인협회에서 활동하는 그녀는 그 옛날 언니와의 추억을 가슴에 품은 채, 이제는 행복한 전도사로 다른 농아인들에게 사랑을 전하고 있다.

"농아인들 덕분에 출세했지요. 내 능력으로 감히 서볼 수도 없을 대학교 강단에도 서고, 여러 공공기관에도 두루 다니며 강의도 해보고."

이렇게 미소 지으면서 말하는 그녀의 공부는 끝이 없다. 언제, 어떤 이들을 만나 통역할지 모르기 때문에 다양한 분야에 대한 지식을 갖춰야 한다. 현재 국내엔 민간 자격 수화 통역사가 700여 명, 국가공인 수화 통역사는 1000명 가까이 배출되었고, 농아인 통역사는 민간 자격으로 300명을 훌쩍 넘기고 있다. 모두 어렵게 자격을 취득한 만큼 편하게 일할 수 있는 사회적인 여건이 절실하다고 그녀는 강조한다.

때론 느긋하게, 때론 빠르고 조화롭게 움직이는 그녀의 두 손이 마치 날갯짓 하는 나비처럼 봄의 왈츠를 추는 것만 같다. 그녀의 손은 단순히 수화를 하는 손이 아니다. 딱딱한 통역 위에 사랑을 가미해 세상을 온통 달콤하게 버무리는 마법의 손이다. 변함없는 그녀의 손짓으로부터 어릴 적 그 초심을 발견하게 된다. 그녀의 흰 손이 결코 여리게 보이지 않는 것은 가슴속 깊은 곳에서 우러나오는 진심을 담고 있기 때문이다.

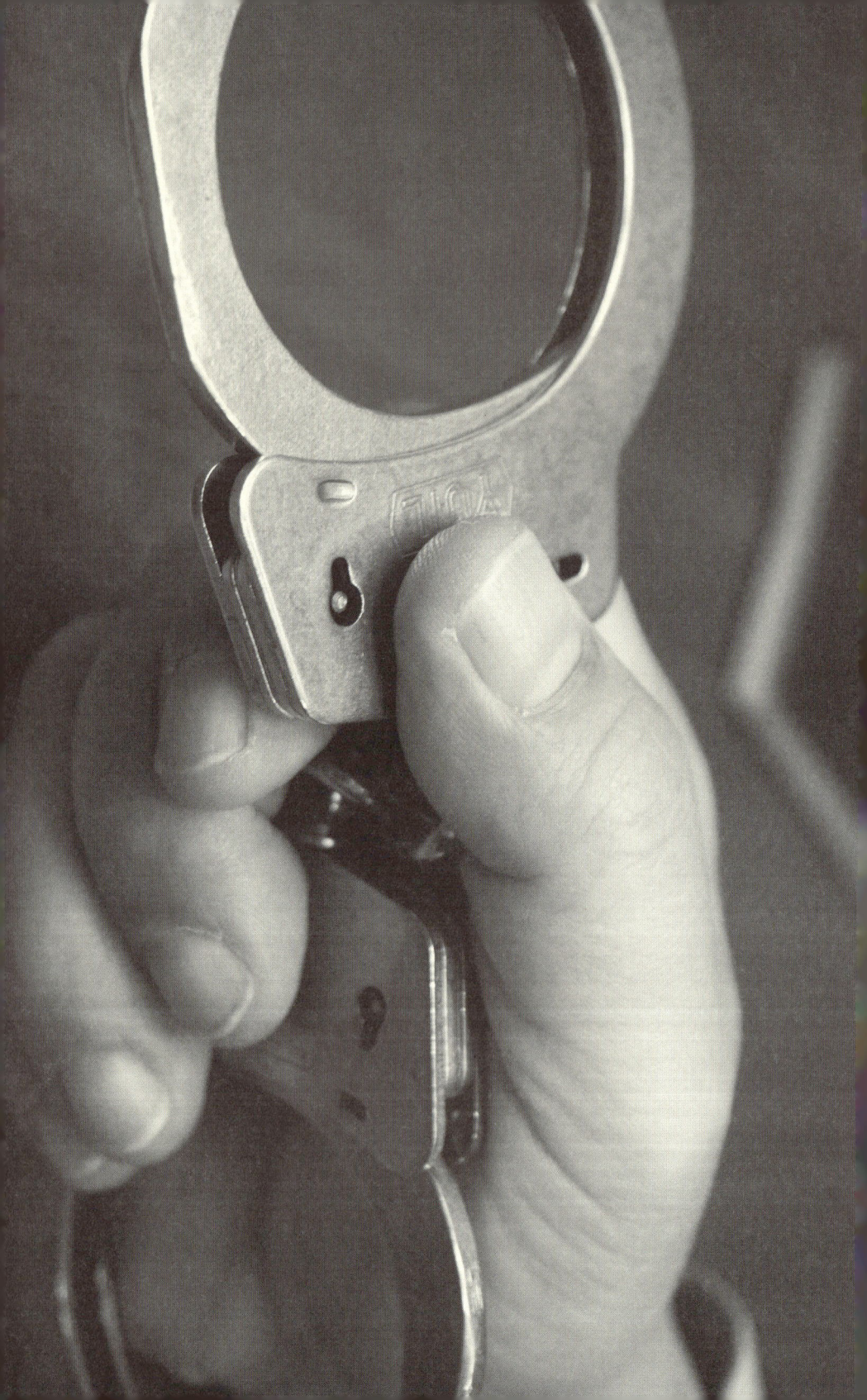

예리하게 단서를 잡는 해결사의 손

형사, 고병천

모두가 포기한 일이었다. 사건은 종료되었지만, 스스로 성이 차지 않았다. 낮엔 개천에, 밤엔 옥상에 천막을 치고 며칠 동안 지루한 잠복을 계속했다. 마침내 용의자가 모습을 드러냈다.

'잘 만났다!'

속으론 쾌재를 불렀지만, 결코 서두르지 않았다. 용의자의 목에 낫을 들이댔다. 눈만 끔벅거리며 꼼짝 못하는 용의자. 사건 종료. 1970년대 말, 그가 말단 순경에서 형사로 전격 발탁된 스토리다. 형사 계장은 모두가 포기한 일을 처리하는 불굴의 의지에 감탄해 그를 형사로 데뷔시켰다. 그가 바로 한 세기에 한 번 나올까 말까 한다는 전설의 형사, 고병천이다.

그의 손은 아우토반에서 시속 250킬로미터의 속도로 질주하는 차와 같다. 앞만 보고 쉬지 않고 돌진하기 때문이다. 어떠한 역경도 그가 지닌 불굴의 의지를 막아서긴 힘들었다.

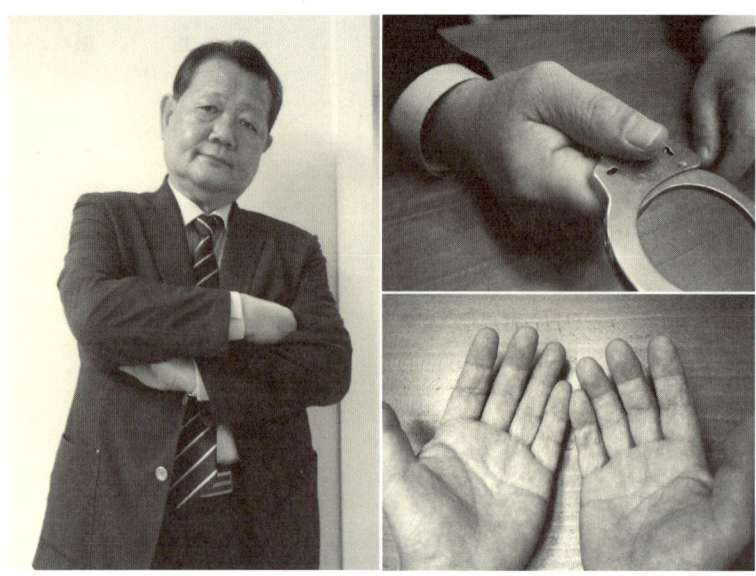

　그는 지존파를 잡은 형사로 유명하다. 지존파는 1990년대 한국 사회를 공포에 빠트릴 만큼 희대의 살인 사건을 주동한 집단. 수감자들 사이에서 "너도 고씨한테 잡혀 왔냐?" 하는 말이 나돌 정도로 그 활약은 대단했다. 그는 30여 년 동안 각종 사건들을 능숙하게 해결해냈다.

　예상 밖으로 첫 직장은 음료 회사. 그는 그곳의 영양사였다. 도대체 적성에 맞질 않았다. 경찰 모집 공고를 보고 무릎을 쳤다.

　'이거다!'

　1등으로 합격한 그는 수원으로 발령받고, 형사 계장의 추천으로 정식 형사로 활동하게 된다. 순경으로 시작한 지 1년 만이었으니 파격적인 인사였다.

　새벽 4시에 잠복을 시작해서 오후 7시에 끝나면 다시 서로 돌아갔다. 집엔 새벽에 들어갔다. 선배들이 어려운 일들은 그에게 맡기고 정작 일은 가르쳐주질 않으니 그게 더 힘들었다. 그래도 타고난 열정과 좋은 반

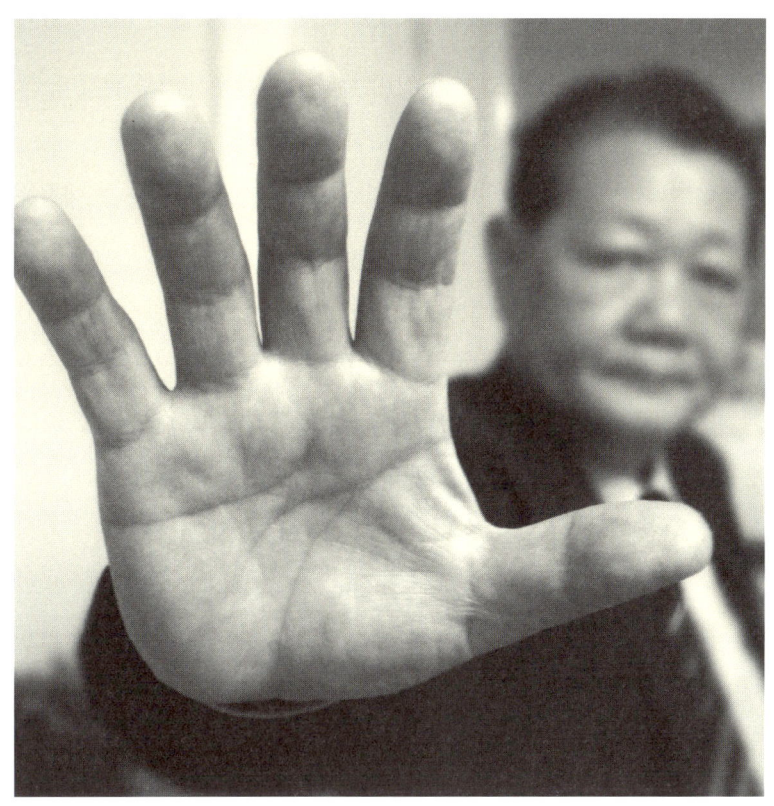

장을 만난 덕에 각종 살인 사건을 접하면서 열심히 배울 수 있었다. 서초 경찰서 시절엔 드림팀이라고 불리는 멤버들과 함께 반장으로서 지존파 등 굵직한 사건을 해결했다. 매일 새벽에 퇴근했지만, 꼭 포장마차에 들러 후배들을 챙기는 따뜻한 반장이었다. 드림팀 멤버들과는 지금도 가끔 술잔을 부딪치며 당시 소회를 나눈다.

그의 별명은 불곰이다. 30년 넘게 형사 생활을 하면서 온보현 사건, 앙드레 김 권총 협박 사건 등 사건들을 속속 마무리지었다. 어린 시절부터 책을 좋아해서 추리 소설을 섭렵했다. 또, 쌀가마니를 가볍게 들어 던질 만큼 괴력의 소유자였다. 타고난 체력에 유도, 합기도 등으로 무장해 누구도 함부로 못했다. 한때 헤비급 레슬러가 사석에서 힘자랑하다가 그에게 망신당할 정도였다. 늘 감이 빨라 날카롭게 단서를 찾았다. 그 촉 덕분에 순식간에 범죄 집단을 초토화시켜버렸다.

첫 살인 사건이었던 수원 세류동 사건이 가장 기억에 남는다. 여직공 반라 사망 사건이었다. 열흘 동안 현장 탐문 수사를 벌여도 성과가 없었지만, 그는 계속 현장을 돌았다. 단서는 '라면땅 봉지'. 개울가에 버려진 라면땅이 반 이상 남아 있는 걸 보고 촉이 움직였다. 당시 어려웠던 시절에 먹을 것을 버리는 일은 드물었다. 그걸 들고 주변 가게를 돌았다. 몇 주 전 막걸리와 라면땅을 사 간 용의자들의 윤곽이 드러났다. 가게 주인은 그들이 돼지 키우는 한씨 집에 관해 물어봤다고 말했다. 축협에 가서 한씨 성을 가진 이들을 추려냈다. 결국 범위가 좁혀지면서 부평의 용의자 집을 방문한다. 용의자가 자릴 비운 사이 동거녀에게 수원 돼지 키우는 한씨 얘기를 꺼내니, 남자 친구가 다녀왔다고 아무 생각 없이 말했다.

'이거다!'

순간 희열이 넘쳤다. 결국 용의자 검거. 넘겨짚어 공범까지 체포했다. 보름 만의 쾌거였다. 이 맛에 형사를 한다는 생각이 들었다. 특진감이었지만, 승진은 다른 이에게 돌아갔다. 그래도 초연했다. 오로지 범죄자를 잡는 게 그의 소임이라고 믿었기에.

안타까운 부분도 많다. 살인을 했지만, 그럴 수밖에 없는 이유를 지닌 사람들도 있었다. 법 앞에선 그도 힘없는 형사라서 더 안타까웠다. 범인이 사형당할 수도 있으니 수갑 채울 때의 느낌이 마냥 좋지만은 않다.

그의 손은 엄청 크다. 거칠고 큰 손에 많은 범죄자들이 거쳐 갔다. 때론 목덜미를 가격한 손, 때론 뉘우치는 자들을 따뜻하게 잡아준 손이다. 며칠째 집에 못 들어가 지친 후배들의 어깨에 그의 큰 손이 턱 얹히면 위안이 되기도 한다.

형사는 '직업'이 아닌 '길'이다. 자기 자신도, 가정도 모두 버리고 올인해야 하기 때문이다. 사실 30여 년 통틀어 3할도 집에 들어가지 못 했는데 이해해줄 만한 사람은 드물다. 아내를 존경하고 고맙게 생각하는 것도 이런 이유에서다. 가끔 후배들이 닮고 싶다고 말하면 보람이 더 커진다. 요즘엔 범죄학에도 관심이 많아 공부하면서 수시로 강의도 나간다. 그가 꿈꾸는 문무를 겸비한 형사의 길이다. 후배 형사들이 CCTV에 의존해 해결하는 걸 보면, 한편으론 이해하면서도 그 옛날 몸으로 부딪히며 해결하던 추억이 그립기도 하다.

밤낮 없이 범죄와 치열하게 싸워온 그의 손. 터프하게 돌진하는 그의 손이 있었는가 하면, 따뜻하게 만져주는 그의 손도 있었다. 하지만 무엇보다 뭐든지 해결해내려는 의지가 있었다. 때문에 우리는 그에게 적어도 한 세기엔 다시 볼 수 없는 형사라며 엄지를 치켜세운다.

손 이야기
047

영혼을 다이어트하는 안내자의 손

헬스 트레이너, 아놀드 홍

그의 손은 울창한 숲 사이에서 울려 퍼지는 청량한 메아리를 닮았다. 친구처럼 늘 바로 옆에서 꾸밈없이 진솔한 목소리로 조언하기 때문이다.

본명은 홍길성. 닉네임 '아놀드 홍'은 끈질긴 노력에 의해 얻은 결과다. 고1 때, 씨름부였던 그는 그날도 몰래 수업을 빠졌다. 그날 본 동시 상영 영화가 〈터미네이터〉였다. 아놀드 슈워제네거라는 배우를 처음 본 그는 마치 세상이 멎은 듯한 충격과 감동에 빠진다.

'세상에, 어떻게 저렇게 멋진 몸이…….'

그 배우에게 단단히 홀렸다. 당장 청계천으로 가서 그에 관한 책을 모두 구해 섭렵했다. 그리고 보디빌딩을 미친 듯이 했다. 결국 헬스 트레이너가 된 그는 세계적인 피트니스 회사의 아시아 지점에 입사한다. 입사 계약 조건이 파격적이었다. 그 회사 홍보 이사로 있는 아놀드 슈워제네거를 꼭 만나게 해줄 것! 그 후 회사 창립 30주년 기념일에 미국 본사의 초청을 받아 마침내 자신의 영웅을 만난다. 당시 짧은 영어로 그에게 반했던 순간부터 우상을 향한 열정까지 모조리 피력했다. 아놀드 슈워제네거도 감동받아 그에게도 아놀드란 이름을 쓰라고 권했다. 그게 닉네임의 탄생 배경이다. 혹시 동시 상영의 또 다른 영화였던 〈뽕〉을 먼저 봤다면, 국민 헬스 트레이너 대신 건장한 에로 배우를 만났을지도 모를 일이다.

그가 주목받는 이유는 대중적인 헬스 트레이닝 바람을 몰고 왔기 때문이다. 개인 트레이닝 외에도 조회수가 2000만이 넘는 인터넷 카페를 통해 전 국민 건강 만들기 캠페인을 주도했다. 사실 무료로 서비스한다는 것 자체가 다른 트레이너들에겐 탐탁지 않은 일이었다. 그가 UCC 스타가 되면서 초반엔 질투가 쏟아졌다. 몇 년이 지나 진심이 통하니 악플을 달던 사람들까지 이제 그의 팬이 되었다. 그가 추진하고 있는 프로젝트 '100일간의 약속'은 상당한 효과를 거두고 있다. 일반인들의 몸이 건강하게 변하면서 입소문을 타고 이제 대한민국 전체에 나도 변할 수 있다는 분위기가 만들어지고 있는 것이다. 여타의 스트레스 받는 직업과 달리 남의 건강을 챙기는 의미 있는 일이면서도 스스로 베푸는 기쁨도 누리니 일석이조다.

사실 그는 예방 차원의 의사나 다름없다. 국민들이 하루 30분씩만 투자해서 건강을 챙긴다면, 병원 갈 일도 없고 국가적인 차원에서도 의료보험 비용을 줄일 수 있어 좋다. 그는 처음 사람을 보고 몇 마디만 해보면 어떻게 가이드할지 감이 온다. 근육의 발달 상태를 떠나 화내는 게 효과적인 사람, 승부욕이나 자극을 주는 게 효과적인 사람 등 성향이 다양한데 이를 귀신같이 알아차린다. 고도 비만이면서도 운동할 마음이 없는 사람들에겐 억지로 운동을 권하지 않는다. 우선 친해지고 나야 운동을 시작한다. 인간적으로 만나 그 사람 자체를 좋아하게 되면 그가 좋아하는 것도 따라 하게 되니까 말이다.

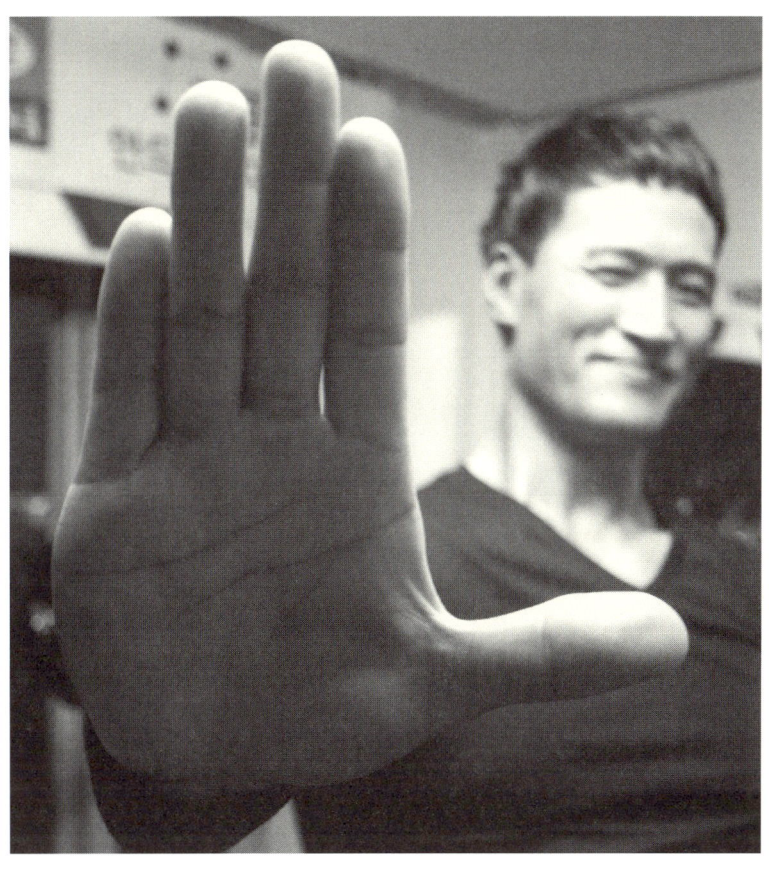

　어린 시절 그는 참으로 내성적인 아이였다. 짝꿍 손도 제대로 못 잡고, 앞에서 노래라도 할라치면 심장마비가 올 정도였다. 그러니 첫 보디빌딩 대회에서 팬티만 입고 무대에 서려니 여간 힘든 일이 아니었다. 하지만 운동으로 몸을 다지고 많은 이들 앞에 서면서 대인공포증을 극복했다. 이젠 관중이 많아야 더 힘이 난다.

　한때 서울시 구청 소속 보디빌더로 활동한 그는 키가 크고 다리가 길어서 어려움을 겪었다. 보디빌더를 하기엔 키가 너무 커서 모두들 그가 평생 해도 안 된다고 단언했다. 그게 자극이 되었을까. 스물한 살까지

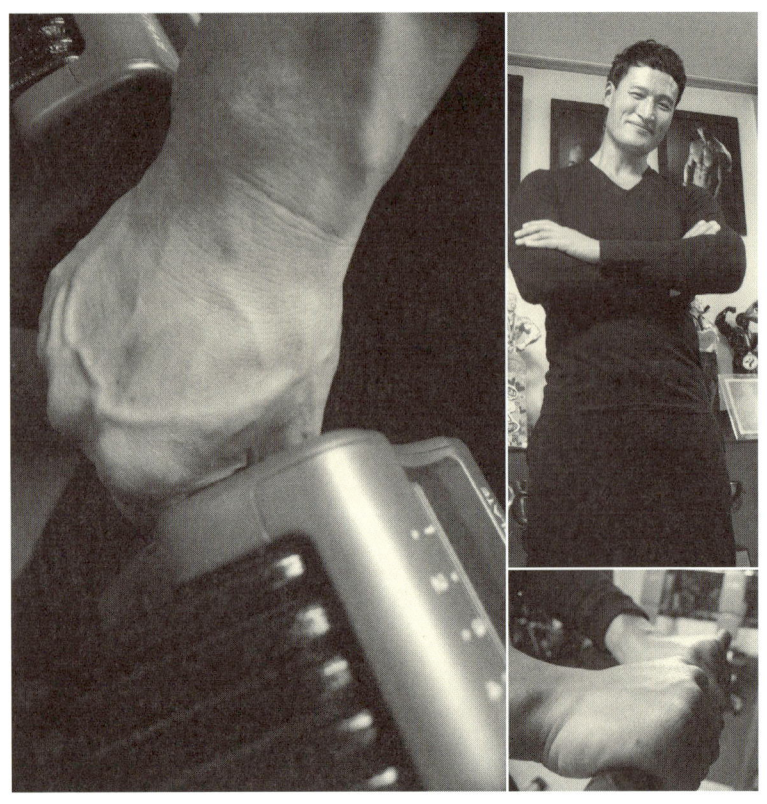

한 번도 우승을 못해보던 그가 2001년부터 보디빌딩 대회에서 1등을 열
번 이상 차지하며 전성기를 보냈다. 편견에 맞서 안 보이는 곳에서 땀을
흘린 결과였다. 그의 신조는 몸은 진실하다는 것, 누구든 노력한 만큼만
변한다는 것이다. 어떠한 경우에도 약물을 쓰지 않고 자연적인 운동법
에 매달렸다. 근육을 많이 손상시켜야 더 성장한다는 것은 아픔과 함께
성숙해지는 인생 원리와도 통하는 것이리라.

　이 일을 직업 삼아 돈만 추구하면 회원들이 모두 돈으로 보인다. 그는
사람의 몸과 영혼을 본다. 한때 그의 아내는 퍼주기만 하는 남편을 원망
했지만, 지금은 주변에서 그를 존경하는 사람이 많으니 자부심이 훨씬

커졌다. 한번은 자살을 결심한 청년이 찾아와 '100일간의 약속'에 참여했다. 함께 100일을 보내고 난 후 청년은 그와의 인연을 더 간직하고 싶다며 열심히 살기로 마음먹었다. 이럴 때 보람이 넘친다.

그의 손은 건강 전도사라는 사명을 띤 손이다. 예전엔 굳은살이 너무 박여 아이의 등을 긁어주면 피가 날 정도였다. 수많은 사람들의 트레이닝을 도운 손이며, 갖은 운동 기구들이 거쳐 간 손이기도 하다. 50킬로그램의 기구는 51킬로그램의 힘으로, 40킬로그램의 기구는 41킬로그램의 힘으로 대하듯, 늘 배려하고 다독이는 손이다.

어떤 이는 그의 영상을 보고 운동하면서 검사 시험에 합격했고, 어떤 이는 의지를 다지며 치과 의사가 되었다. 그가 마지막으로 꾸는 꿈은 자신이 70세 때 '100일간의 약속'에 참여한 모든 이들과 함께 백두산에 오르는 것. 국민들의 응원이라는 최고의 힘이 있기 때문에 가능하리라고 확신한다. 그의 손은 오늘도 누군가의 몸을 보듬으며 땀을 흘리고 있다. 건강한 육신을 넘어 아름다운 영혼으로 안내하는 그의 손이 더욱 믿음직스러워 보인다.

손 이야기
048

모래로 감성을 터치하는 마법의 손

샌드 애니메이션 작가, 김하준

한적한 시골, 홀로 땅바닥에 그림을 그리며 자기만의 예술혼을 펼치고 있는 세 살배기 아이의 눈이 떠올랐다. 그의 손에서는 그렇게 산속 깊은 골짜기에 숨겨진, 때 묻지 않은 감성이 뿜어져 나온다.

어둠의 무대 위, 라이트 박스에 불이 켜지자 지니의 요술 램프라도 문지르듯 그의 손은 자유롭게 여행을 시작한다. 모두의 호기심이 커진다. 눈 한 번 깜빡하지 않고 집중한다. 마치 사막에서 모래바람이 일듯, 그의 손에서 모래알들이 신비롭게 흩날린다. 이내 무언가가 무대 위로 쑥 올라올 것만 같다.

드디어 클라이맥스. 그의 손에서 시작된 기운을 타고 모래가 파도를 이루며 한껏 생명력을 담아 용트림하더니, 마침내 대미를 장식한다. 손과 모래, 어둠과 빛의 앙상블은 모두의 눈과 마음을 사로잡고 말았다. 감동에 북받쳐 우는 이도 보인다. 동굴 속에 갇혀 있다가 한 줄기 빛을 따라 쫓아가는 느낌! 모래와 교감하고 이를 통해 사람들과 소통하는 그가 바로 국내 1호 샌드 애니메이션 작가 김하준이다.

　사실 그는 일곱 살 때부터 그림 그리기를 즐겼다. 집안이 가난하다는 걸 알아차렸을 무렵엔 더욱 그림에 몰두했다. 연습장에, 운동장에, 세상에서 가장 저렴한 캔버스에 자신이 상상하는 최고의 작품들을 홀로 그려나갔다. 공 하나 살 돈도 없어 모래를 가지고 놀았다. 지금 그가 모래와 친숙한 건 그 시절의 아련한 추억 탓일지도 모르겠다.

　모래와 본격적으로 재회한 것은 대학생 때였다. 애니메이션 학과에 입학했지만 가정 형편이 여의치 않았고, 이렇다 할 두각도 나타내지 못해 자존감도 없고 우울한 시기였다. 그날도 미래를 고민하며 공사장을 거닐고 있었는데, 한쪽에 버려진 모래 더미가 빗물에 씻겨 내려가는 것을 보자 울컥했다.

　'저 버려진 모래나 나나 별반 다를 게 없구나.'

　측은한 마음에 모래를 종이컵에 담아 집으로 돌아왔다. 시간이 얼마나 흘렀을까, 어느새 그의 손은 모래를 터치하며 작품을 그리고 있었다. 찬밥 신세끼리 참 잘 만났다는 생각이 들 만큼 찰떡궁합이었다. 손이 자유롭게 춤추는 것 같았다. 한 줄기 빛을 따라가듯 막혔던 가슴이 시원하게 뚫렸다. 주변에서는 모래로 만든 게 무슨 작품이 될 수 있겠느냐며 곱게 보지 않았다.

　졸업 후, 방송사 CG실에서 일했지만 자신의 그림을 그린다는 생각이 들지 않았다. 그나마 간간이 들어오는 모래 그림 요청으로 갈증을 풀었다. 그것으로도 부족했다. 자꾸 모래의 감촉이 머릿속을 맴돌았다. 그러던 어느 날, 작은 공연 도중 감동하며 박수를 보내는 관객들의 표정을 보고 되레 자신이 감동한다. 비로소 그의 존재감을 찾게 되었다. 아무도 몰라줘도 좋으니 자신이 좋아하는 일을 하자는 생각에 방송사를 미

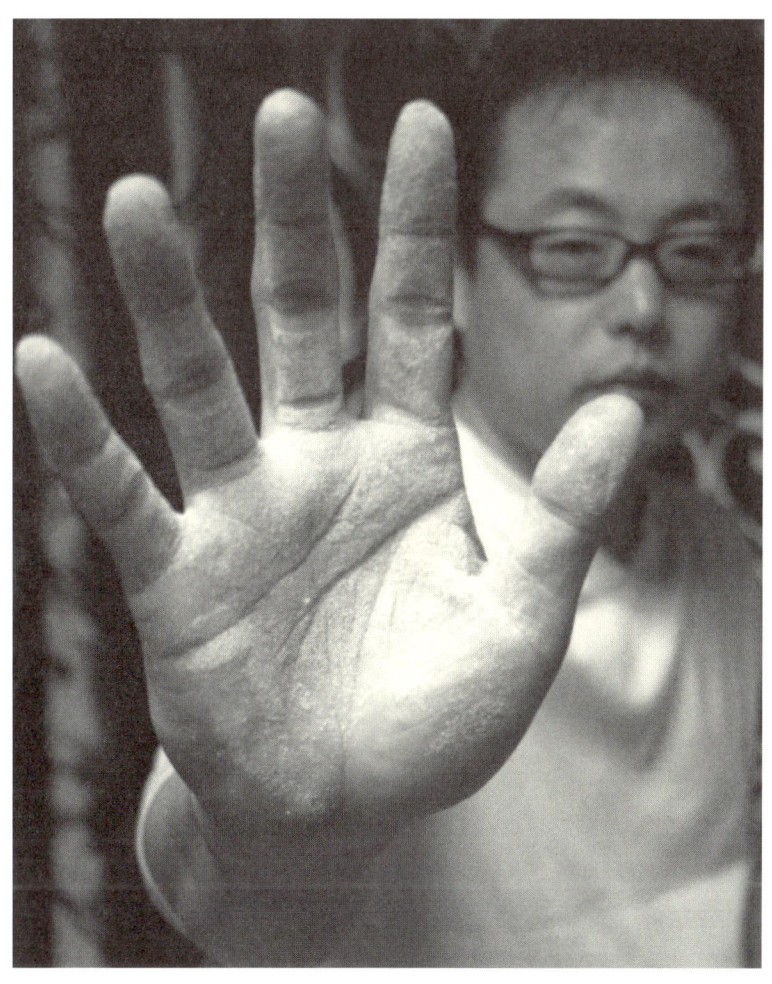

련 없이 그만두었다. 그 후, 관객들과 직접 교감할 수 있는 라이브 무대
를 통해 모래의 마법을 퍼뜨렸다. 입소문을 타고 공연 요청이 쇄도했다.
요즘은 전국은 물론, 해외에서까지 부탁하는 공연들을 소화하느라 눈코
뜰 새 없이 바쁘다.

　그가 말하는 샌드 애니메이션은 정적이지만 살아 움직이는 것이다.
그의 손으로 생명의 기운을 불어넣어주면 생기 있는 작품이 되어 감동

으로 돌아온다. 어떤 작업보다도, 주목받지 못하던 모래에 고귀한 생명
력을 담는 과정은 그에게 최고의 행복이다. 하지만 모래를 다루는 것 이
상으로 중요한 것이 '마음으로 그리는 일'이란다. 그는 그렇게 이심전심
으로 관객과 호흡하며 살고 있다. 덕분에 그의 손에는 각질이 일고, 가
끔은 상처가 날 때도 있다. 섬세하고 작고 부드러운 손이지만, 오랜 기간
모래와 대화하면서 자연스레 강하게 진화된 손이다. 이 손은 슬픔을 겪
고 있는 어떤 이에겐 너무나도 소중한 손이다. 그는 늘 잊지 못할 '감동'
과 '추억'을 줄 수 있도록 끊임없이 몰두한다.

　오랫동안 암실에서 작업하다 보니 눈이 부셔 햇빛도 보기 어렵다. 순
간 앞이 잘 안 보여서 당황한 적도 있다. 이렇게 어려운 과정을 겪으면
한층 더 성숙해지고 인생의 밝은 면을 승화시켜 보여줄 수 있는 안목도
생기게 되는 법. 한때 방황했던 것도 잠시, 지금은 젊지만 샌드 애니메이
션 분야에서 최고가 되어 뒤를 돌아볼 수 있게 되었다. 이제 더 많은 사

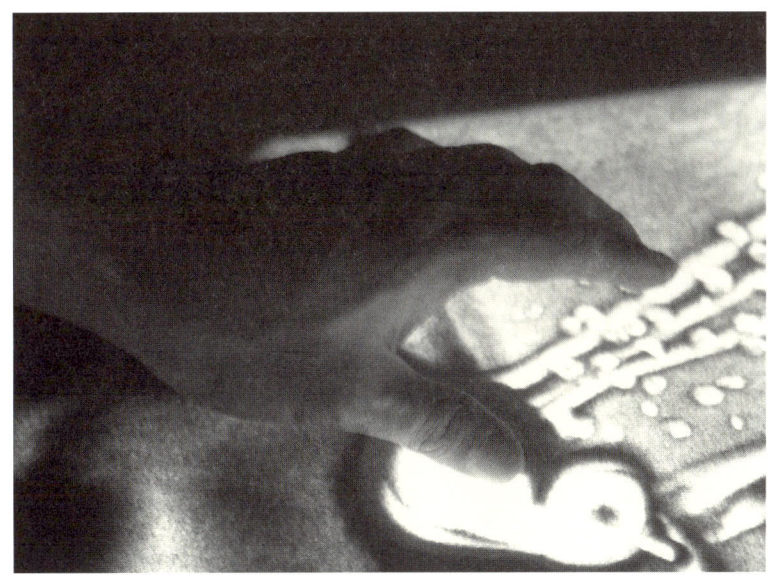

람들에게 감동을 주고 싶다. 넌버벌 퍼포먼스라서 전 세계인 모두가 공
감할 수 있다는 장점도 있다. 앞으로 세상 모두를 위해 어느 장소에건
달려가 소통하고 싶은 바람이다.

　오늘도 그 어딘가에서 어떤 이들에게 귀감이 되려고 노력하며 모래 바
람을 일으키고 있을 그. 더 어두운 곳에서 더 또렷하고 밝은 빛으로 안
내하며 감성을 터치하는 그의 손을 통해 세상의 희망이 빠르게 퍼져나
가고 있다.

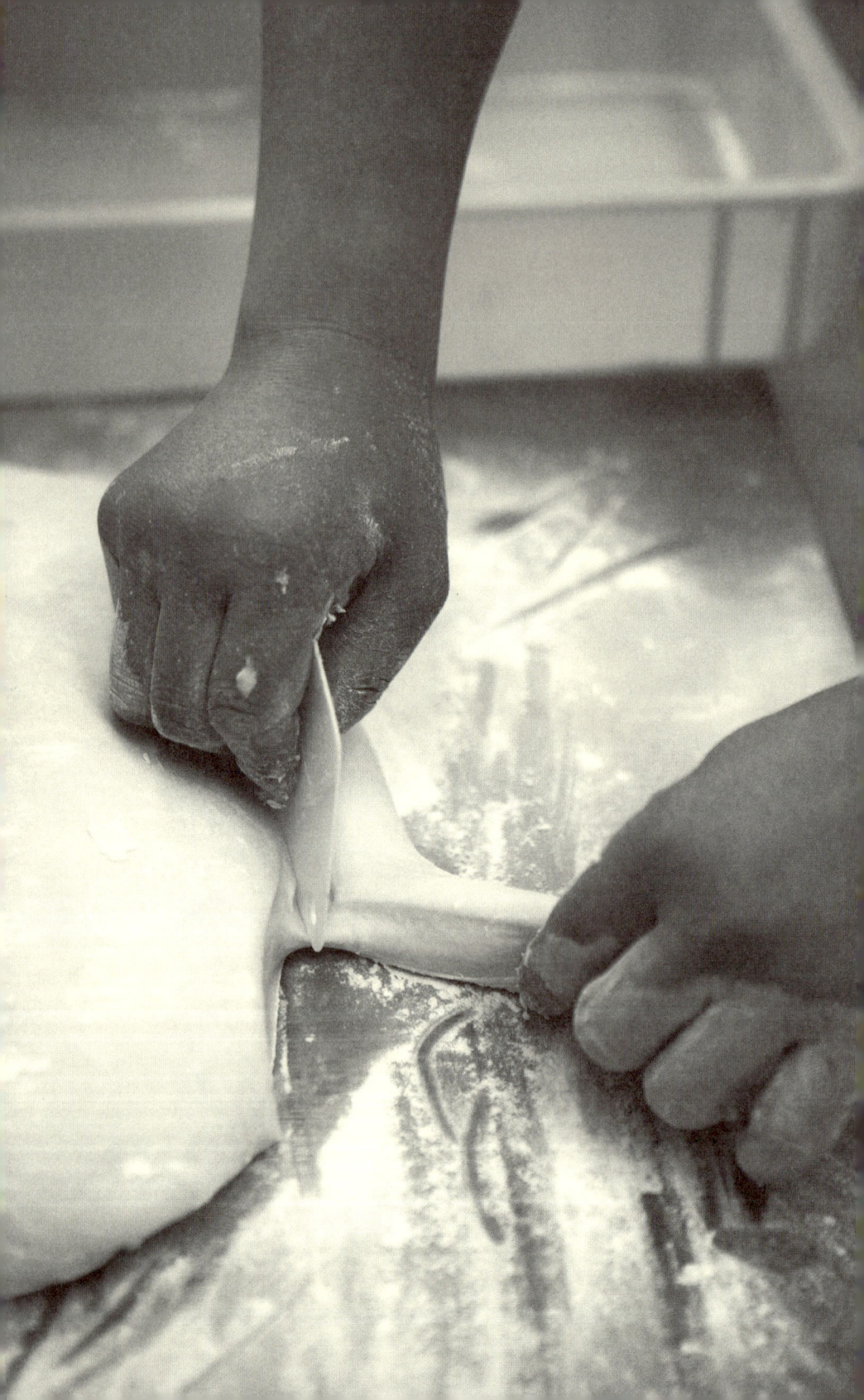

빵 굽는 냄새에 행복을 담는 손

제빵사, 원강희

 그의 손은 동네 한가운데서 넉넉히 그늘을 선물하는 추억의 느티나무를 닮았다. 꼿꼿하게 한자리를 지키고 있는 모습처럼, 소신을 마음속 깊이 뿌리내리고 그곳에서 벗어나지 않기 때문이다.

 이른 새벽부터 반죽을 만들고 있는 그의 손이 바쁘다. 정성스러운 손놀림에 반죽은 돌돌 말린 소라로, 아름답게 핀 꽃으로 환생한다. 숙성되는 동안 경건한 마음으로 하루를 준비한다. 마침내 오븐에서 빵을 굽는 내내 향이 진동한다. 몇 분 지났을까, 꺼낸 빵에선 김이 난다. 그의 미소도 함께 모락모락 피어오른다. 그가 바로 제빵사 원강희다.

 강원도 원주 치악산 중턱에서 태어난 까닭에 어렸을 때부터 6년 동안 30리 길을 걸어 학교에 다녔다. 덕분에 중학생 때 마라톤 선수였다. 가정 형편상 중화요리집, 레스토랑 등에서 각종 아르바이트를 하며 강하게 자랐다. 빵과 인연을 맺은 것은 고등학생 때였다. 재워줄 곳을 찾다 보니 제과점이 눈에 들어왔다. 사실 그는 불량 학생으로, 소위 학교의 짱이라고

불리면서 나쁜 짓은 도맡아 했다. 그런데 함께 어울리던 친구가 사고로 세상을 뜨면서 모든 걸 접고 다른 무언가에 전념하고 싶었다. 총 세 명이 선발되었는데, 나머지 둘은 두 달도 못 버티고 나갔다. 새벽 3시에 일을 시작해야 했고, 식사라고는 저녁만 제공이 되어 아침, 점심은 거르기 일 쑤였다. 1년간 빵 만드는 기술을 배우기는커녕 그릇만 닦았다. 그래도 그 곳에서 3년을 버텨냈다. 한번은 연습하려고 반죽을 몰래 떼어서 주머니에 넣었다가 들키는 바람에 죽도록 맞았다. 공장장이 학교에서 먹으라고 준 찹쌀 도넛을 주인이 보고 때린 적도 있다. 그래서 그는 큰 기술이 필요 없는 빵인데도 찹쌀 도넛은 만들지 않는다. 오랜만에 집을 찾았을 때 어머니는 눈물을 쏟았다. 버터, 기름때가 낀 청바지와 야윈 얼굴에 울컥했던 것이다.

그 후 아는 사람의 추천으로 대구에서 제일 큰 빵집을 찾았다. 월급도 전보다 많았다. 신이 나서 더 열심히 일했다. 군대를 다녀와서는 유명 프

랑스 과자점에서 일하게 되었다. 이곳에서 그의 스승인 이종성 사장을 만나면서 많은 것을 배우게 된다. 근무하는 인원은 총 스무 명 정도였는데 경쟁이 치열했다. 새벽 4~5시면 기상해서 전투적으로 일을 시작했다. 그는 반죽 수십여 가지를 혼자서 직접 만들었다. 다른 곳에선 평생 못 만들어볼 양의 빵을 만들었다. 너무 피곤해서 방에 들어가면 픽픽 쓰러졌다. 어느 날, 우연히 새벽 2시경에 잠이 깼다. 제빵실 불이 켜져 있어 가보니 모두가 연습하고 있었다. 충격을 받고 스스로를 채찍질했다. 그때부터 연습에 총력을 기울였다. 크리스마스를 앞두고 케이크 아이싱 4000개, 빵 8000개를 만들었다. 지금까지 그가 만들어본 최고의 양이었다. 그가 만드는 빵 기술의 모태라고 할 만큼 가장 힘들고도 가장 보람을 느낀 시기였다. 빵장을 하면서 인정도 받고 4년을 채우고 나왔다. 이 사장은 그를 말리며 일본 유학을 보내주겠다고 했지만, 챙겨야 할 아내도 있어 포기하고 충주로 옮겨 자신의 빵집을 냈다.

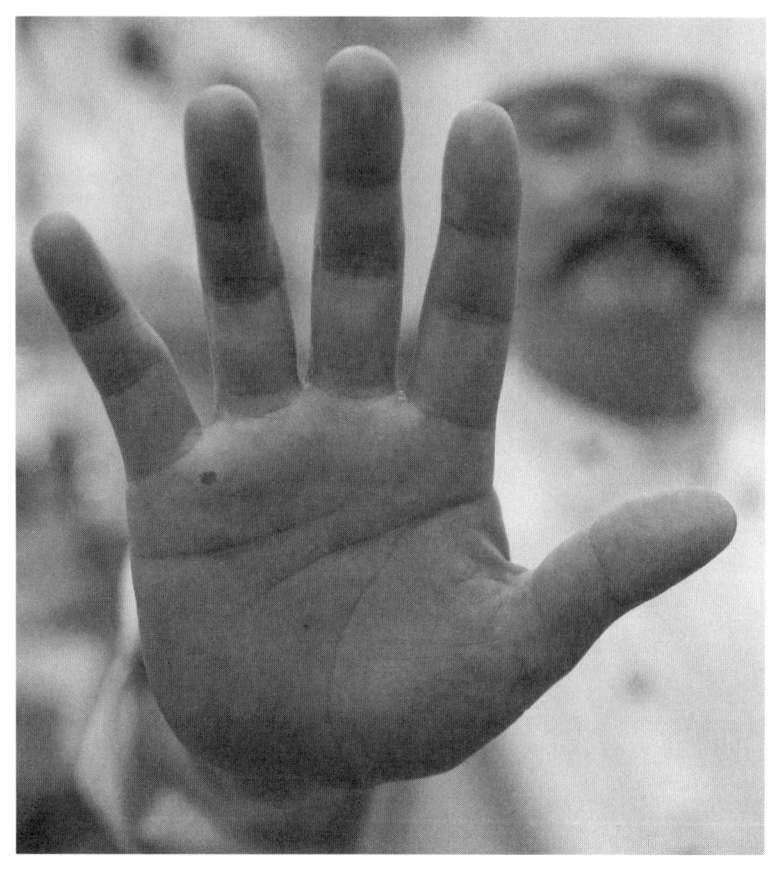

스승은 빵 도구 일체를 마련해줄 정도로 적극 지원해주었다. 가게 이름도 사용하게 해주었다. 그런데 하루에 6만 원 매상이 전부였다. 어려움을 겪으면서도 타계책 마련을 위해 고심했다. 일단 맛은 있으니, 손님들에게 최대한 많이 맛보게 한 전략이 적중했다. 사 가는 것보다 시식으로 더 준다는 소문이 돌면서 손님이 북적댔다. 하루에 80만 원 넘게 팔렸다. 하지만 인생의 행복과 불행은 역시 백지 한 장 차이였다. 둘째 아이가 태어난 지 100일 만에 근위축증으로 세상을 떠났다. 오랫동안 빵 재료를 만지다 보니 아기한테도 영향을 준 것은 아닌지 스스로 힘들었다. 6개월 동안 집 밖으로 못 나가다 소주 일곱 병을 마시고 기절해서 병원에서 3일 만에 깨어났다. 빚을 다 갚을 시점이었지만 가게를 정리했다. 가족이 있는 강릉으로 내려갔다. 설상가상으로 친구에게 보증 서준게 잘못되어서 춘천지방법원에서 집안 곳곳에 차압 딱지를 붙였다. 거지 신세가 되어 힘들어하는데, 대형 빵집에서 스카우트 제안이 왔다.

재기하는 심정으로 노하우를 마음껏 펼쳐 보였다. 60여 개 점포를 관리하면서 본부장으로 고속 승진했다. 전국 1퍼센트도 안 되는, 그 어렵다는 제과 기능장에 도전해서 합격했다. 기능장 대회에서도 최우수상을 수상하면서 인정받았다.

그에겐 기본, 원칙 외엔 통하지 않는다. 너무 색깔이 강하지만 직원들도 그의 고집이 옳다고 인정하기 때문에 존경하고 따른다. 기계에 손이 말려 들어가는 바람에 두 달간 깁스를 한 상황에서도 한 손으로 빵을 만든 사람이다.

그는 그저 빵 만드는 게 좋다. 가족이 먹는다는 생각으로 시간은 오래 걸리더라도 정성을 담으며, 결코 서둘러서 찍어낼 생각이 없다. 요즘은 고3 제자가 그를 따라다닌다. 중학교 2학년 때부터 그의 수하에서 열심히 배우고 있다. 자신이 처음 입문할 때 생각이 나서 하나라도 더 가르쳐주고 싶다.

강원도 산골에서 도라지를 캐 먹던 아이가 그저 구수한 냄새에 빠져서 20여 년 동안 빵을 만들어왔다. 오랫동안 빵을 반죽해온 그의 손이 손님들을 행복하게 만들었던 만큼, 앞으로도 그의 빵 굽는 냄새가 더 많은 사람에게 행복으로 퍼져나가리라 믿는다.

환상을 불어넣는 광대의 손

마술사, 안성우

대화 중에도 그의 손은 멈추지 않았다. 본능일까. 마치 몸의 일부인 양 카드를 빠른 속도로 섞고 만지면서 단 1초도 떼어두질 않았다.

그의 손은 거친 비포장도로 같다. 와일드한 에너지를 마음껏 발산하고 있기 때문이다. 그는 그 손으로 우울하고, 슬프고, 안타까운 이들의 영혼을 40년 넘게 치유해왔다. 세계적인 마술사로서 한국을 알리고 있는 그는 우리네 인생에 행복한 환상을 불어넣어주는 진정한 광대, 안성우다.

일본에서 자란 그는 다섯 살 때, 아버지 손을 잡고 따라간 서커스 공연에서 피에로의 마술에 반해 자신의 운명을 냉큼 결정해버린다. 초등학교 3학년 땐 마술 도구로 친구 생일 파티를 초토화시켜버렸고, 용돈은 마술 책을 사는 데 탕진했다. 참다못한 아버지가 특단의 조치를 취했다. 마술 책을 태우고, 도구를 몽땅 버렸다. 하지만 그의 열정은 오히려 더 불타올랐다. 친구 집에 숨어 연습하며 꿈 많은 예비 마술사로서의 모습을 갖춰갔다.

중학교 2학년 때 둘째 형이 사고로 저세상 사람이 되는 바람에 그의 결심은 굳어진다.

"아버지. 한번 사는 인생, 좋아하는 것 하면서 살고 싶어요."

결국 두 손 두 발 다 든 아버지는 허락했고, 그는 곧바로 마술 동호회로 달려간다. 본격적인 마술 인생의 시작이었다. 대부분이 성인인 마술 동호회에서 그가 주목받았던 이유는 중학교 2학년이라서가 아니라 미친 듯이 파고드는 열정 때문이었다. 막내인 그의 무한한 열정에 감탄한 선배들은 하나라도 더 가르쳐주려고 애썼다. 당시에는 마술을 배우려면 돈이 많아야 했다. 비싼 마술 도구가 한두 개가 아니었다. 이를 장만하기 위해서 매일 새벽 수산시장에서 일했다. 고등학생 땐 우유 배달까지 하면서 스스로 자금을 마련했다. 몸은 힘들어도 마술 도구가 하나씩 쌓여 가는 걸 보면 흥이 절로 났다. 고등학교를 졸업하고 백화점의 마술 도구 판매원으로 들어갔다. 탁월한 선택이었다. 최신 마술 도구도 가장 먼저 구경할 수 있고, 꿈에 그리던 마술 도구를 항상 곁에 두고 볼 수 있었다.

어느 정도 실력이 생기니 단독 마술 콘서트를 해보고 싶었다. 하지만 무대를 채울 레퍼토리도 적고, 쉽게 일이 성사되지 않았다. 그러다 1982년에 오사카에서 물난리가 나는 바람에 교포 위문 공연단으로 활동하면서 잊지 못할 경험을 했다. 당시 그가 선보인 우산 마술이 폭발적인 반향을 불러일으켰다. 어르신들은 눈물을 흘리며 감동했고, 그도 자신감을 갖게 되었다.

그로부터 1년 후, 23세의 나이로 단독 마술 콘서트를 열게 된다. 스스로 표도 팔고 발로 뛰면서 준비한 무대에 1000명 이상의 관객이 몰렸고, 그동안 갈고닦은 마술의 세계를 유감없이 보여주었다. 대성공이었다. 어

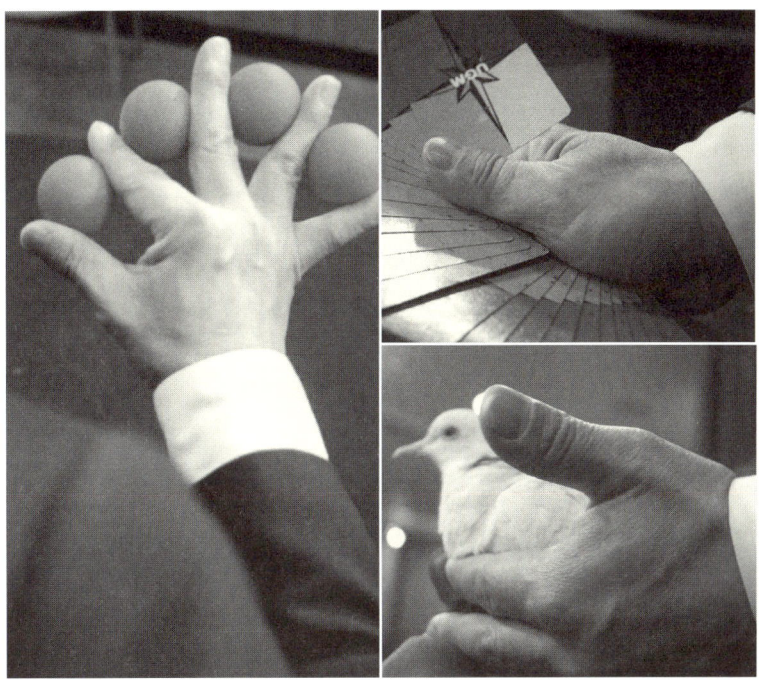

떤 분들은 그를 안아주며 감동에 대한 고마움을 표시하기도 했다. 그때 확신했다. 역시 마술이 자신의 운명이란 것을.

이제 자신의 실력이 어느 정도인지 궁금해졌다. 하와이 마술대회에 출전한 그는 금상을 수상한다. 점점 목표가 커지더니, 1987년엔 세계적인 라스베이거스 마술대회에서 그랑프리를 수상하는 쾌거를 거둔다. 당시 선보인 코스튬 마술은 옷을 아홉 번이나 바꿔 입는 것으로 관객들의 혼을 쏙 빼놓으며 기립박수를 받았다. 이때 그는 관객들에게 에너지를 줄 수 있는 마술사가 되기로 다짐했다. 관객을 위한 마술이 진정한 마술이며, 마술이야말로 만국 공통으로 남녀노소 모두 즐길 수 있는 대중예술이어서 언어, 피부, 사상, 국경을 초월할 수 있다고 생각했다.

가슴 아픈 일도 있었다. 2004년에 백혈병으로 투병하던 셋째 아들

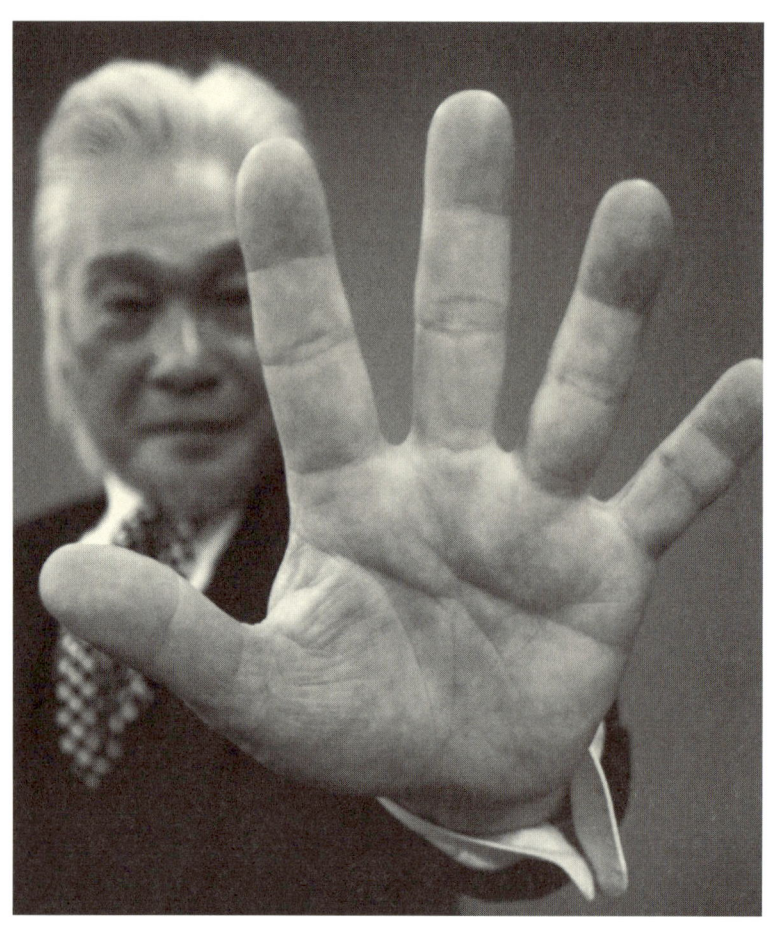

을 하늘로 보내야만 했다. 아버지로서 눈물밖에 나오지 않는 상황이었지만, 무대 위에서 끝까지 미소를 잃지 않았다. 스스로 북받치는 슬픔을 가슴 한편으로 밀어내고 미소로 관객들을 대하는 심정은 말로 표현할 수 없을 것이다. 오열하는 가슴을 진정시켜 미소로 만드는 이가 바로 그다.

그의 새끼손가락은 일반 사람보다 짧다. 그래서 카드나 공으로 비밀스레 동작을 취하기 힘들다. 하지만 지금은 모두 극복했다. 불리한 환경을 완벽하리만큼 유리하게 만든 지금에 이르기까지, 안 보이는 곳에서 얼마나 피땀 흘렸을까. 2010년엔 교통사고까지 당했지만 독하게 재활 훈련한 덕에 기적적으로 완쾌했다. 열정이 길을 만든다는 진리를 그의 손이 증명하고 있다. 그는 꿈은 크게, 생각은 깊게, 행동은 빠르게 하라고 말한다.

주변에서 '그'에 대해 말한다. 마술에만 '미쳐 사는 사람'이라고. 그가 '마술'에 대해 말한다. '행복을 만드는 환상'이라고. 미치도록 하고 싶은 일을 미치도록 즐기고 있는 그가 바로 진정한 장인이다. 이제 그의 목표는 모든 비법을 제자들에게 전수하는 것, 그리고 마술을 통해 평화통일에 이바지하는 것. 가까운 미래에 한국 마술사의 손이 노벨평화상을 받게 될 날도 기대해봄직하다.

KI신서 3896

당신의 손은 무엇을 꿈꾸는가 1

1판 1쇄 인쇄 2012년 5월 2일
1판 1쇄 발행 2012년 5월 9일

글 김용훈 **사진** 김용훈 전창훈
펴낸이 김영곤 **펴낸곳** (주)북이십일 21세기북스
부사장 임병주 **MC기획1실장** 김성수 **BC기획팀** 심지혜 장보라 양으녕
편집실장 주명석 **편집2팀장** 박혜란 **책임편집** 이주희 **디자인** 씨디자인
마케팅영업본부장 최창규 **마케팅** 김현섭 김현유 강서영 **영업** 이경희 정병철
출판등록 2000년 5월 6일 제10–1965호
주소 (우 413–756) 경기도 파주시 문발동 파주출판단지 518–3
대표전화 031–955–2100 **팩스** 031–955–2151 **이메일** book21@book21.co.kr
홈페이지 www.book21.com
21세기북스 트위터 @21cbook **블로그** b.book21.com

ⓒ김용훈, 2012

ISBN 978–89–509–3652–5 13810